原作：H・P・ラヴクラフト
手仮りりこ
Tekeririko

# 超訳！ラヴクラフトライト
Lovecraft Light

1

創土社

目　次

プロローグ ……………… 3

邪神の存在なんて信じていなかった僕らが大伯父の遺した粘土板を調べたら……
原題：The Call of Cthulhu（クトゥルフの呼び声）
……………… 11

前略、お父さま。
原題：The Dunwich Horror（ダンウィッチの怪）
……………… 165

エピローグ ……………… 317

解題およびH・P・ラヴクラフト　小伝
竹岡　啓
……………… 321

# Prologue

プロローグ

……どこだ、ぼくは今、どこにいるんだ？

「そこの君、居眠りしてないで、起きなさい。ほら、そこの男子！」

いきなり教室でガバッと目が覚めた。

「ああ、夢だったのか」

そうだ、今は学校の授業中だ。ぼくの名前は、太田健二《おおたけんじ》。理系の高校三年生だ。

先生に注意されて一度は起きたけど、まだ頭がぼんやりして夢の中にいるような気分だった。

どんな夢だったかっていうと、それもまた学校の授業の夢。美人の若い先生が化学とか天文学の話とかしてた。

美人というより、小柄《こがら》の可愛い先生だった。教職課程を終えたばかりの、それこそぼくらと五つくらいしか年が違わない先生で、化粧《けしょう》とかしてない。けれど、日焼けしているのか地肌《じはだ》なのか、褐色《かっしょく》に近い色のその肌は、化粧が必要がないくらい美しく引き締まっていた。

その引き締まった肌にふさわしく、だっぽりした白衣の下の身体がどんな風か、恥ずかしくて言えない。小柄だけれど脚《あし》はスッと伸びていて、胴回りは引き締まっているけれど胸は大きい。ああ、言っちゃった。目が大きくてクリクリしていて、まだ子どもみたいな顔立ちだ。そして、ニコニコしたり、口を尖らせたり、表情がコロコロ変わるんだ。

化学の先生だけれど、色々な実験装置を持って来る。その数々に感心しながらも、生徒の一人が訊いた。

「先生は、パソコンやスマホを使わないんですか？　そういうのを使った実験は、見せてくれないんですか？」

褐色の可愛い先生が、一瞬、ぽかんとして、笑いながら答えた。

「そんなの、君たちの方がよく知ってるでしょう。君たちがいつも使っているもので、何かして見せても、面白くないでしょう。こういう器具の方が、珍しいし、何より現実感があるじゃないですか」

そして、内緒話をするように身体を屈《かが》め、顔を突き出し、声を潜《ひそ》めて言った。

「わたし自身がスマホであり、パソコンなの。だから、こういう器具を使って、こんな実験をして見せることができるのよ」

そして、こう付け加えた。

「これはここだけの話だけれど、わたしは重力を無効にして君たちを宙に浮かせたり、一瞬のうちに地球の反対側に送り込んだりできるんですよ。本当は地球を離れて、月どころか冥王星にだって送れるんだけれど、そんなことをしたら、君たち、死んじゃうでしょう」

そう言って、首を傾《かたむ》けながら可愛くウィンクして見せた。

「もちろん、安物の金属を金に変えたり、化学実験の延長で〝小人〟を作ることもできるのよ」

みんなが、そんなことできるわけないと笑ったら、本気で頬を膨らませて怒っていた。

可愛い先生なので、男子生徒ばかりでなく女子生徒まで、みんな、夢中になっている。

彼女は大学在学中も、男子学生ばかりか、教授や助教授連中まで夢中になって、身を滅ぼしたという噂が、まことしやかに伝えられている。自殺した男子生徒もいれば、彼女に夢中になるあまり、家族から見放されて孤独になったりしたっていう教授も……。こうなったらもう、都市伝説の領域だよね、この先生の存在は。

先生の名前は――。あれ？　出て来ないや。この可愛い、小悪魔みたいな、インドの女魔術師みたいな先生の名前は――？

「どうしたの、太田君？　具合でも悪いの？」

そう言われて改めてぼくを起こした先生を見てみたら、なんとインドの女魔術師先生だった。

目を覚ましてみたら、まだ夢の続きにいた――じゃなくて、どうも、この小悪魔先生の授業を受けている世界が、最初から現実だったみたいだ。たった今、化学の授業中に、たまたま居眠りしただけらしい。なんで、現実を夢だなんて思っちゃったのかな。

「ええ、ああ、ええっと、寝てないですけどお」

「ふうん、眠ってなかったのね、ほんとに？」

声が、意地が悪いくらい、優しくなっていた。そしてぼくを見つめている。この先生にこんな風に見つめられて、ぼくはえらく緊張してしまった。

「嘘をおっしゃい。あなたは眠っていました。あなたが知らないだけで、わたしは何でも知ってる。あなただけでなく、あなたたちみんなのことを何でも」

そう言うと、みんなを見回しながら、ニコニコとウィンクした。三〇人以上の生徒たちがいっせいに、感嘆のどよめきを上げた。

小悪魔先生は改めて、ぼくを、ぼく一人を優しい目で眺め、口元にほがらかな笑みを湛《たた》えて言った。

「いいのよ、眠ってたなら眠ってたで。わたし、あなたが眠ってたから、怒ってるんじゃないの。あなたがどんな夢を見たか、知りたいの。ここでみんなに、あなたの見た夢の話をしてください。その話を材料に、わたしは新しい実験を見せてあげるわ」

ぼくは大いに戸惑《とまど》った。どのくらいの間だったのかわからないけれど、居眠りをしていた間にどんな夢を見たのか、困ったことに全く記憶がない。

ぼくが夢の話をするのを待って、教室中が静まり返った。ぼくは、困惑《こんわく》して、立ち尽くしていた。

インドの女魔術師先生は、口調《くちょう》を少し厳しく変えて、不意に質問した。

「人間にとって、人類にとって、何が最も幸福なことか、知ってる、あなた？　ねえ、知ってる？」

「へっ？」

ぼくは、全く思いがけない質問に、きょとんとなった。

口元には、口調に反してぼくを柔らかく蕩《とろ》かしてくれる可愛い笑いが浮かんでいた。

「それはねえ、人間が、何も気付かずにいるってことなのよ——。人間は、起きている出来事をバラバラに捉えるだけで、それらの出来事がすべて、一つのことを意味してるってことを、知らない。いずれ、すべての出来事が、実は一つの結果に向かうものだってことを、人類は知らない」

先生、何を言いたいんですか？

ぼくは理解できなかった。

が、先生は、勝手に言葉を続ける。

「だからこそ人類は、経済学だ、数学だ、物理学だ、天文学だ、生物学だ、文学だ、音楽だ、美学だ……それぞれを別々に勝手にやって、その道を究めれば未来が開けると思ってる。それらが実はみんな、同じ一つの未来を示してるって、判ってないの」

ぼくはまだ直立したまま、目を白黒させて、先生の言葉を聞いていた。この先生が、こんな難しいことを言うなんて、初めてじゃないかな。まるで、社会科系の先生みたいだ。外国語みたいに解読不能の言葉が、空を駆ける雲のようにぼくの頭の上を通り過ぎてゆく。

ぼくは混乱した頭の中で、頭の中だけで、ぼやいていた。

「な、何を言ってるんだ、先生。バラバラに起きている出来事が、実は一つのことを意味してるって、なにそれ？　今は化学の授業じゃなかったんですか？　いつから哲学の話になったんですか？　経済学だ数学だ物理学だって、それと出来事のバラバラと、何の関係があるんですか？」

支離滅裂だよ、出来事にもお話にも、脈絡がないよ。ああ、俺はやっぱり、夢の中にいるのかな。

先生が、ウィンクしながら、ニヤリと笑った。今度は意地悪な笑い。ぼくの頭の中のセリフを、先生は聞いていた。そして言った。

「あなたは眠ってるんですよ、実はまだ」

その意地悪なセリフでさえ、先生が口にすると魅力的で可愛かった。そう言われた瞬間、突然、小悪魔先生の名前を思い出した。

「そうだ、先生の名前は……」

そう思った瞬間、小悪魔先生が掛け声を。

「さあ、起きて！」

先生の背後で、合唱が響いていた。そう、これは夢。だから、合唱くらい付いてるさ。

……ふんぐるい・むぐるうなふー・くとぅるう・るるいえ・うが＝なぐる・ふたぐん……ふんぐるい・むぐるうなふー・くとぅるう・るるいえ・うが＝なぐる・ふたぐん……

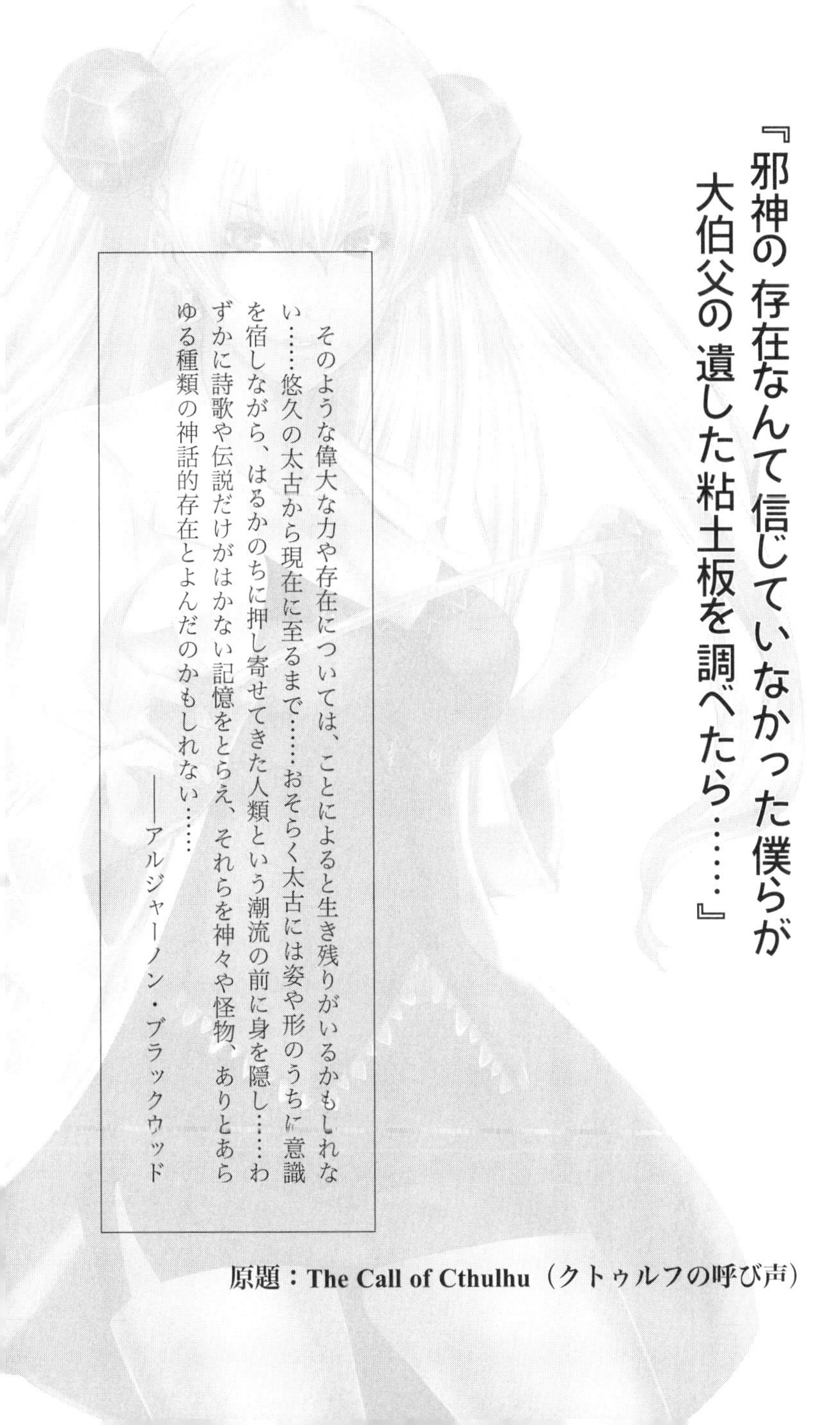

# 『邪神の存在なんて信じていなかった僕らが大伯父の遺した粘土板を調べたら……』

そのような偉大な力や存在については、ことによると生き残りがいるかもしれない……悠久の太古から現在に至るまで……おそらく太古には姿や形のうちに意識を宿しながら、はるかのちに押し寄せてきた人類という潮流の前に身を隠し……わずかに詩歌や伝説だけがはかない記憶をとらえ、それらを神々や怪物、ありとあらゆる種類の神話的存在とよんだのかもしれない……

——アルジャーノン・ブラックウッド

**原題：The Call of Cthulhu（クトゥルフの呼び声）**

# 1　不思議な粘土板レリーフ

うん……、どこだ、ここ？　ぼくは今、どこにいる？

目が覚めて、自分がどこの誰で、今はどこにいるのか、頭の中が本気で混乱した。無意識に何かを手探りしながら開いた目に、自然に、壁にかけたカレンダーが目に止まった。

十二月か……そうだ、十二月だ、今は冬なんだ。みんな、もうすぐクリスマスなので、その楽しい準備で頭が一杯だ。

カレンダーの上の方に、年号が――「一九二六」。

一九二六年の十二月。今年も、間もなく終わる。

ぼくの名前はフランシス・ウェイランド・サーストン。誕生日は来月だ。来年の一月で二三歳になる。

一月って、最も寒い時期。寒い地方で寒い時期に生まれたぼくは、性格も真面目っていうか慎重っていうか……はっきり言えば、引っ込み思案《じあん》で、どうでも良いことであれこれと思い悩む性格だと思う。

いつも思い悩んでいるおかげで、背丈だけはひょろひょろと伸びたけれど、肉不足の植物性痩せ男。今年、大学を卒業したけれど、特にどこと就職を決めることもなく、目下、進路を思い悩んでいる。

子供の頃はちょっと虚弱体質で、喘息もあったりした。今も身体が弱いってことになっていて、大学を出てぶらぶらしてる格好の言い訳になっている。

そして……しきりと世間の目を気にする両親にも、親戚筋にも絶対に言えないんだけれど、いずれ、作家になりたいなどと思ってる。

住んでいるのはボストン。アメリカ合衆国東北部、マサチューセッツ州の州都で、〈ニューイングランドの首都〉とも呼ばれる。

ニューイングランドってのは、マサチューセッツやロードアイランド州など、合衆国東北端の六つの州を合わせた呼び名だ。アメリカ合衆国で最も歴史の古い地域で、英国を思わせる街並みが、二〇世紀に入って二〇年以上経った今も、そのまま残ってる。

合衆国きっての由緒《ゆいしょ》ある家が集まっていて、ぼくの家族も、我が家のそれなりの歴史を誇りにしている。威張るつもりは全然ないけど、プライドは持ってるんだ、いちおう。

カナダと国境を接する、合衆国東北端のニューイングランドの冬は寒い。今年はまだ雪がないけれど、空気まで凍りそうに冷たくて、空には重い雲が掛かっている。頭のすぐ上に、ずっしりと重くのしかかる雲……この地を切り開いた先祖たちの故郷、イングランドに気候が似ている。だから名付けて、〈ニューイングランド〉。

そうだ、ここはぼくの家だ……ボストンのぼくの部屋に決まってるじゃないか。全く、何を寝ボケてるんだ。

――なんだかすごく変わった夢を見ていたような気がする。

……でも、どんな夢だったっけ？　今度こそ夢を覚えといて、目が覚めたらメモしてやろう。この夢を、面白い小説に仕上げてやるんだ、なんて思ってたのに……。

たしか、美しいお姉さんの夢だった気がする……。ふわっとした笑顔が可愛い、ぼくの夢によく出てくる、お姉さん。……でも、いつもそれ以外は何も覚えていない。どうせ忘れるんなら、夢を見たこと自体、忘れてしまえば良いのに。


部屋の向こうで、声がした。

ぼくが目を覚ましたのに、気付いたらしい。ぼくの高校時代のクラスメートだ。

寝ている間にまた厚かましく勝手に部屋に入って来て、世間一般にはなかなかない道具や本をいじって、遊んでいたみたいだ。

彼女の本名は、マーガレット・シルヴェスターって言うんだけれど、ぼくは彼女をメグって呼んでる。

ぼくは大学に行ったけれど、彼女は高校を卒業して、家で両親の仕事を手伝ってる。

いずれはアメリカ社会も変わるだろう。実際、二〇世紀に入って四半世紀が過ぎた今は、女権運動とかが活発になってて、着実に変わってゆくんだろうけれど……保守的なニューイングランドでは、女性は家庭で夫と子供に尽くすべしとされ、進学も就職も閉ざされている。

メグは〝進歩的〟な娘なのだけれど、社会のしきたりはどうにもならなくて、結婚までの猶予《ゆうよ》期間と称して、家事と家業を手伝って日々を過ごしている。

高校を出てから道は違っちゃったけれど、そのあとも切れることなく、まだ付き合ってるんだ。

ぼくはちょっと変わり者と思われてて、付き合ってくれる友達が限られてる。寝てる間に部屋に勝手に入り込んでくるとか、こんな風に家族みたいに付き合ってくれるのは、メグだけだ。

「その、変わってるところが面白いの。あなたは、天体望遠鏡とか、変な化学の実験道具や、怪しげな本をいっぱい持ってるしさ。世間の人がどうでもいいと思ってる、しょうもないことにこだわって、一途《いちず》になってる。そんなあなたが、わたしは素敵だと思う」

一つ年下のくせに、名前に〝さん〟を付けて呼ぶことなく、〝あなた〟ってぼくを呼んで、恥ずかしげもなく「素敵だ」なんて言う。絵に描いたような、〝進歩的〟なアメリカ現代娘。

メグは床に直に座り込んでいた。スラックスなので、大胆に両足を広げて、ペタンと床に尻をついて。勝手に部屋のモノをいじりまわしてる言い訳をするみたいに、手にしているものをぼくに示した。

「なに、この粘土板のレリーフ？　骨董品《こっとうひん》か何か？　……イミテーションでしょう、まだ新しいわよ」

うおっと、先日亡くなった大伯父《おおおじ》の、大切な遺品じゃないか。うっかりテーブルの上に置きっぱなしにしていたのだが、それが、彼女の好奇心を刺激したらしい。

「おいおい、勝手に触らないでくれよ……お祖父《じい》ちゃんが大事にしてたんだ」

大伯父、つまりお祖父ちゃんの兄だ。

〝ジョージ・ガムメル・エインジェル〟っていう、いかにも昔の人っぽい、物々しい名前のジイさんで、……面倒臭いので、ぼくは幼い頃から、〝大伯父さん〟でなく〝お祖父ちゃん〟って呼んでた。実際、ぼくのお祖父ちゃんみたいなもんだった。

慌ててベッドから起き出し、メグの手から、遺品であるレリーフを取り返した。

彼女は、頬《ほほ》をプッと膨《ふく》らませてみせた。男の子みたいに振る舞っているけれど、こういう仕草は……やっぱり女の子だ。

背が高くて足が長くて、女だてらにスラックスとか履いて、シャツも男物っぽいのを選んで着てる。ぶっ飛んだアメリカ現代娘なんだけれど……男っぽい衣服のおかげでかえって、胸とかお尻とか、けっこう大きいのが判る。大きくて、柔らかくて弾力に富んでいるのが、身体をよじった拍子とかに判って、ときどき目のやり場に困ったりする。

男みたいな大胆な動作って、逆に女の子らしさを際立たせたりするもんなんだね。

こんな風に、男みたいに振る舞っているけれど、メグは実はすごく優しくて、涙もろいところもある。根は、古風な女の子なのだ。

彼女が強がったり、進歩的であろうと頑張るのは、本当は古風で涙もろい自分自身に対する抵抗なのかも知れない。

そんな彼女を、ぼくは好きだった。彼女が平気で「あなたは素敵だ」って言うみたいには、ぼくは「君が好きだ」なんて、これまた、とても口にできないでいるけれど。

「ジョージお祖父ちゃんが、大事にしてたみたいなんだ、これ」

ぼくは、もぞもぞと口ごもった。

「ほら、また〝ジョージお祖父ちゃん〟だって……。そのお祖父ちゃんが亡くなった二カ月前から、あなたは遺品《いひん》の虜《とりこ》だね。お祖父ちゃんの霊に、取り憑《つ》かれてるんじゃない」

取り憑かれてる？　そうかもしれない。

ギクリとなった隙《すき》を突いて、彼女はぼくの手から粘土板レリーフを奪い返した。

そして表面をじいっと眺めながら、さも不思議そうに撫《な》でたり軽く叩いたりし始めた。

「止めてくれよ、乱暴に扱うなよ」

慌てて取り戻そうとするぼくから巧みに逃れつつ、

「これ、怪物？ 魔物？ そうなんでしょう、浮き彫りになってるの……。なんか、タコとドラゴンと人間が一緒くたになったみたいな……気持ち悪い。気持ち悪いよ、これ……君、ほんとにこういうのが好きだね」

メグはさも気持ち悪そうな、おびえた表情を見せた。

レリーフには象形《しょうけい》文字みたいな線が並んでいて、その中心に〝絵〟みたいなモノが浮き彫りになっている。メグの言う通り、タコと竜と人間を混ぜたみたいな、気色の悪い生き物。硬い鱗《うろこ》に覆われたグロテスクな胴体の上に、何本もの触手がウネウネと生えたブヨブヨの顔が乗っている。

で、よくわからないけれど、怪物が浮き彫りになっているだけでなく、背景も付いている。

異次元の風景、異次元の都市を思わせる。巨大な建物、重力を無視して異様に歪《ゆが》んだいびつな建物がたくさん並んでいる。怪物と、ネジくれて大きさも不揃いの建築群とが一緒くたになって、何とも言いようのない異様な雰囲気《ふんいき》を醸《かも》し出していた。

生々しいんだ――、これが。腐った臭《にお》いが漂って来そうで、表面に触れると粘り着く気すら、する。あんまり長く、触っていたくない。

二人の間に、一瞬の沈黙。二人とも揃って、なんともいいようのない、気色の悪い、いやあな気持ちになって来たのだ。

メグは、好奇心に負けて思わず撫でてしまったのを後悔するみたいに、怖がっている様子をみせて、

「やだもう、捨てちゃいなよ、こんなモン……。なんか、たたられそうです」

そう言いながら、自分からぼくに返して寄越《よこ》した。呆れ返ったように、そして不思議そうに、ぼくに訊いた。

「どんな人だったの、その〝ジョージお祖父ちゃん〟って。なんでこんなモノ、大事に取っといたのかしら……。ただの安物のイミテーションでしょう？　ちゃんと話してよ、その〝ジョージお祖父ちゃん〟のこと。時々、名前は出してたけど……わたし、会ったこともなかったし」

そうか、今までこの大伯父のこと、ぼくは断片的にしか、彼女に話したことがなかった。

二カ月前に不意に亡くなったばかりで、この大伯父の遺《のこ》したものを整理するのが、今はぼくの大切な仕事になっている。彼女に改めて、大伯父のことを話しておく、今が良い機会かもしれない。

何から話すか。まだ半分寝ぼけている頭の中で軽く整理して、切り出した。

「ジョージお祖父ちゃんは、ぼくは〝お祖父ちゃん〟って呼んでるけれど、本当は〝大伯父さん〟なんだ。二カ月前に亡くなったときには、九二歳だった」

「へえ、充分じゃない……九二まで生きてたら……。でも、その歳で健康状態は？　どこか具合の悪いところなんか、なかったの？　リューマチを患《わずら》ってるとか、ボケが来てるとか」

メグは興味津津《きょうみしんしん》のようだった。

「うん、それがね」

ぼくは笑いながら、答えた。

「リューマチにもボケにも、無縁だったよ。うちの親戚《しんせき》一同がみんな、誇りにしていた人だった。プロヴィデンスのブラウン大学で、言語学の名誉教授、特に古代文字の権威《けんい》だったんだよ。その方面ではすんげえ有名人で、世界じゅうの博物館長や有名な学者さんがしょっちゅう、お祖父ちゃんをたずねて来て、意見を聞いてた」

そう、ぼくは大伯父が大好きだった。大伯父がいつも難しい本を読んだり、変な彫刻や絵を一心に研究するのを、ぼくはいつも側《そば》で見ていた。そんなぼくを、大伯父も大事にしてくれて、ぼくに色々な話を聞かせてくれたし、色々なものを見せてくれた。

大伯父は偏屈《へんくつ》で孤高の言語学者だったが、その性質は少なからず、ぼくに受け継《つ》がれているように思う。大伯父の読む本や研究の姿勢が、高校大学時代のぼくに、少なからぬ影響を与えてくれている。

「そんな偉い人が死んだんなら、そりゃあ、世間が注目するわよねえ。あなたが大伯父さんの死去にこだわって、そうやって遺品を大事にするのも、わかるような気がする」

不意に素直になって、メグはしみじみと言った。

いや、それだけじゃない。大伯父の遺品を今、大事にして、毎日こうやって眺めているのには、他にも理由がある。

「大伯父の死に世間が注目したのには、もう一つ別の理由があったんだ」

彼女の目を覗《のぞ》き込みながら、声を落として付け加えた。

「死因が、よくわからないんだよ。そんなに健康だった大伯父の不慮《ふりょ》の死は……ちょっと変な死に方だったんだ」

## 2　大伯父の謎の死

その日の夜、ジョージ大伯父はプロヴィデンスのニューポートで船を降りて、家まで歩いて帰ろうとしてた。

プロヴィデンスってのは、ニューイングランド地方の六つの州の一つ、ロードアイランド州の州都《しゅうと》だ。歴史的な街並みを残していることでは、アメリカ随一と言われている。

ここボストンから、車で一時間ほどで行ける近さ。ロードアイランド州は、合衆国建国時の一三州の一つで、歴史を誇っている。ジョージ大伯父が勤めていたブラウン大学もそこにある。アイビーリーグ六校の一つで、合衆国でも指折りの名門校だ。

こんなことになるって判ってれば、なんで車を拾わなかったんだ、歳も歳なんだしって、今となっては思うけど――、大伯父の屋敷は港のすぐ裏手にあったから、いつ来るかわからない車を待つより、歩いた方が早かったんだ。

なんせ夜で、十月には夜はもうずいぶん冷え込むようになってたから、じっと待つより歩く方が体が温まっていい。

大伯父は近道の裏路地を通って、ウィリアム街にある自分の屋敷に、急ぎ足で向かってた。

その裏路地に、険しい坂道になってる一角があるんだけれど、そこの暗い路地から船員風の黒人が飛び出して来て、大伯父にぶち当たったんだって。

黒人って、ほんとに黒人だったのかインド系人種か、南米の人間だったのか、それは良くわからない。けれど、肌が黒かったから、ますます闇に紛《まぎ》れて、側に近寄って来てるのがわからなかったんだと思う。

不意を突かれて、ジョージ大伯父は倒れちゃった。それを、たまたま通りがかって見てた人がいるんだ。倒れて、大伯父は、そのまま失神しちゃった。病院に担《かつ》ぎ込まれたんだけれど、その時にはもう、死んじゃってたんだって。特に怪我はないし、直接の死因がなんなのか、担当した医師たちにもわからなかった。

結局、高齢の身で急坂を急ぎ足で登ってるところを、不意に人にぶつかられて、いかに健康な人だったといっても、心臓発作を起こしたのだろうって。

そう聞いた時には、ぼくも「そうか、そんなもんか」と納得するしかなかった。


話を終えた、しばしの間を挟んで、もはや大伯父にすっかり感情移入したメグが、目に涙を浮かべたけわしい表情で言った。

「変だよね。九二歳なら、そういうこともあるかもしれないけど……誰かにぶつかって心臓発作を起こして、お亡くなりになりました。原因は良く判りませんって、なんか変だよ」

ぼくも勢い込んで言っていた。

「だろう、変だろう。君もそう思うだろう……。ぼくが大伯父の遺品にこだわってるのは、実はその辺の裏を探ってみたくてなんだ」

メグがまた不思議そうに、

「それと、この気持ちの悪いレリーフと、何の関係があるの？」

ぼくは彼女を納得させるために、この品物を手に入れた事情も説明した。

「ジョージ大伯父、エインジェル名誉教授は、今の社会で生きて行くのに何の役にも立たない古代言語の研究なんかしてた変わり者で、偏屈爺さんだった。

もちろん、奥さんも子供もいない一人暮らしでさあ、親族の中では、ぼくが唯一の後継者って言ってい い。実際、大伯父に小さい頃から可愛がられてたってんで、自然に遺産管理人みたいにされちゃったんだ」

「うん、判る、判る。あなたのウチは、名家だもんね、いちおう……。だからこんな風に、大学は出たけれどって、趣味にふけっていられて……」

〝家事手伝い〟と称している彼女は、実は家では相当に居心地が悪くて、それでしょっちゅうぼくの部屋に来るのだろうか――と、ふと思ったりした。

「そんな風に急死、突然の心臓発作による死去だったから、大伯父の財産がどうなっているのか、遺言書の類《たぐい》が残ってるのか、判ってない。遺産管理人のぼくが、それを調べることになったんだ。

大学を出てもすることがなくて、ここでゴロゴロしてるだけ。ちょうど良い暇つぶしってところさ。で、大伯父の葬儀でプロヴィデンスを訪れた際、ファイルや書類箱の類を一括して、この部屋に持って来たんだ」

部屋の一角に積み上げた、箱の山を見せた。

ベッドルームに積んである十箱前後箱の山。しょっちゅう広げたりしまったりするものだけを、寝室に持って来た。その箱の山を上から下まで眺めて、メグが目を丸くする。

「すごい！、これ全部？　どうやって持ってきたの……って言うより、よくこんなに書きものをしたわねえ」

ぼくは苦笑いした。顎《あご》をそびやかして、得意げに言った。

「大伯父は九二歳だったんだ。七〇年以上の研究や調査の資料が、屋敷に詰まってる。その中から、遺言とか遺産に関わりありそうなものだけを選んだけれど、それでも三〇箱以上になったんだよ。ついでに、大伯父の持っている資料やノートの中から、ぼくが興味のあるものも箱詰めしたから、全部で五〇箱以上――」

メグがびっくりして仰《の》け反《ぞ》り、目をシロクロさせ、口を開いて何かを言おうとした。彼女の質問を待たずに、ぼくは答えた。

「すぐに見たいものだけ、手持ち荷物にして一緒に持って帰って、後は業者に頼んだよ。リビングやキッチンに、箱が積んであるだろう。あれ、みんな大伯父の遺品とノートの山だよ。今、必要のないものは、実家に送ったし」

メグが、呆れ返った顔で、

「それを全部、ノートの一冊一冊、書類の一枚一枚、遺品の一個一個、あなたは丁寧《ていねい》に広げて、読んだり記録を取ったりするんでしょうね……そういうことには、はまり込むんだから、あなたは……」

褒《ほ》められてるんだか、貶《けな》されてるんだか、いずれにしても、ぼくは照れ臭くなって、頭を掻《か》いた。言い

訳するみたいに、

「ほとんどが、大伯父ならではの研究資料や論考なんだよ。そのうち、合衆国考古学界のおっさん達が、喜んで出版してくれるよ」

「出版してくれるって、本になるってことでしょう？　へえ、そうなんだ。すごいねえ。ジョージ大伯父さん、すごいひとだったんだねえ」

メグは感心したように言った。

「そのレリーフ、大事な遺品の一つなんだよ」

ぼくの言葉を聞いて、彼女はキョトンとし、

「遺品の一つったって、これは本にもならなきゃあ、印税にもならない。ただのイミテーションみたいじゃない。アンチックで売れるわけでもないでしょう。気持ち悪いだけだよ。なんか祟《たた》られそうだし」

そりゃ、そうだけれど、これが大伯父のおかしな死に方に関わってるんじゃないかと思うと、捨てたりなんかとてもできない。いくら気持ちが悪くても。

「そのレリーフだけじゃないんだよ。大伯父が自分で書いたメモとか、そのレリーフに関係あるらしい新聞の切り抜きも一緒に、この箱に入ってたんだ。大伯父にとっては、大事なものだったみたいだし」

ぼくはベッドのサイドテーブルの下から、箱を出して見せた。いつでも取り出して見られるように、ベッド脇のすぐ取れるところに置いてある。

箱はお土産のクッキーとか、チョコレートの化粧箱くらいの大きさで、平たくて横に少し長い。

言われるまでもなく、メグは勝手に手に取って、重さを確かめたり、横から眺めたり下から眺めたりし

た。

「頑丈そうねえ。立派な箱じゃない。アンチックでしょう、これこそ？　そんなイミテの粘土板より、こっちの方がよっぽど値打ちがあるんじゃない」

鍵穴を見付けた。

「あら、鍵まで付いてる。しかも、厳重そうな。この箱、鍵が掛かってたんじゃないの？」

「うん、掛かってた。見た目よりもっと重かったから、何が入っているのかって揺すってみたら、重そうなカタコトした手ごたえがあってさあ。何だろうって……さも大事そうに鍵まで掛かってるから、ますます気になって……鍵を探し回ったよ」

「えっ、鍵は別に保管してたの？　箱のあったデスクの引き出しとかに？」

ぼくは首を横に振った。鍵はなかなか見付からなかった。

「ひょっとするとって思って、大伯父がいつもポケットに入れて持ち歩いていた、プライベートの鍵束の鍵を順番に試してみたら、案の定、そのうちの一本がこの小箱の鍵だった。中に何が入っているのか、胸をドキドキさせながら開けてみたってわけ」

メグが小馬鹿にしたように言った。

「で、出て来たのは、古代の芸術作品だか民俗学の遺物だかわからないけれど、この安物のイミテーションだったわけね。人騒がせねえ」

そうため息を吐《つ》きながら、こう付け加えた。

「でも、なんでこんなモノを、頑丈な小箱に入れ、しっかり封印《ふういん》して取っておいたのかしら。そりゃあ、きっと理由があるに違いないって、誰でも思うわよね」

メグが真面目に頷《うなず》いてくれたので、ぼくは言葉を続けた。

「この粘土板レリーフ、厚さは二センチってところか、縦横それぞれ一五センチに一二センチくらいだけれど、これと一緒に大伯父の手書きの分厚《ぶあつ》い覚書《おぼえがき》と、ちょっとした事件を扱った新聞の切り抜きが一束、箱に入ってた。

一通り、目を通してみたけれど、覚書も妙な偏見とか迷信《めいしん》、宗教カルトの怪しい危険な活動に関わるっていうか……けれど大伯父は、それを間《ま》に受けてた」

レリーフを手に取って眺めながら、ぼくはジョージ大伯父を思って、しみじみとなった。

「そんな風に思いながら、このレリーフを改めて見てみると、実にもってインチキくさい気がして来た。生真面目《きまじめ》な学究一筋だった大伯父を、詐欺《さぎ》で引っ掛けようとした奴がいるんじゃないかって、そんな気までしてきた。世間に疎《うと》くて、人を疑うことを知らない大伯父は、誰かに引っ掛けられてたんじゃないかって」

なんでこの話を始めたのかも一瞬忘れて、ぼくは粘土板を手に、声を荒げていた。

ぼくが勝手に興奮している間に、メグは興味に駆られたらしく、分厚い手書きの覚書を、ペラペラめくっていた。

「これでしょう、ぼくの勝手な興奮を無視して、静かな落ち着いた声で言った。

めくりながら、

「これって、そのレリーフの由来《ゆらい》かなんか、書いてあるんじゃないの。

なんでそれをそんなに厳重に封印して保管しなければならなかったか、その由来をあなたの大伯父さんは直々、書き残しておきたかったんじゃない」

そうそう、そうなんだよ。だから今、ぼくはそれを言ってるんだが。

「そうか、大伯父さんの不自然な死に方の背後関係が、これを読んだら判るのではってわけね」

だから、とんでもない迷信を振りまき、危ない活動をしている宗教カルトの連中が、ジョージ大伯父を引っ掛けようとしたんじゃないかって。なにせ大伯父は、その考古学や民俗学の世界的な権威なのだから。

「あなたはもう、読んだって言ってたわね？　何が書いてあったの？」

そう言いながら、彼女は早くも自分で、分厚い覚書ノートをめくり始めた。

「ここにノートがあるんだから、自分で読んだ方がいいわね……。ちょっと、読ませてね」

彼女もすっかり興味をそそられたようだった。

## 3　芸術青年の奇怪な夢

メグは、覚書ノートの扉にある手書きの表題を、声に出して読んだ。

「『クトゥルー教のこと』だって。クトゥルー教って新興宗教、聞いたことある。今世紀に入って、急増してるんだってね、ニューイングランドでも。ニューイングランドは宗教の土地だからね」

ぼくの返事を待たずに、ページをめくった。

「中身、二部に分かれてるみたいよ。あらあら、長い表題ね」

第一部《一九二五年。ロードアイランド州プロヴィデンス、トマス街七番地居住、H・A・ウィルコックスの夢と、その夢による作品》

「プロヴィデンスだって――、いかにもって感じ。あそこ、根っから宗教的な土地じゃない。〝プロヴィデンス〟って、〝神の摂理《せつり》〟とか〝神意〟って意味で、プロテスタントの一派の名前がそのまま地名になってるんだよね、確か。

誰、ウィルコックスって？　いちいち住所まで几帳面《きちょうめん》に書いてるってのが、いかにもあなたの大伯父さんらしい」

そう言うと、思いやりのある表情を見せた。「長い表題ね」などと言いながら、そこから大伯父の性格を読み取っている。

続く、第二部のページを探し出し、

第二部《一九〇八年。アメリカ考古学会の会合における、ルイジアナ州ニューオーリンズ、ピエンヴィル街一二一番地居住、ジョン・R・ルグラース警部の話。ならびに、上記についての注釈とウェッブ教授の説明》

「くどい表題だけれど、これが大伯父さんなんでしょうね」

本文の音読を始めた。メグはまるで芝居《しばい》の台本を読むように、声色《こわね》を使い分けた。偏屈な老名誉教授の堅苦しい文章が、舞台のように生き生きして来たから面白い。

第一部《一九二五年。ウィルコックスの夢と、その夢による作品》

三月一日、プロヴィデンスにて。

我が輩、ジョージ・ガムメル・エインジェル教授の家に、一人の青年が訪れて来た。歳の頃は二四、五。痩せぎすで見るからに神経質な、感情の起伏《きふく》の激しそうな青年だった。

「ぜひ、見て欲しいものがあるんです。先生は、古代言語の専門家とお伺いしました。その先生のご意見を、ぜひ伺《うかが》いたくて」

そう言うと、抱えて来た、肉薄《にくうす》の浮彫《うきぼ》りを施《ほどこ》した粘土板を差し出した。

九〇過ぎの老人である我が輩の元に、いきなり押し掛けて来て、訳のわからない粘土板を差し出して、「意見を頂きたい」とは、いささか礼儀を欠いてないだろうか。いつもなら、追い返すところだが、引きつった目で一心に我が輩を見つめる青年の様子には、何やら切羽《せっぱ》詰まったものがあった。

何より、差し出されたのが粘土板だったので、反射的に受け取っていた。

我が輩は古代言語の研究者で、古文書や碑文の類と、七〇年以上も睨《にら》めっこを続けてきておる。こうしたものには反射的に、目が向いてしまう。

「むむ、出来上がったばかりだな、この粘土板。まだ、生乾《なまがわ》きではないか」

がっかりした。てっきり、専門家の我が輩が見るに値する、歴史ある古いものと思った。ところが、出来たてホヤホヤの新しい粘土板だ、こいつは。こんなもの、古代学が専門の我が輩が見たって、どうしようもないだろう。

この青年、雰囲気からして芸術家の卵らしいが、我が輩に芸術はわからん。

「芸術品の鑑定は、ワシはせん」

そう言うと、出来たてホヤホヤ、まだ生乾きの粘土板を突っ返した。

が、こやつ、全く聞いていなかった。それよりこやつは、自己紹介もまだしていない非礼にようやく気付いたらしく、慌てて名刺を差し出した。

いったい、どこの何者だ。手に取って、片眼鏡の老眼鏡を目に当てると、名刺を読んだ。

「ふむ、ヘンリー・アンソニー・ウィルコックス君」

しばし目を宙《ちゅう》に走らせ、思い巡《めぐ》らせた。思い当たる名前だった。ああ、そうか、そうか、あの男のセガレか。我が輩は警戒心を解いて、思わず感嘆《かんたん》していた。

「おお、君があの、ウィルコックス家のご子息の……確か今は美術研究所で、彫刻を学んでおられるとか？」

この地域の人々の動静を、我が輩はたいがい知っている。

特に交際はないが、ウィルコックス家は、ニューイングランド地方でも指折りの名家で、ヘンリー君はその一家の末息子だった。〈ロードアイランド美術研究所〉の研究生だと、伝え聞いていた。

九〇を過ぎてもまだ、自分の記憶力がしっかり生きていることを確かめようとするように、呟《つぶや》いていた。

「ウィルコックス君、君は今はご両親の家でなく、研究所に近い……あそこは確か……〈フレール・ド・リス〉屋敷に部屋を借りていらっしゃると伺っているが？」

青年は、照れ臭そうな笑いを口元に浮かべて、頷いた。その表情には、若者らしい自惚《うぬぼ》れが滲《にじ》み出ていた。

末っ子とはいえ、プロヴィデンスの誰もが知る名家の出自《しゅつじ》。

そうそう、〝神童〟とか〝天才〟なんて呼ばれたほど早熟で、いろんな才能を世間から認められておった。物心つく前から、浮世《うきよ》離れした神懸《かみが》かりな物語とか、夜ごとに見る、気色《きしょく》悪かったり怖かったりする夢に、興味をもっていたと聞く。

物心が付いて以来、〈神霊を感じ取る超能力者〉と自分を呼びはじめたとか。

本人は本気でそう思っておったようだが、周りは〈ちょいと頭のネジのずれた、おかしな若者〉と軽く見ておったな。そりゃ、そうじゃろう。我が輩だって、そう思う。

しかし彼も、自分が世間一般から馬鹿にされていることに、ようやく気付いたらしい。なので最近は、昔からの友人知人と縁を切り、名家の出であるにもかかわらず社交上の集まりにも顔を出してないという。

付き合うのは、自分と趣味や考えを同じくする者たちばかり。地元にはそういう連中があまりいなかったから、他から移って来た連中と〈幻想怪奇耽美《たんび》主義〉グループを作って、その中だけで付き合ってる。

まあ、誰にも相手にされない連中の集まりってとこじゃな。

自然、両親の家からも遠ざかることとなった。一人で高級アパート住まいをしていると聞くが、もちろんご両親が部屋代を払い、仕送りもしているだろう。

ロードアイランド美術研究所に籍《せき》を置いていると言っても、これまた家柄のおかげじゃな。保守主義を伝統とするこの地方の〈プロヴィデンス美術クラブ〉が、こんな伝統から外れた芸術至上主義青年を、受け入れるはずがない。事実上、美術界から見放され、孤立無縁なのではないだろうか。

世間から浮き上がり、美術界からも見放されてしまった。彼の長身で痩せぎすの体躯《たいく》、目を大きく開いて相手を見据《みす》え、いつも唇を噛《か》んでいるような表情には、なにやら切羽詰まった雰囲気が滲み出ている。

「しかし、ウィルコックス君、ワシは古文書学者なので、美術や芸術のことはわからん。ワシのところに君の作品を持って来て、感想とか意見を訊かれても……」

我が輩の口ごもった言い訳に、彼は何度も何度も首を横に振った。

「違うんです、違うんです、先生。この浮彫り彫刻の出来不出来なんか、どうでもいいんです。そんなことはどうでもいいんですよ」

大きな目をさらに大きく見開き、額《ひたい》に汗まで浮かべて粘土板の浮彫りを改めて突き出した。

「ほら、これ、これなんです。ここに象形文字があるでしょう。判りますか？　これを解読して欲しいんです」

えっ、象形文字？　この一言で、我が輩の顔色は変わっていた。慌てて片眼鏡に左手の指を当てて焦点を調節しつつ、浮彫りに目を凝《こ》らした。

そこには確かに、象形文字らしきものがある。

「しかし君、これは君が作ったんだろう。それもつい最近。まだ乾いてもいないじゃないか。この象形文字を彫ったのは、君自身だろう、ウィルコックス君。なんでワシに、意味を訊くのかね」

若い学生を相手にするつもりで、きっぱり言い切った。

「これは君の作品だ。ヘンリー・アンソニー・ウィルコックスがごく最近、彫り上げたレリーフだ。考古学の対象ではない。ワシのところに持って来るのは、筋違《すじちが》いじゃよ」

しかし彼は、引き下がらなかった。まるで、一つ事を思い込んで、それしか考えられず、それを基準にしか物を見られなくなった人みたいに、我が輩に食い下がってきた。

「確かにこれは、新しい品です。でも、芸術とかじゃないんです。ぼくの想像の産物じゃないんですよ。昨夜ぼくが、夢の中で、不思議で異常な街並みを眺めながら、作ったんです。

――〈巨人の街〉。ぼくはそう、勝手に名付けたんですけど……重力を無視した、次元が狂ったみたいなその街並みを、できる限り忠実に再現したものなんですよ」

顔面にびっしょり汗を浮かべ、肩を震わせて、むせび泣くように言い張った。

「この〈巨人の街〉はきっと、昔、大昔、それこそ、人類が生まれるよりももっともっと昔、ほんとに実在したんだ。それがぼくの夢の中に出て来たんだ。

ほら、この象形文字、これ、夢に見た形をそのまんま写したんです。ぼくが書いたんじゃない。こう書いてあったんです。

先生、読み解いてください。先生が読み解いてくれたら、それこそ、この夢の街が大昔に実在したっていう、何よりの証明になるんです」

この青年、精神状態にいささか変調を来《きた》していないだろうか。ウィルコックス家のご両親は、息子さんがこんな状態に陥っていることを、ご存知なのだろうか。お知らせした方が良いのでは――。

我が輩は他人事《ひとごと》ながら、そんな心配をした。

それでも、青年の異常なまでの熱意に押されて、浮彫り粘土板を見直した。さもないと、この場で暴れ出しかねない。

確かに異様な街並みだった。

巨大な石をいくつも積み上げ、柱を空高くに伸ばしている大建築群は、いずれもよじれ、傾《かたむ》き、樹木の幹《みき》や枝のようにあちこちに伸び、互いに絡み合っている。重力の存在を無視していた。それどころか、表が裏に、前が後ろに、左が右に、上が下に……いつの間にか入れ替わっている。平面の浮彫りなのに、立体映像にも見える。

その街の風景の真ん中に、変な図柄らしきものがある。生き物だろうか。

建物群との比率からいって、生き物とすると相当にデカイ。胴体があって、変な触手《しょくしゅ》が無数に伸び出した頭があって、しかし人体を思わせるところもある。胴体を硬そうな鱗《うろこ》が覆《おお》っている。

生き物というより、怪物とか魔物という言葉の方がふさわしい。

建築物は異常な大きさを感じさせるから、確かにウィルコックス青年のいう〈巨人の街〉という言葉がピッタリだ。巨人の街に巣食う、巨大な魔物？　怪物？

ふと、思い出して言った。

「そういえば昨夜は、地震があったね、ウィルコックス君、覚えておるかな？　夜中だったが、寝ていて気付かなかったかな？　大した地震ではなかったし……年寄りのワシは眠りが浅くてね、つまらんことで、すぐに目が覚めてしまう。いったん目が覚めると、あと、なかなか眠れなくて困ったものじゃ」

そう、深夜の十二時頃だったか、わずかだが、地面が揺れた。ニューイングランドは地震などめったにない土地だ。だから、微震《びしん》とはいえ、我が輩は気になってしまったのだ。

ヘンリー青年は、大きく頷いた。異常な興奮状態にあり、どんな動作も反応も、大袈裟に誇張されて見える。

「ありました、ありました。ぼくもそれで眠りを覚まされてしまいました。

地震の後、またすぐに眠りに就いたけれど、そこで見たのが、この〈巨人の街〉の夢なんです。

判りますか、よく見てください、街全体、粘液にまみれて、ドロドロに蕩《とろ》けたみたいに見えるんです。

緑色の粘液なんですよ。実際に蕩けてたんじゃないかなあ、この馬鹿でかい街は」

そう言うと、一瞬の間をおいて、遠い目をした。そして思い出したように、付け加えた。

「で、臭いんです。魚の腐った臓物が、街全体が覆い尽くしたみたいな、そんな凄まじい臭《にお》いが漂ってるんです。夢だけれど、ぼくは確かにその臭いを嗅《か》いだんです。

そこの建物に象形文字が刻んであって……ほら、ここ、ここ……ここも……これもです」

ウィルコックス青年の興奮が伝染《でんせん》したのか、片眼鏡《かためがね》の焦点《しょうてん》をしっかり合わせながら、芸術的には良く出来ている浮彫りに、我が輩ものめり込んでしまった。

実によく、夢を表現している。確かに街全体が、緑色の粘液と凄まじい悪臭に包まれ、蕩けつつある。その臭いを、我が輩も嗅ぎ取れる気がして、思わず顔をしかめていた。

確かにこの青年は、芸術的な天分に恵まれておる。

「目が覚めて、でも夢をまだ覚えてて――。この夢が気になって気になって、ぼくの頭蓋骨《ずがいこつ》を破裂させんばかり、脳味噌《のうみそ》の中で膨《ふく》らんでしまって。こんな風に彫り上げないと、気が狂ってしまいそうに思えて。衣服を着替える間も惜しくて、寝巻きのまま、寒くてガタガタ震えながら、作っちゃったんです。そして、大昔に絶対に存在したこの街のことが知りたくて、こうして先生の下《もと》に押し掛けて来たんです」

そして、ここに来て初めて、我が輩に深々と頭を下げた。

「すみません、いきなりお邪魔して。ろくに挨拶《あいさつ》もしないで。でも、気になって。これって、何か大変なことに思えるんです。何かの予兆《よちょう》っていうか……」

象形文字を解読しようにも、見よう見まねで浮彫りに刻まれたそれは、視力の弱った我が輩には判読が難しかった。

絵全体を包み込むように、〝音〟が書いてあった。象形文字でなく、これはアルファベットを使って。吹き出しというか、この不気味な巨人の街を包み込む、空気とか音みたいに、書き込んである。

それを指差して、今度は我が輩が訊いた。

「これって、吹き出しみたいに描いてある……声に出した言葉なんだろう？　じゃなきゃ、何かの音？　ウィルコックス君、君が夢で聞いた、言葉だか音なんじゃないのかい？」

彼は、一呼吸の間をおいて、困惑《こんわく》しながら答えた。

「さあ、何なんでしょうねえ」

おいおい、ウィルコックス君、自分で描いておいて、「何なんでしょうねえ」はないだろう。

「夢を見ている間、ずっと響《ひび》いてたんです。この音が——。

言葉にはなってなかったです、意味とか全然、わからなかったから。言葉だとしても、知らない言葉。言葉というより、呼び声、吠え声かなにか。声なのかなあ。地下からか、どこからともなく、声であって声でない、音であって音でない。

そんな、感覚を錯乱《さくらん》させる気配が、雰囲気が、湧き出してくるんです。それをあえて、音みたいに表現したら、こんな風になって……」

その、判読の大変に難しい子音がやたらに多いアルファベットの並びを、我が輩は音読しようとした。

「……く、く……くとぅ……くとぅる……う……ふ……」

ウィルコックス君が、助け舟を出した。その声を、音を聞いたのは、他ならぬ彼自身だ。彼に発音してもらうのが、一番だ。

発音しにくそうに、それでも夢の中で聞こえかつ見えた音を、一生懸命に発声した。

「……くとぅるう……ふたぐん……くとぅるう……ふたぐん……」

愕然《がくぜん》としたな、我が輩は。ショックで、全身が凍り付いた。心臓がぎゅっと縮み上がって、一瞬、活動を停止した。脳味噌が、驚きのあまり、爆裂するかと思ったわい。

驚きというか、興奮というか。片眼鏡がずり落ちるのにも気付かず、我が輩は遠い目をしていた。

その奇妙な音の連《つら》なりに、思い当たるものがあった。それこそ、実に思いがけない、千に一つ、いや万に一つ、いやいや、億に一つの偶然。それこそ、神の導きというべきか？

「もう一度、ウィルコックス君、もう一度、言ってみてくれ。君、おい、君、それは、その音は、言葉、おい、聞いたことがあるぞ。どこかで聞いた。頼む、もう一度」


**くとぅるう・ふたぐん……くとぅるう・ふたぐん……**


「大伯父さん、この言葉から、何を思い出したのかしら」

メグが首を傾げる。ここまで読んで疲れたのか、一息つこうというように、大きくため息をついた。すでに大伯父のこのノートを読んでるぼくは、ふふふ、嬉《うれ》しくなって教えていた。

「それを書いてまとめたのが、〈第二部〉なんだよ」

メグが「おお」と感嘆しながら、目を丸くした。

「でも、第二部は一九〇八年ってある。二〇年近くも遡《さかのぼ》るのよね。どうしてこっちを、第一部にしなかったのかしら」

首を可愛く傾げながら、当然の疑問を口にした。

ぼくも最初に読んだ時に、そう思ったものだ。けれど、すでに読んでいるから、こう説明することができた。

「この粘土板の由来の説明が、この覚書の目的だからだよ。この粘土板がここにある事情を、先に書いておかないといけなかったんだ」

さっきの感情を込めた朗読で、さすがに疲れたメグが、大事な結論をぼくに訊いてきた。

「象形文字を解読できたのかしら、ジョージ大伯父さん？」

今度はぼくが口を尖《とが》らせる番だった。

「ウィルコックスさんの執着が完全に伝染したみたいで、大伯父さんも象形文字とその怪物の絵柄を、目を細めたり広げたり、持ってる色んな本や資料の絵や記号と対照したりして、読み解こうとした。

でも、結局、ダメだったみたいね」

すっかり大伯父のファンになっている、メグをがっかりさせない為に、急いで付け加えた。

「でも、大伯父もウィルコックスさんの夢が気になって、またこんな風な変に生々しいゾクゾクするような夢を見たら、ぜひ知らせてくれって言ったんだ。

で、その後、三週間以上、ウィルコックスさんは毎日のように、夢の話をしに来たんだって」

その夢を、ジョージ大伯父は詳細に記録。一つ一つは、なんだか断片《だんぺん》みたいな、意味をなさないイメージだったけれど、それが膨大《ぼうだい》な量に積み重なると、近頃流行の映画みたいな、一連なりの映像が見えて来たらしい。

それは、緑の粘液の滴《したた》る巨大な石材と巨柱からなる、巨人の街の風景。その地下から聞こえてくる、「くとぅるふ・ふたぐん」とか何とかいう声だか音だか。

「もう一つ、頻繁に繰り返される音だか言葉だかがあって、それは、〝るるいえ〟。〝くとぅるふ〟と〝るるいえ〟の二語が、街を包む奇妙な音の主体らしいって、判ってきた」

「へええ……くとぅるふ……るるいえ……ねえ」

メグはさも感心したように、この言葉を口に出した。

「わかんないわね、やっぱり」

ぼくは、大伯父のノートを要約して言った。

「最初の訪れから三週間と少し後、三月二三日を境に、ウィルコックスさん、ぴたりと来なくなったらしい」

「えっ、それまで毎日、来てたのに？　どうしちゃったの？」

「大伯父も心配になって、ウィルコックスさんの部屋に行ってみたんだってさ。そしたら、屋敷の大家《おおや》が言うには、不意に高熱を発して倒れちゃったから、実家に連絡して、いったんご両親に引き取ってもらったらしいんだよ」

「不意に？　変な生々しい夢を見続けた後に、急に高熱？　なんかに祟られていたみたいね？」

「熱にうなされて、夜中じゅう大声でわめき立てて、アパートじゅうの住人を起こしてしまったそうなんだ。そのくせ、叫んでる本人は、昏睡《こんすい》状態に陥《おちい》ってて、起こしても起きないんだって」

メグは、そのあり様を生々しく想像したらしく、肩を抱いて身を震わせた。さも恐ろしそうな表情を作った。

「大伯父は心配で、ご両親に連絡して、その後の様子や、もし容態《ようだい》に変化があったら自分にも知らせてくれって言ったみたいだ。さらにウィルコックスさんの主治医のトビー先生にも連絡して、彼の病気の具合を確かめたんだって」

メグが同情して、心配そうに言った。

「大伯父さん、自分が夢に興味を持って、ウィルコックスさんをそそのかしたせいじゃないかって、責任を感じたんじゃないかしら」

「それもあるだろうね。けれど同時に、大伯父さん自身、ウィルコックスさんの夢の続きが気になってたんだ。そんな、高熱を発して叫び続けて、その間に昏睡状態だったって、要はとんでもない夢を見てたわけよね。そんな高熱が出て絶叫するほどの夢って、どんな凄い夢だったんだろうって」

メグがおびえた表情を作った。

「どんな凄い夢だったのかしら、いったい」

ぼくは結論から言った。

「側にいたご両親や、トビー先生が、ウィルコックスさんの叫び声を聞いてて、それを大伯父に教えてくれたらしい。

それによると、巨人って言ってただろう、あの絵柄。あれが、単に街の一部として、街に溶け込んでるんじゃなくて、動き出したらしいんだよ。

身の丈《たけ》一キロメートル以上、ひょっとすると二キロもあるってんだぜ、とてつもないだろう？　こいつがどすんどすん、街の巨大な建築群を地響きで揺すり立てながら、のし歩くらしいんだよ。

それに怯えて、ウィルコックスさんは凄まじい悲鳴をあげたらしいってんだなあ」

「体重が一キロとか二キログラムってんじゃなくて、身長が一キロ、二キロメートル？　うわあ、そんなものが歩いたら、地面が割れちゃう。山でも動かせるんじゃない？」

怖がりながらも、好奇心が勝って、メグはその様子を思い浮かべようと目を白黒させている。

それでも、その巨人の大きさの見当が付かないらしい。まあ、ぼくだってピンと来ないんだが。

「で、夢を見てひとしきり叫んだら、そのままショックで昏睡状態に堕《お》ちちゃうんだって。高熱って言っても、そんな命に関わるほどの高熱じゃないんだけれど、全身の症状が、まるで熱帯の高熱病に伴う症状みたいなんだってさ。原因もわからなければ、病名も付けようがなくて、主治医のトビー先生も困ってたらしいよ」

「ウィルコックスさんはその後？　治ったんでしょう、結局？」

ぼくはまた頷いた。

「四月二日に、症状が不意に消えて、ウィルコックスさんは元に戻ったらしい。自分では、いつ実家に戻ったかも知らなくて、意識を取り戻して両親の家に寝ているのを知って、驚いたんだって。三月二二日の夜以降の、熱を発してからの夢は、自分では全く覚えていないらしいんだよ。自分が熱に倒れたことも、叫び続けたことも、何にも覚えてないんだって」

メグは大伯父ばかりでなく、ウィルコックスという多感な芸術青年にも、興味を持ち始めたらしい。

大伯父を好いてくれるのは嬉しいけれど、ウィルコックス青年に同情するのはちょっとなあ……。

ぼくは、いい気持ちがしなかった……これって、嫉妬？　ウィルコックス青年って、ぼくもメグもまだ会ったこともないというのに。

「でも、大伯父さん、知りたかっただろうね、夢の続きを。のし歩く巨人が、その後、どうなったのか」

「それがさあ、病気から回復した後のウィルコックス青年、憑《つ》き物が落ちたみたいに、怪しい夢を見なくなっちゃったんだって。

大伯父さんは続く一週間、ウィルコックスさんに見た夢の話をしてもらったけれど、ごく普通の無意味な夢を見てるだけで、あの異常な〈巨人の街〉とのし歩く巨人の夢は、全く見なくなったっていうんだ」

メグが悲しそうに、肩を落とした。

「もう、用なしになっちゃったワケね、ウィルコックスさん」

ぼくも、「うん」と言いながら、一緒にがっかり肩を落として見せた。

「ウィルコックス青年は用なしになっちゃったけれど、ジョージ大伯父さん、彼の夢がよほど気になってたみたいなんだよね。並行して、ちょっとしたアンケート調査を実施してたんだ」

「アンケート調査？」

「うん、大伯父はその世界じゃちょっとした有名人だったから、その人脈を利用してね。普通だったら誰も相手にしない類のアンケートだけれど、回答を求めて来たのが他ならぬ、アイビーリーグはブラウン大学の名誉教授だって言うんで――。

もちろん、大伯父も、この人なら答えてくれるだろうという相手を選んだみたいだけれど」

ジョージ大伯父のアンケートは、ウィルコックス青年の夢に連動してのものだった。つまり、三月に入ってから四月の頭までのほぼ一カ月の間に、どんな夢を見たか、もし覚えていたら、できるだけ詳しく知らせてもらえないだろうかと。

問い合わせた相手には、三種類の人間がいた。

まずは、ニューイングランドの政財界を牛耳る政治家や、社会活動をしている人たち、実業家。

続いて、学者クラスの知識人。

三番目が画家、彫刻家、詩人などの芸術家だった。

政治や実業絡みの人々の返事はほとんど、「夢は見てない」とか「見たかもしれないが、覚えてない」ってそれだけだった。

そうは答えながらも、眠っている間に妙な胸騒ぎとか不安感に駆られたっていう人が少なからずいた。その不安や焦燥《しょうそう》、気色悪さに襲われたのはみな、判で押したように、三月二三日から四月二日の間だったらしい。

つまり、ウィルコックス青年が熱病の発作に襲われて、絶叫したり昏睡状態に陥ったりしていた期間だって言うんだ。

学者クラスの知識人も同様で、覚えてないという人が多かったけれど、中に四通だけ、「どうも、夢の中で奇妙な、気持ちの悪い風景を見た」という意味の回答があったらしい。うち一つは、奇怪な怪物の姿を夢に見て、ゾッとしたって答えている。

ジョージ・ガムメル・エインジェル教授を興奮させたのは、最後の芸術家クラスの連中の回答だったみたい。

どれもこれも似通った返事で、つまり、互いに何の関係もない赤の他人で繋がりもないのに、揃って同じような夢を見ている。もし互いに返事を見せ合ったら、あまりの一致に互いに驚いたに違いないって。

連中も三月から四月にかけての一カ月の間、奇怪な夢をしきりに見たという。その夢が最も甚《はなは》だしかったのは、他ならぬ、ウィルコックス青年が昏睡状態に陥っていた、三月二三日から四月二日の間だった。

これらの回答の四分の一が、かなり詳しく夢を記述してくれていた。

緑の粘液が滴る、巨大な石の都の風景——。

声であって声でない、音であって音でない、得体の知れない地中からの響き。

特にウィルコックス青年の熱病発作の時期には、同じくとてつもなくデカイ巨人が出現してのし歩く夢。

大伯父はある建築家の死に方を凄く気にして、その書き込みを大きく枠で囲んでた。すごく有名な建築家らしい。ぼくは建築のことは知らないから、知らない名だけれどね。

この人は、オカルトに大変な興味を寄せていた人だけれど、ウィルコックスさんの発病と全く同じ日に激しい精神錯乱の発作に陥り、「助けてくれ、地獄を抜け出してきた魔物に捕まえられる！」そう叫び続けたんだって。

その症状は回復することなく、その後も数カ月にわたって続いた挙句《あげく》、ついに恐怖に打ち勝てず、衰弱《すいじゃく》死しちゃった。

各界の人に向けた〝夢〟のアンケートに続けて、第一部の最後には、膨大な量の新聞の切り抜きがあった。この特別の期間内に起きた奇妙な事件を、世界中から集めた切り抜きだった。個人でこんな記事を世界中から集めるなんて、時間的にも金銭的にも不可能だから、きっと情報サービス専門の業者に依頼したんだと思う。

その切り抜きも、奇怪な事件はやっぱり三月の下旬、ウィルコックスさんの発病の時期に集中してる。

どんな記事かというと——

ロンドンでは、熟睡していた独身男が突如、凄まじい悲鳴を上げたかと思うと、部屋の窓から飛び降りた。自殺として処理。

南アメリカの新聞社には、精神状態に異常のある男が支離滅裂な文章で、自分が見た幻覚の風景を記述しつつ、恐るべき地球の未来を記した投書が届いた。

カリフォルニア州の通信社の記事によると、カルト宗教のグループが真っ白なお揃いの衣装を身にまとって集まり、やがて訪れる〈輝かしき日〉に備えて、狂ったような踊りと祈りを捧げているという。

インドでは二月の下旬から三月いっぱい、土着民《どちゃくみん》のあいだに正体不明の不安が高まって、政府と警察を警戒させたとか。

ハイチでは、ヴードゥー教徒の秘密祭儀が、これまでになかった規模で頻繁に行われるようになった。

アフリカを開拓中の白人たちは、このところ、いずこからともなく聞こえて来る不気味な囁《ささや》き声に怯えていると。

フィリピン駐在のアメリカ軍将校は、原住民の一種族が、間もなく異常な事件が起きるはずだとパニックに陥っているとの報告を提出。

三月二二日の夜半から未明にかけて、ニューヨークの警官隊が有色移民の暴徒に襲撃され、多数の負傷者を出した。

西アイルランドでは最近、不穏な動きを暗示する流言や風評が飛び交っている。

そして何よりこの三月下旬に、全国各地の精神病院で、狂暴性患者の症状がいっせいに悪化している。

その症例の激しさと夥《おびただ》しさは、かつて例のないもので、医師会はこれらの症状に何らかのつながりがあるに違いないと、共通の原因を探しているそうな。

ウィルコックス青年の夢、ジョージ大伯父が求めたアンケートに対する回答、そしてこれらの新聞記事。

一つ一つは、取り立てて騒ぐほどのものではないのだろうが、すべてが特定の期間に、それもほんの一カ月かそこいらの間に、集中して起きている。そうなれば、大伯父でなくても、気にするのが当たり前じゃないか。

なぜそんな異常事態がこの期間に集中したのか、その原因を示唆《しさ》しているのが、どうもノートの第二部らしいんだ。

## 4 考古学者の驚き

「大伯父さん、凄い行動力だよね」

メグが改めて、感嘆の声を上げた。

「ウィルコックスさんって、思い込みの激しい芸術青年でしょう。自分には優れた心霊能力があると思い込んでる、常識で言えば相当に風変わりな、世間知らずの若者ってだけじゃない。

そんな若者の夢を信じて、こんなアンケートを実施して、新聞の切り抜きまでたくさん集めて……九〇を過ぎたお爺さんとは、とても思えない」

ぼくは思わず、難しい顔をしてしまった。メグの、楽しそうに上気している表情を、探るように見つめてしまった。

メグはウィルコックス青年のことをこんな風に言っている。けれど彼女は、ぼくについても同じことを言ってなかったっけ？　あなたは相当の変わり者だから、わたしは好きなのって。

そう言われて嬉しかったけれども、今の言葉にはちょっと心が痛む。彼女は、ウィルコックス青年も好きになるのだろうか。ぼくも作家志望だけれど、要は彼と同じような存在ってこと？

ダメだ、こんなことを考えては。ぼくは慌《あわ》てて、話を繋《つな》いだ。

「大伯父さんが、ウィルコックスさんの見た夢にこんなに夢中になったのには、理由があってさ。それが、一七年前にさかのぼっての、〈第二部〉のルグラースっていう警部の話なんだよ」

メグがノートをめくりながら、

「『第二部、一九〇八年、ルイジアナ州ニューオーリンズ在住、ルグラース警部の話』よね」

ニューオーリンズは、合衆国の南の外れだ。北東の外れのここニューイングランドとは、気候も風土も住民の気質も正反対。あそこは陽射しの強い南国で、すべてが毒々しいくらいカラフルで、人々は陽気だ。ここが伝統的なアングロ・サクソン系白人の国とすると、あそこは黒人のジャズとブルースの国だ。

メグは、もうノートを自分で読むのには疲れたみたいなので、ぼくがノートをめくりながら、掻《か》い摘《つま》んで話して聞かせることにした。

警部はニューオーリンズの人だけれど、お話はまずは合衆国中部、ミズーリ州に始まる。

一九〇八年、アメリカ考古学会の大会が、ミズーリ州セントルイスで開催された。古代言語の第一人者であるぼくの大伯父ジョージ・ガムメル・エインジェル名誉教授は、この大会で当然ながら、指導者的な役割を演じていた。

大会に、中肉中背、ずんぐりむっくり、猫背のおかげでますます体が丸く見える、全然パッとしないオヤジが紛れ込んでいた。この風采《ふうさい》の上がらないオヤジが、大会の会場に場違いで妙に目立ったのは、考古学にまるで無縁に見えたからだった。

質疑応答の時間になって、このずんぐりむっくりのオヤジが、それこそ一生懸命という感じで手を挙げ、質問を許された。およそ風采の上がらないオヤジなのだが、話し振りはしっかりしていた。それもそのはず、オヤジの職業は——

「自分は、ジョン・レイモンド・ルグラースと申します。ルイジアナ州ニューオーリンズで、警部をやっとります。

実は私どものニューオーリンズで、宗教絡みのちょっとした事件がありました。それもどうも、古くからの民間信仰に関わる宗教のようなのです。そこで、事件解明のために、現地で色々と調査をしたのですが、満足な結果を得られんのです……。

本日、ここセントルイスで考古学会が行われ、合衆国じゅうからご専門の方々がお集まりになると聞き及びました。ひょっとすると、皆さんのお知恵を拝借して、事件解明の鍵を得られればと、馳《は》せ参じたのです」

会議の開かれている、ここミズーリ州は合衆国のど真ん中。ニューオーリンズは、一千キロ以上も真南になる。それはまた、ずいぶん遠いところから。宗教がらみの事件で？

ここは考古学会であって、刑事事件とも宗教ともあまり関係ないのだが、この素人《しろうと》警部は、何を訊きたいのだろうか？

集まった専門家の誰もが、怪訝《けげん》に思うと同時に、場違いな人間を見る目で警部を眺めていた。

まあ、事件の解明によほど切羽詰まって、藁《わら》をもすがる気持ちで来たのだろうが、きっと何やら場違いな質問をして、顰蹙《ひんしゅく》を買うだけで終わるのではないだろうか。気の毒がられつつ、引き上げることになるだろう。警部の自己紹介が終わると、学会の場をそんな空気が支配した。

重苦しい沈黙の中、警部が質問のために抱えて来た箱を、前に置いた。そこから、何かを取り出した。

小さな石像だった。

それを両手に持って、出席している皆に見えるように掲《かか》げた。たちまち出席者たちの間に、どよめきが走った。

「おお」

「うおっ」

「そ、それは……」

「ああ、何と……」

出席者全員の目が、その石像に釘付けになっていた。考古学にどう見ても縁のないニューオーリンズの一警部が、なんでこんな石像を持ってるんだ……エインジェル教授も目を大きく見開いていた。

石像は居並ぶ専門家たちの手から手に渡り、検討された。

高さは二〇センチあるかないかの小ぶりながら、優れた芸術品とも呼べる素晴らしい出来栄えだった。

どこか人間臭さが漂っているものの、頭はタコにそっくりで、何本ものグロテスクな触手が顔面から伸

びている。硬い鱗に覆われたずんぐりした胴体に、獰猛《どうもう》な太い爪のある前足と後ろ足、そして背中には、コウモリいや翼竜《よくりゅう》を思わせる長い翼があった。ずんぐりした全身から、いやらしく邪悪な欲望が滲み出ている。

それこそ悪魔のように正方形の台座にうずくまっているのだが、その台座には、専門家の誰にも判読できない、これまで地球上には存在したことのない文字が刻まれている。

怪物は翼の先を台座の後ろ端に付け、お尻を中央に乗せ、両膝《りょうひざ》を立てていた。後ろ足の鉤爪《かぎづめ》で台座の前の縁《ふち》をしっかり掴み、長い爪の四分の一くらいが台座の下にまで伸びている。前脚というより腕だ、その腕を前に伸ばし、うずくまった姿勢で、後ろ足の足首を掴んでいる。触手が無数に生えている頭を少し前に傾け、触手の束の先端は立て膝をした前足の甲まで届いている。今にも跳躍して、こちらの躍り掛かって来そうだった。

学者の一人が言った。

「これは、それこそ人類の歴史が始まる前の、とてつもない大昔に作られた石像だというのは、判ります。しかも、わしらの知っている人類文明のどんな美術様式とも異なる」

別の学者が頷きながら、

「考古学的にも、民俗《みんぞく》学的にも、宗教学的にも、全く正体不明」

呻《うめ》き、顔をしかめながら、こう言う者もいた。

「正直、気色が悪い。わしゃ、寒気《さむけ》がしてきた。邪悪というか、悪意というか……どうしてこんな、気持ちの悪いものを」

材質に注目する者もいる。

「これは、石、なんですよね。なんの石だろう」

黒緑色の表面のあちこちに、金色に光る斑点《はんてん》と筋目《ふしめ》がある。この場には、地質学や鉱物学の専門家も参加している。考古学に関連ある分野であるからだ。が、彼らの誰も、この素材を知らなかった。

台座に刻まれた文字も、全くの謎だった。

いちおう象形文字らしく見える。が、この場にはそれこそエインジェル教授も含めて、合衆国の誇る古代文字の専門家がずらりと顔を揃えているというのに、その誰も、こんな文字は見たことがなかった。

居並ぶ一人が冗談めかして、

「隕石《いんせき》か何か使ったんですかね。宇宙空間から飛来した、地球上にない鉱物？」

しかし、それが冗談に聞こえなかった。

「この文字は？　文字もこの地球の外から来た？」

「この石像そのものが、宇宙から降って来たとか？」

これを冗談と聞き流すものは、一人もいなかった。この不可思議な石像は全く未知の存在で、どんなありえない可能性でも、大真面目《おおまじめ》に論ずる価値がある。

エインジェル教授がようやく、訊くべきことを訊いた。

「この石像を、どこで手に入れたんですか、ルグラース警部？」

警部自身、自分でここに持って来たとは言え、この石像がこんなに専門家の皆さんの関心を集めるとは、思ってもみなかった。いや、関心なんてものはでない。興奮の渦だ。

警部は石像を手に、様々な意見や憶測を述べる学者たちの姿を、口を半分開け、目を白黒させて眺めていた。

質問の矛先が、不意に自分に向いたことに気付いて、警部は目をパチクリさせた。猫背を精一杯に伸ばして、石像を手に入れた事情を話した。

「今から三カ月ほど前になるのですが、ちょっとした捕物《とりもの》があったのです。場所は、ニューオーリンズの南部。ニューオーリンズの南部には密林が広がっているのですが、そのエリアの最奥部、沼地地帯でのことです。ここで、ヴードゥー教徒が不法集会を極秘に開くとの情報が入りまして、その検挙に、私を含む多数の警察官が出動しました」

不法集会は、見れば見るほど気持ちが悪くなってくるこの石像が示す通り、まさに邪教の集まりで、醜悪《しゅうあく》で不道徳で、まさに犯罪以外の何物でもなかった。

ヴードゥー教は、奴隷《どれい》としてカリブ海域に連れてこられた黒人たちによる、アフリカの民間信仰が起源である。西アフリカのフォン語でヴォドゥン「精霊《せいれい》」という意味が語源である。

その儀式は太鼓《たいこ》を使ったダンスや歌、動物の生け贄《にえ》、神が乗り移る「神懸かり」などからなるため、白人たちからは恐れられ忌《い》み嫌われていたが、ルグラース警部一行の目撃したそれは、これまで見聞きされた儀式をはるかに上回って、悪魔的だったと思われる。

検挙した信徒集団を、警部たちは取り調べた。連中はなぜ密林奥地の沼地で、残酷な犯罪まで犯して儀式を繰り広げることになったのか。

しかし、信じがたい迷信か、狂人の戯言《たわごと》のような取り留めもない思い込みしか聞きだせない。事件の発生から三カ月が経ったというのに、未だに、どうしてこんな集会と儀式を行ったのか、客観的に理解して説明する手掛かりが全くない。

その手掛かりを求めて、警部ははるばるここミズーリ州セントルイスまでやって来たのだった。

メグが、心底ぞっとしたような青ざめた表情で、さも気味が悪そうに言った。

「凶暴で悪魔的、残酷、犯罪って、連中は実際に何をしてたのかしら？　どんな集会を開いてたの？」

ぼくは笑いながら言った。

「わかってる、わかってるって、誰だってその〝凄惨《せいさん》な儀式〟の内容、知りたいさ。まあまあ、我慢して、我慢して……話には順番があるんだって。

まず、大会の話を終わらせようよ。で、ルグラース警部の大捕物と、邪教の儀式の話をするから」

メグが、怖い、気持ち悪い話を今、聞かないですむので、ほっとしたように肩の力を抜いた。

ぼくは続きを話した。ここからが、大会での出来事のクライマックスなのだ。


ルグラース警部の持ち込んだ石像の正体について、誰も何一つ具体的な見解を述べられないまま、会合を沈黙が包んだ。もはや手詰まり、そんな感じに。

その沈黙を破るように、一人の老学者が、おずおずと口を切った。

「実は小生《しょうせい》、この魔物めいた石像と、台座に刻まれた不可解な文字に、思い当たるものがあるのです。発言して、よろしいでしょうか？」

出席している全員の目が、声の主に向いた。

ウィリアム・チャニング・ウェッブ教授だった。ニュージャージー州にあるプリンストン大学に講座を持っていて、古代遺跡の発掘に大きな功績を残している人である。

全員、固唾《かたず》を飲んで、ウェッブ教授の発言を待った。

「ずいぶん昔の話なのです。半世紀、五〇年近く昔のことなので、もうほとんど忘れ掛けていました。なので、出来事を具体的に思い出すのに、時間が掛かってしまったのです」

正確には今から四八年前というから、一九世紀の半ば、一八六〇年頃のことになる。

「小生は当時、グリーンランドとアイスランドを探査する遠征隊に、隊員の一人として参加しておりました。探査の目的は、ここにルーン文字碑が埋もれているらしいとの報告があったので、それを見つけることでした。

肝腎のルーン文字碑の発掘には失敗したのだけれど、そこで奇妙な体験をしたのです。その体験が、どうもこの警部さんの話と無関係ではないようなので……」

ルーン（rune）文字は、古代ヨーロッパにおいてゲルマン民族が使用していた文字である。

その起源は諸説あるが、ゴート語の「秘密」（rune）が語源という説もある。装飾品や木片、石に刻まれた遺跡が数多く発掘されている。

グリーンランドはカナダの東北部の上に覆い被さるような位置にある、世界最大の島と呼ばれ、今もデンマークの一部を構成している。北極圏に属しているので、グリーンランドの名に反して、島の八〇パーセント以上が氷床《ひょうしょう》と万年雪に閉ざされている。まさに北極海の氷の島だ。

対するアイスランドは、その東隣、英国の真北の位置にある、オマケのように小さな島で、デンマークとノルウェーに属していたが、つい先日、一九一八年に独立国となった。北極圏に属しているが、メキシコ暖流が流れているため、意外に寒くないそうだ。

「そのグリーンランド西部の海岸に近い丘陵《きゅうりょう》地帯に、おかしな種族がおったのです。人種としては、この地方を住みかとするエスキモー族に属するのだろうけれど、小生らの知るエスキモーよりはるかに退化しておるというか、原始の段階に留まったままの種族だったのです。奇怪な悪魔崇拝《すうはい》を続けておって、祭儀は残忍きわまりなく、それを目にした時にはとても人間の行いとは思えず、ぞおおっと寒気がしたもんです。

近隣の、我々が知る他の一般のエスキモー族も、この連中を大変に恐れておりました。連中の悪魔崇拝や残忍な祭儀について他の種族に訊いても、みな怖がって震え上がるばかり。

言いたくないというより、実際に良く知らなかったのかも知れませんな。ただただ、恐ろしかったのでしょう。あの連中の宗教は、地球が始まるはるか昔、悠久《ゆうきゅう》の太古から伝わるものらしいと、そう答えるばかりでした。

ここにおられる皆さんは、〈トルナスク〉と呼ばれる大悪魔をご存知だろうか？

この大悪魔を礼拝する宗教がこのグリーンランド西部には古くから伝わっていて、人身御供《ひとみごくう》を伴う。その秘密宗教が、この地域には世代から世代へと、それこそ密かに受け継がれて来たと言われております。問題の連中はどうも、この秘密宗教を受け継いできた集団らしいのです。

巡り合った集団には、アンゲコックという名の呪術師がおりました。小生はこの貴重な機会にと、この年老いたアンゲコックから聞いた儀式の呪文を、意味もわからないまま、可能な限り発音通りにアルファベットに写し取りました。

けれど今は、その呪文よりも何よりも、彼らの崇める偶像です。儀式に使われる石像、それが気になりまして。

連中は、氷壁上にオーロラが輝く時に儀式を行うのです。その儀式で、偶像の周囲を狂ったように踊り歩くのですが、その偶像が、それ、今、そこにある石像に実に良く似ておるのですよ。

連中の偶像は、もっと原始的だった。石塊《いしくれ》に、薄い彫りで絵柄を削っただけの素朴な偶像でした。けれどその偶像が、まさにその石像と同じ姿形をしていたのですよ。薄肉浮彫《うすにく》りには、怪物の姿ばかりでなく、見たことのない文字も刻まれていたが、その文字まで実によく似ておる」

このウェッブ教授の話は、集まっている学者たちの間にどよめきを引き起こした。

教授の話に誰よりも興奮したのは、ルグラース警部だった。

偶像の周囲を、狂ったように踊り歩くという言葉に、唸り声さえ上げた。そしてウェッブ教授に、話が終わらぬうちにもう、早口で質問の嵐を浴びせた。教授が答えるよりも早く、次々に質問を並べさえした。

何より彼が知りたがったのは、

「原始的エスキモーの邪教徒たちが、踊り狂いながら唱えた呪文、それは何ですか？　どんな呪文だったんですか？」

教授は、「おお、それそれ」と、自分でも今、それを言おうとしていたのだと言った。儀式のことは強烈な印象に残っており、その言葉も今もまだ覚えていると。

一生懸命に思い出そうとしながら、ウェッブ教授は言った。

「我々の知っている言葉と違っておってですな。それを無理矢理に、アルファベット表記で書き写したものなのですが。小生には、こんな風に聞こえたということで……」

教授は立場上、不正確なことを口にして、それがいたずらに周囲を混乱させたり、誤解を招くことを何より恐れている。だからこの発言も、すぐには口に出来ないでいたのだ。

五〇年近く前にノートに書き写した呪文を、いきなり、記憶だけに頼ってここで公《おおやけ》にすることに、大いに躊躇《ためら》いを覚えているらしかった。

警部は、逮捕したニューオーリンズ沼地の狂信者の呪文を写し取ってきていた。手帳を取り出すと、呪文を写してきたページを開いて、ウェッブ教授の言葉を待った。それと比べたくてたまらないのだ。

教授は口籠るばかりで、「あのノートを持って来ていれば良かったのだが、まさかこんな展開になるとは思わなんだもんだから」と、なかなか口に出来ないでいた。

ついに堪《たま》りかねた警部は、自分の手帳を掲げた。沼地の狂信者の口から聞き取って、それに近いアルファベットで並べた音を、読んで見せた。

とても発音しにくい、我々の知っている言語体系に属さないその言葉を、ゆっくり、ゆっくり、噛みしめるように……

「ふんぐるい・むぐるうなふー・くとぅるう・るるいえ……」

それを聞くウェッブ教授の顔が、みるみるうちに青ざめていった。目を大きく見開き、ルグラース警部の掲げる手帳と、呪文を唱える警部の口元を見つめている。

青ざめたかと思うと、赤くなった。激しく動揺し、驚愕《きょうがく》し、慌てふためき、警部以上に興奮していた。唇がわなわなと震えている。

震える唇から、ついに呪文が流れ出た。その呪文は、警部が唱えるそれと、みごとに唱和した。

「くとぅるう・るるいえ・うが＝なぐる・ふたぐん」

唱え終わると、教授と警部、職業も業績も住んでいる世界も全く違う二人が、目と目を見交わし、あまりの一致に顔面を紅潮させて頷き合った。そしてどちらからともなく、声を合わせて、もう一度、呪文を唱えた。


「ふんぐるい・むぐるうなふー・くとぅるう・るるいえ・うが＝なぐる・ふたぐん」


会場を重い沈黙が支配した。会場の空気が、沈黙という形で、詰め掛けた一同の驚きと興奮を表現していたのだ。

北極圏はグリーンランドの氷の世界に、自分たちだけの閉鎖社会を作り、大悪魔の統《す》べる秘密暗黒宗教を崇める集団と、そこと対極の、合衆国南部はルイジアナ州南部の亜熱帯に近い密林沼地地帯に潜む狂信者集団。

その二つが、大変によく似通った魔物の偶像を崇めるばかりでなく、同じ呪文を唱えていたとは――！

北極圏から亜熱帯まで、通底する何かがある。両極端の場所でこういうことが起きているということは、誰も知らないだけで、我々の社会の地下深いところに、この邪教が根を張っているのではないか。

誰もの脳裏を、そんな恐ろしい予感が過《よぎ》っていた。

沈黙を破ったのは、この日の会合の立役者となった、ルグラース警部だった。

警部は、半ば勝ち誇るように言った。

「この呪文の意味を、聞き出しております。自分たちの逮捕した混血の狂信者のうち数人が、長老から呪文の意味を教わっていると言って、繰り返し繰り返し、説明してくれたのです」

驚きと喜びの声を上げるのは、今度はウェッブ教授だった。教授こそ、この呪文を書き取った半世紀も昔から、今日の今日まで、呪文の意味を知りたく思っていたからだ。

教授は警部が呪文の意味を述べ始めると、あまりの興奮に椅子から立ち上がり、胸を右手で強く抑えつけた。心臓の動悸《どうき》を抑えかねたのだ。

空気が凍り付いたみたいに静まり返った中に、警部の声が響き渡った。


「死せるクトゥルーが、ルルイエの家で、夢見ながら待っている」


二度、これを読み上げる警部。教授はもはや言葉もなく、目を大きく見開き、口までポカンと開けて、その意味を噛み締めていた。噛み締めつつ、尻もちをつくように、どすんと椅子に腰を落とした。

自分の言葉が、集まった人々の間に浸透《しんとう》するのを待って、警部が改めて口を開いた。

「ウェッブ教授の、グリーンランドでの貴重なご体験に続けて、ニューオーリンズの沼沢《しょうたく》地帯での邪教徒集団検挙の一件を、簡単に述べさせてください」

## 5　ニューオーリンズの大捕物

「ニューオーリンズって、どんなところか知ってる？」

一休みしてお茶を啜《すす》りながら、メグに訊いてみた。当たり前じゃないって顔で答えが返ってきた。

「ジャズの街でしょう。黒人が多い。合衆国の南部にあってメキシコ湾に面してて、合衆国だけれど、中米って雰囲気のある」

ぼくは付け加えた。

「ニューオーリンズの〝オーリンズ〟って、〝オルレアン〟のことなんだよ。フランスのオルレアン。〝オルレアンの少女＝ジャンヌ・ダルク〟っていうだろう、あのオルレアン。ニューヨークが、〝新しいヨーク〟って意味と同じで、新しい〝オルレアン〟。あそこはもともとは、フランスのテリトリーだったんだ。

今でこそ合衆国はアングロ・サクソンが仕切っているけれど、合衆国が国として成立する前には、フランス、オランダ、スペインが、ヨーロッパ各国が入り乱れていた。

合衆国のあちこちの地名に、それが残ってる。ニューヨークだって元々は、ニューアムステルダムって言われてて、オランダの領土だったしね」

メグが、首を傾げた。

「それは判るけれど、どうして急に、そんなことを言うの？」

ぼくは肩をすくめた。

「ふと、気になってね。ほら、ジョージ大伯父さんのノートの後半部分の主役ルグラース警部が、ヴードゥー邪教徒の集団を、ニューオーリンズ南方に広がる密林の中、沼地地帯で追い詰めたって言ってたじゃない」

「うん、そう書いてあったね」

「あそこは元々、フランスの海賊船の本拠地があったところなんだよ。ジョン・グラースっているじゃない、南部の伝説的な海賊の英雄。一八世紀から一九世紀にかけて、合衆国が独立する前後に活躍した。フランス人のくせに英国軍の味方をして、スペインの植民地を次々に略奪したって人だ。で、ニューオーリンズの英米戦争では合衆国軍の味方をした」

メグが口を可愛く尖らせ、目を丸くした。

「へええ、いたんだ、そんなフランス人が」

「うん、ニューオーリンズって、そういうところだって判ってて、ルグラース警部の事件を見ると、そんなに異常な出来事でもないんじゃないかって納得できるかと思ってさ。ニューオーリンズって何でもありの、まさにジャズでジャングルな場所なんだって」

「ふうん、合衆国って、広いわよねえ。

わたしはここ、ニューイングランドから出たことないから、よくわからないんです。ここが当たり前だと思ってるけれど、本当は合衆国の東北の外れの外れで、合衆国っていうより英国に近い感じなのよね。

宗教にこだわってるし、街並みは昔のヨーロッパみたいで、フランスへの憧れっていうか、コンプレックスも強い。街のあちこちに、ヨーロッパ大陸の名残があるもんね。合衆国の中でも、ここはここで、相当に変わってるんだろうから」

さて、ルグラース警部がアメリカ考古学会で語った、ニューオーリンズ南部の密林での邪教事件。新しいお茶を注ぎながら、ぼくはノートを見ながら、要約してメグに話して聞かせた。


「三カ月前、去年（一九〇七年）の十一月一日のことでした」

警部は狂信者たちの魔の祭儀について、集まった考古学の専門家一同に、詳しく語り始めた。

「本官の勤務するニューオーリンズ警察本部に、南部の沼沢《しょうたく》地帯の住人たちから、出動依頼がありました。ここには、かの海賊英雄ジョン・グラース船長と、その部下の子孫たちが住み着いています。かの船長は暴れ者というか、元気の良い人だったようですが、代を経《へ》た子孫たちは大変に穏やかで善良素朴《そぼく》、森の中で、開拓民として静かに暮らしています」

警部の軽い口調に、集まった一同が笑いを漏《も》らす。

「その住民が近頃、夜毎《よごと》に怪しい影が彼ら村の周りを徘徊《はいかい》しているようで、恐ろしいというのです。きっとここいらに多い、ヴードゥー教徒の仕業《しわざ》と思われるけれど、ここに昔から住み着いているヴードゥー教徒は、彼らもすでに知っているし、交流もある。大人しくて、悪さなどしません。

それとは別の、狂暴な連中が最近、他所から集まって来ているらしい。夜の暗黒のジャングルの中に、太鼓（トムトム）の音が響き渡り、同時に頻繁《ひんぱん》に、村の女子供が行方不明《ふくえふめい》になっていると」

恐怖を誘うリズミカルな太鼓の音だけならともかく、村の女子供まで行方不明になっている。ジャングルの奥から風に乗って、この世のものとも思えぬ絶叫《ぜっきょう》や、けたたましい悲鳴が響いて来る。

夜、外に出てジャングルの方を窺《うかが》うと、どうやら盛大に火を焚《た》いているらしい光が、木の間越しにほの見え、薄気味の悪い呪文の朗唱《ろうしょう》が聞こえてくる。

行方不明になった者たちと、ジャングルでの奇怪で祭儀めいた出来事と無縁とは思えないと、住民たちの総意として、警察本部に出動を依頼して来たのです。

十一月一日の午後、夕方近く、本官を指揮官とする二〇名の警官隊が、二輌の馬車と一台の自動車に分乗して、現地に向かいました。出動を依頼しに来た開拓民に、警官隊の案内をさせたのですけれど、彼らは、それはそれは恐ろしがったものです。

ニューオーリンズの市街を出発し、密林に差し掛かりました。

『道が、だんだん狭くなるぞ』

やがて馬車も自動車も入れなくなり、

『しかたがない、ここから徒歩で奥に向かおう』

立ち並ぶ糸杉の密度がどんどん高くなって、やがて陽の光も満足に射し込まない薄闇となりました。

乾いたことのない地面は、粘りつくぬかるみです。

まさに道なき道。

『気をつけろ、ぬかるみの中に気の根が隠れている。足を取られるぞ』

『なんて巨大な木の根だ……！　ここだけ地面が盛り上がっているように見える』

『くそっ！　このヤドリギめ！　やたら手足に絡みついて来やがる……。まるでヤドリギが意思を持って、自分たちの侵入を邪魔しているみたいじゃないか』

私たちは文字通りの泥水まみれとなって、密林の奥を目指して、何キロも行進を続けたものです。

出発したのがすでに夕方だったので、ジャングルを進むうちに陽が暮れ、たちまち夜の闇に包まれました。案内人の手にした角灯《かくとう》の灯だけが、自分たちが前に進む手掛かりでした。角灯の光は彼らの不安と恐怖を表現して、今にも消えそうな光で周囲を照らします。

この辺りに住んでいる者はいないのだけれど、それでも不意に、夜の露《つゆ》にじっとりと濡れた大小の石材が姿を見せ、崩れかけた廃墟《はいきょ》の石壁《いしかべ》が角灯の光にぼおっと浮かび上がる。

『こんなところに、人間がいたんですね。いつのことだろう』

『何十年、何百年前？　古代の頃？』

不安を紛らわすために、警官たちもそんな取り留めもない会話を交わし、気を落ち着かせようとしていました。

ニューオーリンズの密林地帯ならではの、そんな〝古代遺跡〟があるかと思えば、周囲にはびっしり立ち並ぶ巨木が、それこそ悪霊が取り憑いたように異様に幹をよじらせ、脅かすように枝を伸ばしている。彩《いろど》りの毒々しい毒キノコの馬鹿でかい奴が、それこそ狂ったように生《は》えているのです。

不意に前方が開けました。

『開拓者たちの住む集落に、辿《たど》り着いたぞ！』

かろうじて人間が住める掘っ建て小屋が、まばらに散在している開拓者の集落。

近付いて来る灯《ひ》の正体が警官隊だと確かめられなくて、住民たちは小屋に息を殺して潜《ひそ》んでいた。そして、それが警官隊だと知ると、彼らは歓声を上げながら飛び出してきました。甲高《かんだか》いその雄叫びは、歓声というより、ヒステリーの発作のように聞こえたものです。

集落のさらに向こうから、おどろおどろしい太鼓の響きが、風に乗って伝わってきます。

風向きが変わったり、強くなったりすると、その太鼓の響きに、奇怪な人声も加わる。音や声がやって来るあたりでは火を使っているらしく、密林の上空に、赤い揺らめく光が覗きます。また密生《みっせい》した樹木と樹木、葉群れと葉群れの間からも、揺れる炎の光が漏れてきます。

警官隊の到着に、集落の開拓者たちは何はともあれ、大いに安堵したようでした。

夜の闇の中、ランタンの光だけを頼りに、何事もなく集落に帰れるのか心配していた案内人たちも、家族や仲間と合流してようやく落ち着きを取り戻しました。顔に笑いが浮かんでいる。

彼らが手伝ってくれたのは、ここまででした。

『この先は、邪教徒が魔宴《まえん》を開いてる。ここまでで、勘弁してくだせえ」

口々にそう言い、あの沼地の辺りまでの案内を買って出てくれる住人は、一人もいませんでした。

本官を含む二〇人は道案内もないまま、未だかつて誰も足を踏み入れたことのない原始の世界に、自分たちだけで突き進むほかはありませんでした。

自分たちが目指した地域は、古来、悪霊の住処として畏れられていて、白人には未知の土地でした。こんな伝説があります。

この密林の最奥部《さいおうぶ》には、人間の目には見えない湖が横たわっている。そこには、あまりに大き過ぎて形すらわからない、目の白いヒドラが棲み着いて、こいつが仄《ほの》かな光を放っている。深夜には、湖近くの地下の洞窟からコウモリの翼を持つ悪霊が飛び出し、湖のこの怪物に祈りを捧げる。

この土地には、色々な言い伝えがあり、実際に我々には計り知れない歴史があります。それこそ、この土地自体の歴史に比べるならば、開拓民が入植したのは、つい昨日の出来事みたいなもんです。開拓民たちは、恐る恐る語り伝えています。

この大き過ぎて形すら判然としない怪物ヒドラが住み着いたのは、土着の原住民がここに誕生するよりもはるかに昔のこと。人間どころか、森林内の鳥や獣が住み着くよりも、はるかに遠い昔だと言われています。

悪魔以外の何者でもないその姿を見たものは、たちどころに死の運命に見舞われる。

なんでそんな事が判るのかというと、この怪物自らが人間の夢に姿を現し、そう警告したから。ここに住み着く誰も、ここには決して近付いてはならぬと、怪物自身が夢の中で告知した。

禁断の地とされるのは、密林の沼地の最奥部。ヴードゥー教の魔宴が行われているらしいのは、その外側、周縁部に過ぎないのだけれど、魔気がそこまで及んでいることは間違いない。近付くことすら危険だと、開拓民たちは信じていました。だから、断固として案内を拒んだのでした。

警官隊二〇人は、密生した樹木の間から仄見える炎の揺らめきと太鼓の音を目標に、粘りつくぬかるみに足を取られながら、奥地に入り込んで行きました。

歌うような、呻くような狂信者の声が、次第に大きくなってゆく。

声が大きくなっても、言葉はなしてない。

言葉らしいのだが、意味は全くわからない。

聞けば聞くほど、人間の声というより獣《けもの》の唸《うな》り声や雄叫びにも聞こえ、大の男が、それもこうした事態に対応すべく訓練を受けた警官が二〇人も一緒にいるというのに、得体の知れない恐怖から逃れることは出来ませんでした。

猛《たけ》り狂っている。興奮している。発情している。感極まって号泣している。その激情が空間を揺るがせ、樹木までそれに共鳴している。

咆哮《ほうこう》が中断され、一瞬の静寂《せいじゃく》が訪れると、その静寂を貫いて、かなりの修練《しゅうれん》を積んだらしいシワがれ声の朗唱、意味不明の祈祷《きとう》が流れてくる。


**ふんぐるい・むぐるうなふー・くとぅるう・るるいえ・うが＝なぐる・ふたぐん**

警官隊はさらに前進して、樹林がまばらな箇所《かしょ》に差し掛かりました。そこまで来ると、声の中心で何が起きているか、はっきりと覗き見ることができました。

部下の二人はそれを見た瞬間、激しい目眩《めまい》を覚えてよろけました。

一人が、失神して倒れました。

二人が正気を失って、情けない悲鳴を上げました。

大の男が、それも警官がです。二〇人も一緒にいて、それなりの覚悟を固めてここまで来ているのにです。

運が良くちょうどその時、改めて狂宴が始まり、狂信者たちが雄叫《おたけ》びや呻き声を上げ始めました。

その音と気配が、部下たちの情けないあり様と悲鳴を、隠してくれたのです。狂信者たちは自分たちの行為に熱中するあまり、近くに部外者が、それも警官隊が来ているなんて、思いも掛けてないようでした。

その隙に自分は、失神したり、目眩でふらふらしている部下たちに水を掛けたり、平手で叩いたりして正気を取り戻させようとしました。

意識を取り戻しても、部下たちはその場に立ち竦《すく》んで、おっかなびっくり目の前の光景に日を走らせては、身を震わせるばかりでした。

沼沢地の一部が、天然の空き地になっていました。二〇メートル四方くらいの広さなのだけれど、樹木がなくて、陽も当たるから土が乾いて固められている。人間の集まりにはうってつけの広場でした。

そこに、肌の色が黄色とも黒とも、茶色とも赤ともつかぬ、異形《いぎょう》の人間の群れが、大きなかがり火をめぐって、踊り狂っている。炎の照り返しで様々な色に見えるけれど、どうやら全員、白人と黒人の混血のようです。その数、数十人、いや百人はいたでしょうか。

一糸まとわぬ、素っ裸でした、全員——男も女も、老いも若きも、全員素っ裸。そして何やら大声で喚《わめ》きながら、陽根《ようこん》を振りたて、乳房を揺すり、股を広げ、身をくねらせて跳びはねている。

大かがり火の炎が風に煽《あお》られて割れ、向こう側にある石柱が見えました。石柱は高さ三メートルもあったでしょうか……その天辺に、何とも気味の悪い小偶像《しょうぐうぞう》が載っている。その小偶像が、本日持参した、あの石像なのであります。

これだけのことなら、部下たちは失神もしなければ、パニックにも陥らなかったでしょう。邪教徒が、恥ずべき集会を開いているというだけです。

大かがり火を取り囲むように、一〇本の杭《くい》が等間隔で並んでいました。杭は――、処刑柱でした。杭の一つ一つに、丸裸に剥《む》かれて無残《むざん》に傷付けられた女や子供の死骸《しがい》が、頭を下にして吊るしてあるのです。頭を下にして、さらにその下の地面には、粘っこい血だまりが広がっている。

開拓者の集落から姿を消した、犠牲《ぎせい》者たちに違いありませんでした。

大かがり火と、それから少し離れて、かがり火を取り囲むように建てられた一〇本の処刑柱。かがり火と無残の逆立ち死体の間の空間で、全裸の混血邪教徒たちが、人間ならぬ獣の雄叫びを挙げ、素っ裸でぴょんぴょん跳びはねるように、左回りに踊り歩いている。それを、いつ果てるともなく、いつまでもいつまでも、陶酔《とうすい》しきって続けているのです。

ジョゼフ・D・ガルヴェスというスペイン系の警官が、今回の逮捕劇に加わっておりました。いかにもスペイン系らしく、興奮しやすく思い込みの激しい人物でしたが、真実か幻覚妄想か、あそこに怪しいモノが姿を現しかけていたと、後に主張して譲《ゆず》りませんでした。

秘密の儀式が行われていたさらに奥、沼地の最奥部と思しい辺りから、邪教徒たちの雄叫びに応《こた》える異様な声が谺《こだま》した――、それを自分は確かに聞いたと言い張るのです。

さらに、大かがり火の焔《ほのお》の彼方から、遠くかすかに、力強い羽ばたきの音がした。羽ばたきの音と同時

に、らんらんと光る眼らしい輝きと、白いまさに山のように盛り上がる巨体を見たと。

警官たちがパニックに陥り、その場に立ち竦《すく》んでしまったのは、決して長い間ではありません。ほんの一時のことです。

広場で起きていることを見極《みきわ》め、なにをするべきか見通しが立った時点で、自分たちは驚きを乗り越え、冷静さを取り戻しました。すぐに銃器を手にその場に乱入、魔宴を取り押さえに掛かりました。

邪教の祭儀の場がたちまち、阿鼻叫喚《あびきょうかん》の地獄に変わりました。

邪教の信徒百人に、警官二〇人の死闘。

人数は邪教徒の方が圧倒的に勝っているけれど、警官隊は全員、銃器で武装しています。何より、連中は興奮状態、恍惚《こうこつ》状態で理性を欠いているけれど、我々は端《はし》から、連中の検挙《けんきょ》、逮捕が目的です。

死闘は五分ほどで、ケリが付きました。相手構わぬ乱射乱撃で、邪教徒の一部は撃ち倒され、一部は森の奥に逃げ込んで姿を晦《くら》まし、残りは逮捕されました。

逮捕者の数は、怪我人も含めて四七人でした。

自分は彼らに服を着るように命じ、二列縦隊の警察官の間に並ばせて、ニューオーリンズまで連行しました。

確認された信徒の死亡者は五名、重傷者は二名だったけれど、これは担架《たんか》に乗せ、信者たちに運ばせました。石柱の上の小偶像は、ここにご覧に入れている通り、本官が外して持ち帰った次第《しだい》です。

ニューオーリンズに戻るや、ただちに取り調べにかかりました。全員、疲労し切っていたけれど、そんな疲労より何より、虐殺《ぎゃくさつ》を伴った魔宴に対する私たち自身の好奇心と、一刻も早く事態を解明したいという義務感の方が強かったのです。

信者たちは全員、黒人、あるいは白人と黒人の混血で、大部分が西インド諸島から集まってきた下級の船員たちでした。

祭儀にヴードゥー教の色彩が濃いのは、彼らの出身地によるものでしょう。さらに、広大な海の上で船という閉鎖空間に閉じこもって暮らし、様々な海の神秘を経験するうちに、全員が等しく、怪しくて危険な邪教に目覚めてしまったものと思われました。

尋問《じんもん》に対する彼らの答えは、こんな具合です。

我々の神々は大昔、それこそ人類の誕生するよりもはるか昔に、大宇宙から、まだ誕生して間もない地球に天降《あまくだ》ったものである。その名を仮に、〈偉大なる古き神々〉と呼ぼう。

この神々はやがて死んで、大地の奥深く、あるいははるか深海底に姿を隠したけれど、最初の人類が生まれてくると、その男の夢に姿を現し、神々の秘密を説き明かした。

その教えは今の世にも伝わっており、今後も滅びることはないだろう。

この終末の時代にあって、その神は、人間が訪れることのない荒れ地、暗黒の場所に密かに隠れ棲み、星座が正しい位置に復帰するのを待っている。

その輝かしい日が到来すれば、海底の大いなる都ルルイエの隠れ家に眠る神であり大祭司であるクトゥルーが目覚め、立ち上がり、神々の言葉でもって信徒たちに語りかけ、ふたたび地球の支配者となるであろう。

信者の誰もが同じ意味のことを語り、そしてそれ以上は、一言も口を開こうとしないのです。

この地上で知性を持つのは、人類だけではない。彼らはそう考えていました。信仰心の深い彼ら少数者の元には、しばしば昏《くら》い闇の奥から、時間と空間を超えて精霊がやってくる。

ただしそれは精霊であって、自分たちの崇める〈偉大なる古き神々〉とは違う。人間は真の神々の姿を見たことがないし、見ることはできない。なぜなら真の神々は、人智を超えているから。

自分が奪った聖なる石像にしても、大祭司クトゥルーをかりそめに写しただけのもので、真の神々に似ているか否かは、誰も知らない。今の時代、太古の文字を読める者はもうどこにもいないので、神々の秘密は口伝《くちづ》てに語り継がれている。

それを声高《こえだか》に唱えてはならない。囁き声で告げることだけが、かろうじて許されている。

魔宴で彼らが声高に吠え、唱和《しょうわ》した言葉も、ルルイエの隠れ家でクトゥルーが、眠りながら時節の到来を待っていると、それを意味しているに過ぎない。

逮捕者四七人のうち、絞首刑《こうしゅ》の意味を理解するだけの正気を保っていたのは、二人だけでした。他は全員、もはや理性が崩壊していました。

四七人をあちこちの収容所に分けて収容し、取り調べも別々に行ったけれども、それでも全員の主張は、ぴたりと同じでした。

「誰が、開拓民を誘拐《ゆうかい》して、処刑柱《しょけいばしら》に逆さまにぶら下げて殺したのかって？　俺たちじゃない。俺たちは何もしてない。開拓民を攫《さら》って来て殺したのは、黒い翼《つばさ》の神々だ。俺たちの仕業じゃない」

「太古この方、人間がこの地にはびこるより、はるかはるか昔から、神秘の森の奥は真の神々の集《つど》いの場である。人間どもに、邪魔をする資格はない」

こんな風なので、彼らの宗教と祭儀に関して、自分たち警察が必要とする種類の証言を得るのは、不可能と思われました。


ここでルグラース警部は一息置いた。ここからの話、ぜひ専門家の方々に聞いて欲しい。そう言わんばかりに、会場を見回した。そして、話を続けた。

「邪教徒の中に一人、経験を積んだ老水夫がおりました。彼がようやく、本官にも何とか理解できる話をしてくれたのです。

彼の呼び名は、カストロ。スペイン人とアメリカ先住民との混血で、若い頃には世界各地の名も知れぬ港を渡り歩いた経歴の持ち主でした。港で臨時雇《りんじやと》いの仕事を得て、あるいは気紛《きまぐ》れを起こして、内陸も訪れたと言います。

そんな遍歴《へんれき》にも似た旅の途中、中国大陸の山中を訪れた際に、不老不死の高僧に出会ったと言います。

そして高僧の教義の内容を聞かされたけれど、それが今回の秘儀にも関わっていると思うと。

カストロが、中国人の高僧から聞いたその言葉というのは、

人類が生まれる前のこの地球は、星から渡ってきた〈あるモノ〉に支配されていた。そのモノたちは、地表の各地に壮麗で豪華な大都市を建設した。それが今なお、太平洋上の島々に、巨石文化の遺跡とし

て残っている。

このモノたちは、人類が誕生する以前に死に絶えたけれど、宇宙は永遠の円軌道《きどう》を描いて繰り返しているので、星座がしかるべき位置に復帰したとき、彼らは復活する。

星から地球に降臨《こうりん》する際に携《たずさ》えてきた聖像をアイテムに、その力を利用して蘇《よみがえ》る

カストロは、高僧のこの言葉に続けて言いました。——それが高僧から伝え聞いた言葉の続きなのか、それともこの老水夫自身の言葉なのか、自分でもわからない風でしたが。

いずれにしろ、世界中の名も知れぬ土地を渡り歩き、得た見聞を元にした言葉には違いないのです。

「偉大なる神々は、人間を含む動物と違って、血や肉とは無縁である。が、形は具《そな》えている。天空で、星々が星座を形作っているように。そして星座がそうであるように、神々は物質として、形を具えているわけではないのだ。

星々がしかるべき位置にあったとき、神々は宇宙空間を星から星へと自由に飛び回ることができた。それがいったん星の位置がずれて、星座が崩れはじめるや、もはや生きているのも難しくなった……とは言え、生きていられないというだけで、死んだのではない。

真の神々に、死は、永遠の死はありえない。死んだのではなく、大祭司クトゥルーの呪文に守られて、海底の大いなる都ルルイエの石の家に横たわり、星と地球が正しい位置に戻る〝復活の日〟を、待っている。

その輝かしい〝復活の日〟が到来したとしても、神々を死体の状態から解き放つには、外部からの働き

かけが必要だ。神々の死体を無傷のままに保存している呪文が、皮肉なことに、復活の日の自然な目覚めを妨《さまた》げている。だから、この呪文を無効にする働きかけが不可欠なのだ。

神々は目覚めたまま、闇の中に横たわっている。闇の中で、考え続けている。横たわり眠っている間でも、神々は宇宙で生じているすべてをご存知だ。

神々はそれを巡って、互いに語り合っている。今も墓の中で、神々は言葉を交わしている。

いや、言葉ではない。思いと思いがそのまま交換される、意識と意識の直接の会話だ」

生涯《しょうがい》を船とともに放浪《ほうろう》して暮らした、およそ教養に無縁な彼に、どうしてこんな知識が宿ったのだろうか。世界の果てを放浪することこそ、最高の知識修行なのだろうか——。自分は、そんなことを考えないでいられませんでした。

「遠い昔、地上に最初の人類が誕生した際、神々は感受性のもっとも鋭い男を選んで、彼の夢に姿を現し、その意識に直接に語りかけた。血と肉に包まれた物体に縛られた人間の心に、神々の意思を伝えるには、人間が肉体を超越する瞬間である、夢見のときを選ぶしかないのだ。

神々に直接語りかけられた、この最初の人類こそが……」

カストロは、畏《おそ》れ多い言葉への敬意を表明して、声を低めたものです。

「この最初の人類が、偉大なる古き神々から示されたいくつかの小聖像《せいぞう》を中心に、ある教義を築き上げた。

それらの聖像は、永劫《えいごう》のときを経て、神々が暗い星々から運んできたモノです。

この教義は、星の位置が正しくなって神々が復活するまで、死滅することはない。中国の高僧たちも、大祭司クトゥルーが墓から立ち上がり、使徒たちを蘇らせ、地球の支配力を再び取り戻すのに、手を貸しているのです。その日は、必ず、到来する」

カストロ爺さんの囁き声には、自然に力がこもっていました。目に確信の輝きを浮かべ、全身が一瞬、若返って見えたくらいです。

「その日は必ず、到来する！

その日、人類は〈偉大なる古き神々〉と同じ境地に達する！

神々と精神を共有するのです！

善にも悪にも縛られない本当の自由を喜び、法も道徳もかなぐり捨てて、自由なる大殺戮《だいさつりく》の快楽を満喫するのです！

そう、殺戮《さつりく》も姦淫《かんいん》も盗みも、やりたい放題、それこそが真の自由なのです！

楽しいぞ、破壊は。何もかも、壊してしまうんだ、気持ちがいいぞおお‼

殺せええ、犯せええ、盗めええ、何もかも‼　ぶち壊してしまええ‼」

爺さんは興奮し、拳《こぶし》を握って取り調べの机を叩いたものです。白目を剥《む》き、唇から涎《よだれ》を垂らし、恥も外聞もない恍惚の表情。目には涙まで浮かんでいました。

自分は正直、カストロが心臓発作を起こして倒れるか、逆に暴れ出すのではと、内心ビクビクしたものです。

荒い息を吐き、目を白黒させつつ、ようやく激情の発作が収まったのか、爺さんは深呼吸をして息を整えました。そして何事も無かったように、高僧から聞いたという言葉を続けました。

「古き神々が、人類が未《いま》だかつて考えたことも想像したこともない、全く新しく残虐《ざんぎゃく》、破壊的な大殺戮《さつりく》の方法を教えてくれる。

人類は大いなる喜びと陶酔《とうすい》をもって、それを実行するから、地表は大虐殺の焔《ほのお》に包まれる。

おお、本当の自由って、何て楽しくて気持ちが良いんだろう！

それを知った信徒たちは、虚飾《きょしょく》をかなぐり捨てた素裸で、狂喜乱舞するだろう‼

その日の到来まで、神々の復活の予言にかなった祭儀を続けて、古き時代の記憶を維持しなければならない」

再び取り憑かれたみたいに声を荒げ、白目を剥いて涎を垂らし掛けたが、その陶酔の発作を、老水夫はすぐに収めた。またふと、目に正気の光が戻りました。

続く言葉は、聖なる力に憑依《ひょうい》されたそれでなく、水夫自身の言葉にも思えたのです。

「かつては選ばれた人々に、墓場空間に閉じ込められた神々との交信が、夢の中で許されたものです。

それが、いずれかの時点で、何事かが起きて、出来なくなってしまった。

墓場空間を内包する石の都ルルイエが、巨大な石柱も何もかも、深海の底に沈んでしまいました。神々のテレパシー波も透徹《とうてつ》できない、人類の理解を超越した〝バリヤー〟に覆われてしまいました。

だからもう、選ばれた人々に、夢という形で思いを伝えることが、出来なくなってしまいました。

しかし、そうなっても、過去に交感した記憶は残り、受け継がれて行きます。いつか必ず、星辰が本来のあるべき位置に戻り、ルルイエの都が地上に浮かび上がる日が来る。高僧も、そう予言していました。

実際にときどき、カビ臭い影に包まれた黒い大地の精霊が、この人間界を訪れては、深海の底の洞窟《どうくつ》からの便りを預けてゆく」

〈カビ臭い影に包まれた黒い大地の精霊〉？　何だろう、それは？

自分はこの言葉がわからなくて、何を指すのか、繰り返しカストロに問うたけれども、彼はそれ以上は、何も言いませんでした。急いで話を打ち切ったり、他に逸《そ》らしたりされてしまったのです。

〈偉大なる古き神々〉についても、具体的には何も語ってくれませんでした。

ひょっとすると、爺さん自身、こういう言葉を聞いて覚えているだけで、意味は、何を指すのかは、知らなかったのかもしれません。

ただ、〈記憶を語り継ぐ教団〉という代物について、曖昧《あいまい》ながら話をしてくれました。それこそ、謎に謎を重ねるような言い方ではありましたが。

ここにいらっしゃる先生方なら、何かの手がかりをお持ちかもしれないので、申し上げてみます。

「教団の本部は、もはや道などないアラビア砂漠のど真ん中、〈石柱の都イレム〉が昔のまま眠っているあたりに置かれている。

この教団は、西欧の魔女崇拝とは全く無関係で、もちろん西欧のキリスト教的な神や悪魔とも関係なく、教団の信徒以外には、教団をめぐる事実は何も知られていない。

この教義に言及した書物は一巻も残存していない」

不死の中国高僧は、謎めいたヒントを爺さんにくれたらしい。

それは、狂気のアラブ人アブドゥル・アルハザードの『死霊秘法《ネクロノミコン》』の、次の二行の言葉に示されていると。この二行の言葉には、二通りの解釈が議論されている。

ちなみに、この本は、この教団に加入を許された者の必読書です。

**永遠の憩《いこ》いにやすらぐを見て、死せる者と呼ぶなかれ**
**果て知らぬ時ののちには、死もまた死ぬる定めなれば**

自分はこの〈記憶を語り継ぐ教団〉の起源なり、今日の姿なり、わからないかと、力を尽くしてみました。人身御供《ひとみごくう》を伴《ともな》う邪教集団についても――。

両者に、なんらかの結び付きがあるのかないのか、あるとしたらどんな関係が？ 手を尽くしたけれど、全くなんの手がかりも得られません。カストロ老水夫のいう通り、秘密は完全に守られておるようです。

地元ニューオーリンズのトゥレイン大学の教授陣にも、事情を詳しく説明して教えを乞《こ》うたけれど、同じでした。教授陣の誰も、この謎の教団についても、この地球外の鉱石から出来ている小石像についても、なんの手がかりもお持ちでない。

そこで聞いたのが、今回のこの考古学会のことでした。ここには、この道の最高権威の皆さんが、世界各地からお集まりと聞いて、ひょっとすると――と、駆け付けてきた次第です。

が、ウェッブ教授のグリーンランドでの経験談以上のことは、聞けなかったみたいで……。ルグラース警部は、別に失望したとか、ここの諸氏を非難したりという意図からではなく、警察官らしい実直さで、自身の意見を述べ、発言を締めくくった。

## 6　ウィルコックス青年との面談と、その後の調査

五月、合衆国東北部のここボストンにも、ようやく春の気配が漂ってきた。

先月までの冷たい空気が緩んで、陽射しが強くなり、日照時間も日に日に長くなってゆく。

五月、六月のニューイングランドは、一年で最も美しい季節だ。

メグがうちの庭で、身体を鍛《きた》え、空手《からて》の練習をしている。

現代娘メグは、合衆国女性の伝統からいささか外れて、スポーツ万能。特に格闘技が好きだった。まさに男の子？

「女こそ、自分の身は自分で守らないとね。男に頼ってばかりいる限り、女はいつまでも男の奴隷《どれい》だわ」

彼女の口癖である。

こう言ったあと、まるで当て付けるみたいに、ぼくを横目で睨《にら》んだり、ぼくに向かってしかめっ面をして見せたりする。そんな風に一生懸命に強がる態度から、逆に彼女の女性としての弱さを、優しさを、ぼくは感じ取っている。

いちおう我が家は、ニューイングランドでも旧家に属する家系。男＝家父長を中心とした伝統的な家族関係を重んじており、メグにとっては〝敵〟みたいなものなんだ。

けれどぼくもまあ、そういう我が家の伝統にはちょっとむっと来てる。作家になりたいってのも、我が家の伝統に対する、反逆だろう。

メグにも、女らしいお淑《しと》やかな花嫁修行も、家事に励むことも求めていなかったりする。

逆だ、逆だよ、おい、考えてみれば――部屋を片付けるのは、いつもぼくだ。洗濯物をまとめて家政婦に渡すのも、ぼくだ。ぼくは料理が好きだから、食事もお菓子もよくぼくが作ったりする。

まあ、いいさ、なるようになれだ。

メグは空手の有段者だ。彼女の武勇は、この界隈では有名である。その一つ一つについて、ここでは言わずにおくが、しかし、彼女の武勇の裏には、弱いものを助けるというか、間違ったことを許さないというか、不正や悪を憎む彼女の本心が隠れている。つまり、優しいのだ。

彼女に用心棒を頼む女の子はいても、ちょっかいを掛ける男はいない。ぼくも、彼女といると安心！

心地《ここち》良い陽射《ひざ》しの下、柔軟《じゅうなん》と筋トレを終えたメグが、軽い掛け声と共に空手の素振《すぶ》りを始めている。

「あなた、男なんでしょう？　そんなに部屋にこもって本ばかり読んでないで、少しは身体を動かしたら？　身体が健康でないと、頭も働かないわよ。天気の良い日は、外で身体を動かして、陽の光を浴びないと、細胞《さいぼう》が活性化《かっせいか》しないのよ」

ぼくは、外で身体を動かすのが好きではない。

性格が全く反対だから、ぼくとメグはこうして、長く付き合っていられるのだろう。なにもかも反対だって判ってるから、喧嘩《けんか》にも取り合いにもならない。

性格は反対だというのに、不思議に気が合う。

ぼくには彼女がいなくて、作家になりたいと思ってて、大伯父の影響で、こんな風に考古学とか民俗学の研究にふけっている。メグにも彼氏はいない。普通の女性でいるのが嫌で、頑張って強い女になろうと、空手にまで手を出している。

　二人とも恋人どころか、友達らしい友達もなく、結局、いつも二人でいる。メグに面と向かっては絶対に言えないが、ひょっとするとぼくとメグみたいな関係を、普通は〝恋人〟というのでは？　変わり者のカップルだ。

　最近、そんな風に考えることがあって、胸が妙にドキドキしたりする。一生懸命に強くなろうとすればするほど、その裏から、すぐに目に涙を浮かべることも含めて、優しさとか、か弱さを見てしまう。

　空手の素振りを終えたメグが、ぼくのところに来た。

　椅子に座って、ティーカップを手にぼおっとメグの素振りを眺めていたぼくに、いかにも女の子らしく小首を傾げながら声を掛けた。

「あれ、本、読んでないの？　いつもの、民俗学だか、考古学の本」

　取り留めもない物思いにふけっていたぼくだが、不意にそう声を掛けられて、現実に戻った。

「ああ、ちょっと、本は一休《ひと》み。ウィルコックスさんのことを思い出してね」

　去年の暮れ、十二月の半ばに、ヘンリー・アンソニー・ウィルコックス青年を訪れた。それを今、思い出していた。彼に、敵意を燃やしたことなど。

「やっぱりね、あなたが考えてるのは、そのことばっかりだもんね、最近は」

「ははは、それが今のぼくの仕事さ。ウィルコックスさんの見た夢が気になって気になって。例の邪教が気になって――、だから、大学に入り直しさ」

　嘘を言って、わざと何事もない風を装うために、大げさに笑ってみせた。

いや、嘘を言ったと言っては、それこそ嘘になる。ウィルコックス青年に対する嫉妬《しっと》は、個人的な感情だ。それと別に、大伯父の残していった謎に対する強い興味があったのは確かだ。

去年の十月のジョージ大伯父の死と、大伯父の残していった謎。それは今も、ぼくを惹きつけて止まない。

その謎を解き明かすべく、大学に入り直すことにした。専門分野を研究するための、編入である。四カ月後、この九月に新学期が始まる。合衆国の学校の新学期は、九月だ。

「家を継ぐのに必要だからって、経済学と経営学を学んだ人が、ようやく実社会に出てそれを生かそうって時に、民俗学だ考古学だって、およそ不経済な学問の世界に逆戻り。やっぱり、変わってる、あなたは。社会人には、絶対に向かない」

一呼吸おいて、また、笑顔を作って言ってくれた。

「あなたのそういうところが、わたしは好きなんだけれどね」

こうきっぱり言われて、ぼくは慌てた。内心では嬉しくてドキドキしてるのに、照れ隠しに、聞こえない振りをしてこう言っていた。ああ、ぼくはバカだと、自分でも思う。

「学問は、大事だ。直接の金にはならない、むしろ金を食うばかりかもしれないけれど、長期的に見るなら、学問が世の中の未来を方向づけるんだぜ」

メグが、ちょっと寂《さび》しそうにした。

ぼくは「しまった」と思った。どうしてぼくは、こんなに不器用なんだろう。正直な彼女の言葉が照れくさくて、いつもはぐらかせて、彼女を傷つけてしまう。

「そんな理屈を捏《こ》ねて。要は、好きなだけでしょう、部屋に閉じこもって、本をめくって過ごすのが」

ぼつりと呟いた。

「ぼくも君が好きだよ」って素直に言いたかったが、またタイミングを逃してしまった。

自己嫌悪にぼくは黙った。メグも黙った。

メグの言う通り、ぼくは家業を継ぐために、ボストン大学で経営学と経済学を学んだが、今度は考古学を学ぼうと思っている。ジョージ大伯父、エインジェル考古学教授の跡を継ごうという訳ではないのだが、結局、そういうことになりつつある。

大伯父の残した覚書ノートを紐解《ひもと》いたのをきっかけに、古代宗教に異常に興味を惹かれている。

あのセントルイスでの学会で、合衆国のみならず、ヨーロッパからもそうそうたる考古学者や民俗学者、人類学者が詰めかけていたというのに、誰も正体を突き止められなかった邪教集団。古代から延々と、連綿と語り続けられたという〈記憶を語り継ぐ教団〉。

邪教？　でも、邪教って何なんだろう？　キリスト教の観点からは邪教かもしれないが、しかしこっちの方が古そうだ。キリスト教と違うからって、邪教と決め付けて良いのか？

そして、やはり覚書にあった、去年の三月のウィルコックスさんの話。

彼は、古代宗教となんの関係もない一《いち》芸術青年である。その彼の見た夢が、古代の石の都の風景、そこに潜む巨大な怪物、そして人間の喉から発声したとはとても思えない不思議な呪文、それらが古代宗教と密接に関わっていた。

こんな偶然の一致があるだろうか。この背後には、どんな謎が、どんな神秘が潜んでいるのか。

全くそんなものに興味のなかったぼくが、ここ半年ですっかり謎の虜になり、ジョージお祖父ちゃんの跡を継ぐかのように、ブラウン大学の門をくぐることになった。

ぼくは作家になりたいと思っていたが、結局、学者の道を歩き始めようとしている。

メグも自分のカップに紅茶を注《そそ》ぐと、額に薄っすらと浮かんだ汗をタオルで拭いながら言った。

「面白いわねえ、ウィルコックスさんの話を、あなたが面白いと思うなんて。だって、あなた、実はウィルコックスさんを疑ってたんじゃなかったっけ？　信じてなかったじゃない。それが、そんなに邪教に嵌《はま》るなんてね」

去年の暮れにウィルコックス青年に会って以来、たびたび繰り返されている話題の蒸し返し。

「君だって面白いよ、メグ。ウィルコックスさんの話を信じて、今に宇宙から来た魔物が復活して来たら、戦ってやるんだって、身体を鍛えて、空手の練習にも力を入れて。魔物は、巨大戦艦並みにデカいんだぜ。個人の力じゃあ、どうにも出来ない。必要なのは、軍隊だろう。君一人で空手をやったって」

が、メグは顎をそびやかし、きっぱり言った。

「まずは一人一人が、事態に備えないと。一人一人が自立して、自覚してこそ、集団として危機に対処できるんだよ」

メグに言われた同じセリフを、今度はぼくが返した。

「要は好きなだけじゃん、そうやって太陽の下で身体を動かすのが」

二人で同時に、吹き出していた。

ボストンの下宿は引き払って、ブラウン大学のあるプロヴィデンスに下宿を確保するまでの間、ぼくは実家の屋敷に戻っている。大伯父の残した書類や書籍も、いったん全部、実家に持ち込んだ。ここには、これらの資料を収納する充分なスペースがある。ここで、大学の勉強の準備をしている。

メグが、ヘンリー・アンソニー・ウィルコックス青年に話を戻して、ぽつりと言った。

「いい人だったじゃない、ウィルコックスさん。あなたと同じで、相当の変人だったけれど、でもあの人は嘘を吐《つ》いてないわよ。それはあなたも、認めてるじゃない」

ジョージ大伯父のノートを、二人でじっくり検討した後、どうしても夢の話を直に確かめずにいられなかった。だからメグと二人、クリスマス前の世間が浮き足立っている時期だってのに、プロヴィデンスのウィルコックス青年の家を訪れたのである。

己惚《うぬぼ》れが強くて神経質で偏屈《へんくつ》な、青白い腺病質《せんびょうしつ》の芸術至上主義青年。二人とも、無茶苦茶に気難しい相手を予想していた。

「メグ、余計なことを喋ったら、ダメだよ。感情をすぐに顔に出すのも、止めてくれよ。ウィルコックスさん、神経質そうだから。考えてることが、すぐに態度と顔に出るのが、メグの欠点だ」

「なにを言ってるのよ、それはあなたの方でしょう。あなたは、自分についての自覚が足りないんだから」

などと言い合いながら、若き彫刻家のアパートを訪れた。

彼の住まいは、プロヴィデンスはトマス街の、〈フレール・ド・リス館〉と呼ばれる小洒落《こじゃれ》たお屋敷の中にあった。ここの一室を借りて、未だに孤独な独身生活を送っていた。

プロヴィデンスは合衆国独立前の植民地時代の名残《なご》りが強い街だけれど、特にトマス街の一角は古い町の丘の上にあって、英国のジョージ王朝風の尖塔《せんとう》が優雅な影を路上に落としている。実に英国っぽい風情《ふぜい》があるのだ。

そこに一軒だけ、フランス様式っぽい、正面を派手な漆喰《しっくい》で塗り立てた安っぽく下品な建物があったが、そここそ、ウィルコックス青年が部屋を借りている〈フレール・ド・リス館〉だった。名前までフランスっぽい、フランス趣味の場違いな建物だった。

「それ見ろ、悪趣味な。こいつはきっと、ペテン師だぜ。大伯父さん、こいつに騙されて、もうちょっとで大金を巻き上げられるところだったんだ」

メグが妙に同情的なことばかり言うし、実際に会ったりしたら影響されかねない。それが不愉快で、ぼくはついつい、会う前からウィルコックス青年を罵《ののし》っていた。

それに、ジョージ大伯父はすっかり信用し切っていたが、経済学という実学を学んだ合理主義者のぼくは、夢ばかり見ている男の言葉など、半分も信じちゃいなかった。作家志望者として面白いとは思うが。

ノートを読んで、脳みその半分はこれを面白がったし、驚いたし、感銘も受けたけれど、もう半分は、合理的な説明を求めて粗探《あらさが》しをしている状態だった。

「ウィルコックスさん、どこかでこの邪教の話を、すでに聞き込んでいたんだよ」

ぼくが、ジョージ大伯父が騙《だま》されているのではと、疑う根拠である。

「大伯父さんの覚書の後半部分は、学会の記録だけれど、学会での出来事を青年はすでに知っていて、それを素材に同じような夢の物語をでっち上げ、何日も掛けて少しずつ、少しずつ話して、お祖父ちゃんをその気にさせ、ついに信じ込ませたんじゃないかな」

大伯父がアンケートで様々な階層の人々の夢を集め、新聞の切り抜きを収集したのは、ウィルコックス青年に会った後のことだ。集められた内容に大伯父は驚き、ますます本腰を入れて邪教の調査にのめり込んだ。

――が、自分のでっち上げた夢物語の裏付けが得られて、驚いたのはウィルコックス青年の方だったりして？

詐欺《さぎ》、ペテンが都合よく運ぶのは、こんな具合に、物事がすべて上手く噛み合う時だろう。また、大伯父は大伯父ですっかりその気になっているから、都合の良い事実ばかりを、自然に集めてしまったのでは。

「ヘンリー・アンソニー・ウィルコックス青年のペテンを見破る！」

それが、あの悪趣味なフランスっぽい屋敷に、メグと共にウィルコックス青年を訪れた理由だった。

メグはメグで、凄く興味を持っていて一緒に来たがった。ぼくは正直、メグが興味を持てば持つほど、早くも嫉妬に駆られていた。けれど、この胡散臭《うさんくさ》いウィルコックス青年の化けの皮が剥がれることに、ぼくは大いに期待していた。

「悪趣味な屋敷？　どうして？　おシャレな良い家じゃないの。あなたは英国趣味だからねえ。それはともかく、ウィルコックスさんは本当のことを言ってたよ。本当に、あの学会のことも、秘密宗教のことも、ナニも知らなかったじゃないの」

確かに屋敷はグロテスクで下品だった。けれど、メグがウィルコックス青年を弁護するのも、もっともだった。

管理人に部屋の場所を聞いて、行ってみた。部屋のドアは開けっ放し。ウィルコックス青年は机に向かって、何やら熱心に作業をしていた。

その後ろ姿は、暗くて弱々しい感じ。髪に櫛《くし》を入れる手間も掛けたことがない風。近付くクリスマスになど、全くなんの興味もない風。まさに、芸術青年だ。

ドアが開いたままとはいえ、いきなり声を掛けるのは失礼なので、ドアをノックして注意を引いた。青年は面倒臭そうにわずかに振り返った。

「なんです？　ぼくをお訪ね？　なんか用ですか？」

しかし、腰を上げようともしない。

ぼくが名を名乗り、ジョージ・ガムメル・エインジェル教授の親戚の者だと自己紹介すると、鬱陶《うっとう》しそうだった表情が一変した。立ち上がり、満面の笑みを浮かべて、近付いて来て握手をした。

その間にぼくは、部屋の様子をさっと見回していた。

部屋一杯に、制作中の彫刻作品が散らばっている。

見た瞬間、彼の才能が本物だと確信した。天才と呼びうるほど密度の高い、独創的な作品を生み出している。

「あなたの本棚にあったアーサー・マッケンの散文や、クラーク・アシュトン・スミスの詩や絵をそっくり形に表現すると、あんな感じになるんじゃないかしら？」

メグが小声で囁いた。メグにしては的を得た言い方に感心する。

確かに、いずれ孤高の彫刻芸術家――デカダンスの巨匠として、世間の注目を集めることだろう。それも時間の問題で――。

青年が詐欺師で、大伯父をペテンに掛けようとしていたという疑いは解けかけたが、いやいや、まだまだ。本物の詐欺師ってのがどんなに凄いか、それを考えると、気を許すわけにはゆかない。

ウィルコックス青年がもし嘘を吐いていないなら、大伯父がなぜ彼の夢をあんなに根掘り葉掘り聞きたがったかを、知らないはずだ。大伯父はそれを説明する前に、他界してしまっている。なんであんなに、たかが夢でしかない話にこだわったのか、彼は彼で、今も不思議に思っているはずだ。

ぼくは、自分から先走って、大伯父の覚書の話をするのは避けた。青年の嘘を見破るためである。逆に青年の口から、話を引き出すことに努めたものだ。

「ウィルコックスさん、やっぱり紛れもない芸術家よ」

メグが尊敬を込めて言ったが、まさにその通りだった。彼女のその賞賛の言葉に、嫉妬の気持ちはますます強くなった。しかし、嫉妬しつつも、ぼくも少なからず、彼を尊敬し始めていたかもしれない。

「芸術家って、ウダウダと嘘なんか考えたりしないよ。喋ってる間のあの人の表情、わたし、ずっと見てたけど、誠実そのもの。夢の話も、嘘じゃない。

話の途中で、最近の作品とか見せてくれたけれど、どれも、あの時の夢に強く影響されてるみたい。あの夢が、強烈に潜在意識に働いていて、今もトラウマみたいに焼き付いてて、それがウィルコックスさんの今の作品にも反映されてる」

メグは、最新の科学である精神分析とか、夢判断が大好きだ。ウィルコックス青年と話を交わすうちに、ぼくの中から彼に対する嫉妬心が薄れて来たのは、彼女の中に、彼に対する純粋な尊敬の念しかないと判って来たからだ。

嫉妬の気持ちが薄れるのと並行して、青年に対する疑念も薄れて来たから、人間なんて勝手なものだ。

「実際、改めて夢の話を聞いてみると、その多くを——特にディテールを、ウィルコックス青年は忘れてしまっていた。それも、彼が嘘を吐いてない根拠の一つだとは思う」

「ほらね！」

メグは得意げに胸を張った。

ぼくらがウィルコックス青年を訪れたのは一九二六年十二月で、彼が奇怪な夢を見たのは一九二五年の三月、一年と九カ月が経っている。だからこそ、彼の話が本当だと信じられる。もし、でっち上げの夢だったら逆に、彼はあの時点でもディテール細やかに、正確に夢を再現してみせたはずだ。

「夢の真実性は、なんていっても、あの彼の作品そのものが証明しているじゃない！　見せてくれた最近の塑像《そぞう》の一つは、絶対、精神錯乱中に口走ったというあの巨大な怪物の姿を反映していると思う。彼の意識の表面からは消えてしまったけれど、潜在意識の奥に、あの巨大怪物は、しっかりと痕跡《こんせき》を残しているのよ！」

メグはすっかり興奮していた。

確かに彼は、いかにも芸術家らしく、覚えている夢の断片を、極度に詩的な表現を用いて説明してくれた。

〈巨人の街〉の石柱群《せきちゅうぐん》が、ベタベタの粘液に濡れて、不気味な緑色に染まっている様。

あらゆる線と形が歪み、入り組んでいる。

表がいつの間にか裏になり、裏が表になる。

左右がいつの間にか入れ替わり、重力は無効にされている。

ロシア未来派や、最近はやりのドイツ表現主義みたいな、悪夢のような狂った風景が、青年の詩的な言葉から、ごく自然に思い浮かんだものだ。

その超現実的な風景に、地下からの音が、異次元のモノどもの合唱が重なる。

……くとぅるふ・ふたぐん……くとぅるふ・ふたぐん……

「そこまで信用して彼の話を聞いていながら、あなたはまだ、疑ってるの？」

そう、それでもぼくは疑う。常に科学的でありたい、それが学問に目覚めつつあるぼくの信念だ。

「うん、だって、彼は忘れてるだけで、きっと昔、この邪教の話を聞くか読むかした可能性があるじゃないか。それが潜在意識下に残ってるのかも。

ほら、君の好きな、精神分析の世界の話だ。ウィルコックスさん、言ってたじゃないか。神秘研究にはまって、その方面の本ばかり読み、また怪奇幻想文学をとても愛好しているって。それらにまみれて暮らしてきたから、あの邪教の話も、巨大な石の古代都市や怪物、呪文も、それと一緒くたになってる。

すでに知ってたからこそ、あのタイミングで夢になって現れたのじゃないだろうか」

彼の話の信憑性《しんぴょうせい》を、ぼくが疑っているのは、あくまで合理主義者としてだ。信じる信じないの問題じゃないんだ。本当は信じているんだけれど、疑う余地があるなら、そこを追究してみなければ。

「ぼくは、この邪教の研究で、学者としての地位を獲得しようと思ってる。

この奇怪な、人類の歴史よりも古そうな邪教の起源と、それがいかに今も伝播《でんぱ》しているかを究《きわ》めて、きちんとした業績として残したい」

そのためにこれから、大学がまだ始まらないうちに、ニューオーリンズを訪れてルグラース警部や部下の警官たちに面会し、直に話を聞きたい。邪教の信徒たちとも、会って話したい。

「大伯父さんの残した仕事を引き継いで、これを徹底的に調べあげることが出来れば、ぼくは一人前の人類学・民俗学の学者と認められる。それどころか、権威としての栄誉を、約束されたようなもんだ。そのためには、この調査で明らかになった事実が、事実として厳重に検証されてるって示せないとね。ぼくは、徹底して合理主義者である必要があるんだ、今は。唯物《ゆいぶつ》主義者として、曖昧な憶測や思い込みは、排除する必要があるんだ」

顎をそびやかし、威張《いば》って見せた。

これだけの事実を前にして、自分でも不思議なほど、邪教をめぐる出来事全体を、まだまだぼくは眉唾《まゆつば》と見ていた。ウィルコックス青年の言葉に限らず、誰の話も全面的に信頼して聞く気にはならなかった。

裏付けを。とにかく裏付けと証拠を。あくまで、学者として。

メグが、不意に悲しそうに俯《うつむ》き、思い出したように言った。

「ジョージ大伯父さんの死に方、なんか不自然なんでしょう？　そっちも合理的に追究しないと――」

ぼくはメグに改めて指摘されて、ギクリとなった。

そう、自然死とはほど遠い、大伯父の死に方。

夜の暗闇、丘の上の狭い道で、黒人の水夫と誤って衝突《しょうとつ》し、転げ落ちて死んだ。それも怪我とかはなく、ショックで心臓の発作を起こしたのだろうと。

黒人って、この場合は肌が黒いという意味なので、混血であっても黒人に見えたりする。

丘のその道は波止場にそのまま通じていて、国籍も定かでない外国人の船員どもが屯《たむ》ろする場所だ。

ニューオーリンズのあるルイジアナ州の邪教信者に、混血の船員が多かったのは、ルグラース警部の報告にあった通りだ。そして古代宗教では、毒針による敵対者の暗殺等、後からの検査では判りにくい伝統的な殺人方法が伝えられている。

ルグラース警部とその部下たちには、今はまだ問題は起きていない。

しかし北極圏の島グリーンランドの例の悪魔礼拝では、目撃した船員が死んでいるとの話だ。大伯父エインジェル教授は、若い彫刻家の夢の解析に始まって邪教に辿り着き、その正体を探ろうとしていた矢先に、あんな不自然な死に方をした。

大伯父の調査は、各方面を通じて大っぴらに行われていたから、当の邪教集団の耳に、簡単に話が届いたはずだ。

「ジョージ大伯父さん、知り過ぎたっていうんで、殺されたんじゃないかしら。まだ結論に辿り着いていなかったにしても、連中の目にはもう、充分に危険人物として映ってたんじゃないの」

その可能性は、ぼくも考えている。けれど、こんな風にはっきり言葉に出して言われると、嫌でも、次はぼくの番だと思わないではいられない。

こうして調査を続けると、ぼくも近い将来、殺される？　学者としての栄誉は、かくも危険を伴う？

ぼくはメグの言葉にすぐに返事ができなくて、表情を硬くしただけだった。

メグはぼくの深刻な表情を見て、無理に笑いながら立ち上がった。

「さて、休憩終了っと。練習、練習。君も、やった方がいいんじゃない、空手？」

メグは、なぜぼくが一瞬とはいえ表情を硬くしたか、理解している。

大学が始まるのを待ち切れず、ぼくは大伯父が名付けたところの〈クトゥルー教〉の調査にのめり込んでいった。

まず訪れたのは、ニュージャージー州のパターソン市。

パターソン市は同州のパセイック郡の郡庁所在地。一八世紀の末に産業革命が始まった、合衆国の工業化の最先端を走っている街だ。

ここに、ボストン大学のぼくの先輩がいる。鉱物学者で、今はパターソン市の博物館長になっている。

博物館なので当然、民俗学や宗教学の資料が豊富に揃っている。何より館長自らの、出入り自由、資料や書籍の利用自由のお墨付《すみつ》きを頂いているので、こんなにありがたい話はない。

〈クトゥルー教〉の調査を目標にして以来、この博物館をしょっちゅう訪れるようになった。

メグも、付いて来た。

「暇なんだろう、手伝ってよ」

ぼくが頼んだら、困惑した表情を浮かべた。

「あの邪教を調べるんでしょう。あの巨大な怪物だか魔物だかのことを。あなたも、いつ、どんな形で命を狙われるか知れない」

心配そうにぼくを見上げると、一瞬の間をおいて、気を取り直したように、きりっと唇を結んだ。

「人類の敵。人類を、文明を滅ぼそうとする怪物との戦い。その怪物を蘇《よみがえ》らせようとする邪教集団なのよね」

厳しい表情を作って見せ、手刀《しゅとう》を無意識に切り、

「わたしも行くわ、君一人じゃ、頼りないから」

「用心棒、頼むよ」

ぼくは冗談めかして言った。

単なる用心棒以上に、調査の相棒として、メグは役に立ってくれた。女性ならではの勘《かん》が、大いにぼくを助けてくれた。ぼくが見落としているような資料や情報を、とんでもないところから見付けてくれるのだ。

パターソン市博物館でも、思いがけない、物凄く大事な発見をして、ぼくを躍《おど》り上がらせてくれた。

この博物館に通うようになって数カ月後、七月に入っていたと思う。学校が夏の長期休暇に入って、博物館が学生達で、賑《にぎ》わうようになっていた。

資料室でぼくが、古代宗教の資料を調べている間、暇《ひま》を持て余した彼女は、博物館の中を見て歩いていた。公の展示とは別に、展示し切れないものや未分類の資料が、予備の部屋の棚《たな》に、メモと共に並べてある。

一般に展示するための場所ではないので、古新聞の上にモノが剥き出しで載っていたり、わら半紙《ばんし》に包んであったりする。一般展示室を、もう何度も何度も回って見飽きている彼女は、博物館長のお墨付《すみつ》きを利用して、この予備室の収蔵品も眺めたり、手に取ってみたりしていた。

「おいおい、壊すなよ。そこで、空手の練習なんかするなよ」

「しないわよ、こんな所で。あなたの興味を惹《ひ》くモノが、ここにもあるかと思って」

「ありがとう、嬉しいよ。一応、そこはもうチェック済みだけど、メグはメグで見てくれたら、何か発見があるかもしれない」

彼女が退屈してるみたいなので、ぼくは半分気休めでそう言った。

しばらく、沈黙が続いた。彼女は熱心に、予備室の収蔵品をチェックしているらしい。小首を傾げ、顔を近付けたり離したりしながら沈黙していたのには、理由があった。

ぼくも気付かなかったところから、とんでもないモノを見付けてくれたのだ。

彼女があまり静かなので、ふと気になって、資料をめくっていた机を離れ、すぐ脇《わき》の予備室に、メグの様子を見に行った。

壁際《かべぎわ》に、床から天井《てんじょう》まで棚が何段も作り付けられていて、そこに石だの塑像《そぞう》だの瓦《かわら》だの装飾品だの、一般の人にはただの小汚い壊れかけたゴミだが、専門家には貴重な資料が、乱雑に並べてある。

その一角を、メグがじいっと見つめている。大きな目を凝らしている。

日頃は冗談ばかり言っているメグの、真剣な様子が面白かった。ぼくは笑いながら言った。

「何か見つけた、面白いもの？　虫でもいるとか？」

ぼくの呼び掛けを聞いて、彼女がはじめて現実に引き戻された感じで、顔を上げた。目を大きく見開き、呆然《ぼうぜん》とした表情でぼくを見ながら言った。

「これ――。これ、見てよ。どうも、あなたにとって大事なことが――」

そこには、どこかで発掘《はっくつ》された石があった。館長は鉱物学者だから、この博物館は特に、鉱石関係の収集で名高いのだ。

「ああ、その石は、確か古代遺跡の礎石《そせき》に使われたって話で」

メグが必死で首を横に振る。

「違う、違うの、石じゃないの。石じゃなくて、下に敷《し》かれてる紙、この新聞紙。見てよ、この新聞の記事。大伯父さんのノートに、あったっけ、この切り抜き？　読んだ覚えある、あなた？」

「ええええっ？」

ギョッとなって、慌てて側に寄ると、メグと一緒になって顔を近付け、覗き込んだ。

「あっ」

驚きのあまり、呻き声が出ていた。

その記事には写真が添《そ》えられている。その写真は、ウィルコックス青年が作った粘土板の浮彫や、ルグラース警部が保存している小石像と同種類のものだった。

ぼくは感動と興奮のあまり、呻きながら上の石を撥ね除け、下に敷かれた新聞紙を手に取った。そして、該当する記事の部分を広げた。

「あっ……ああっ……あああっ……ああああああっ」

自分でも呆《あき》れるくらい素《す》っ頓狂《とんきょう》な歓声《かんせい》を上げつつ、目を皿にして記述を追った。

「見せてよ、わたしにも。わたしが見つけたんだから」

メグも顔を押し付けて来る。二人で額や頬をぶつけ合うようにして、記事を読んでいった。

オーストラリアの新聞だった。一九二五年四月一八日付の『シドニー・ブレティン』紙。

Drunken milkman

合衆国に住んでいて、オーストラリアの新聞を目にする機会は滅多《めった》にない。

このパターソン市博物館の館長は、研究分野の関係で交際範囲が非常に国際的で、資料も標本も世界中から集まってくる。きっと標本の一つが、たまたまこの新聞紙に包まれていたのだろう。

この記事、まさにヘンリー・ウィルコックス青年の夢の謎を解く鍵となりかねない。

この記事は、発行当時、大伯父に記事の収集を依頼された専門業者の目をも、逃れていたのだと思う。

それは、こんな記事だった。


**〈謎の難破船《なんぱせん》、救助さる〉**


ヴィジラント号、ニュージーランド船籍《せんせき》の武装快速船を曳航《えいこう》して帰港。船内に、生存者一名、死者一名。生存者は海上での出来事について、沈黙。奇怪な偶像を所持。生存者の回復を待ち、難破の原因等を巡って、尋問《じんもん》の予定。

モリソン商船会社の貨物船ヴィジラント号は、チリのヴァルパライソへ向かった帰りに、漂流船に遭遇《そうぐう》、これを曳航して今朝、ダーリング港の埠頭《ふとう》に帰港した。

漂流していたのは、ニュージーランドのダニーディンに船籍を持つ重装備の蒸気船アラート号。航行力を失い、南緯三四度二一分、西経一五二度一七分の海上を、生存者一名死者一名を乗せて漂流中、四月十二日、ヴィジラント号によって発見された。

三月二十五日、ヴィジラント号はヴァルパライソを出港したものの、四月二日に暴風と大波に襲われ、航路を外れてかなり南方まで押し流され、漂流中だった難破船に遭遇した。

当初は無人と思われたが、乗船して確認したところ、興奮して錯乱状態の生存者一名と、明らかに死後一週間を経過している遺体一体を発見した。

生存者は、宗教上の儀式に用いられるとおぼしい、架空《かくう》の動物らしきものを模《かたど》った小さな石像を握りしめていた。石像は高さ三〇センチ強、悪魔的な形相をしたもので、シドニー大学や王立考古学会、カレッジ街の博物館の専門家たちも、どの宗教のどんな宗派に属するものか、まだ説明できずにいる。生存者はこの石像をアラート号のキャビンにあった、聖骨箱《せいこつばこ》の中に見付けたと語っている。

生存者はグスタフ・ヨハンセンと名乗る、ノルウェー人。ニュージーランド・オークランド船籍の二本マストのスクーナー船エンマ号で二等航海士を務めており、それなりの教養を持った人物だったそうだ。

同船は二月二十日に、乗組員一一名でペルーのカヤオ港へ向けて出航。が、途上で海賊船に襲われたと、意識を回復した後に語っている。

同二等航海士の談話によると、スクーナー船エンマ号は往路《おうろ》、三月一日の大暴風雨によって針路が大きく狂い、日程を大幅に遅れながら、予定の航路よりもはるか南方の海域を航行。

三月二十二日、南緯四九度五一分、西経一二八度三四分の海上で、武装快速船アラート号に遭遇した。

同船には、同海域原住のカナカ族とヨーロッパ系あるいはアジア系人種との混血の船員が、乗り組んでいた。アラート号はエンマ号の前進を拒んで、すぐに引き返すよう命令を発した。が、命令には何の根拠もなく、また国際法上も従う必要はないので、エンマ号のコリンズ船長はこの命令を拒絶。するとアラート号が警告なしに、装備していた真鍮砲《しんちゅうほう》を立て続けに発砲した。

ヨハンセン氏によると、この海域の海賊に対する防備として、エンマ号も大砲等で武装しており、直《ただ》ちに反撃。しかしエンマ号は、喫水線《きっすいせん》の下にすでに数発の砲弾を被弾《ひだん》し、沈没も時間の問題だった。

船員たちは海賊を撃退し、かつ沈没から逃れる最も確実な手段として、エンマ号を海賊船アラート号に横付け、アラート号に逆攻撃を仕掛けた。アラート号の甲板上で、カナカ族船員二〇名とエンマ号船員一一名の格闘となった。

この海域で予想される海賊船との遭遇に備えて、エンマ号の船員たちは日頃から訓練を欠かさなかった。これに対してアラート号船員の格闘振りは大きく劣勢だった。

アラート号がエンマ号の前進を拒んだのは、攻撃を仕掛ける口実としてではなく、これ以上エンマ号にその海域に入られたくない、なんらかの理由があったものと思われる。

人数においては、海賊の方がでエンマ号に勝っていたにもかかわらず、エンマ号船員の圧勝は、甲板での白兵戦が始まった時点で、すでに明らかだった。

が、敗北が見えているにもかかわらず、アラート号の船員は、命を捨てて切り掛かり、打ち掛かり、ついには武器を失って丸腰になっても組み付いて来る。その文字通りの命を捨てた捨て身の攻撃には、エンマ号の船員も怖れ慄《おのの》くほどであった。

加えて、海賊たちはいずれも容貌《ようぼう》がきわめて獰猛《どうもう》で醜悪《しゅうあく》、全身から邪悪さが滲み出ており、顔面には命知らずの取り憑かれたような狂気が刻印《こくいん》されていて、その気迫にも圧倒されたという。

エンマ号の犠牲者は、コリンズ船長とグリーン一等航海士と船員一名の三名。アラート号の船員は、二〇名全員死亡。最後の一人になっても、エンマ号船員たちに降伏《こうふく》しなかったからと、ヨハンセン氏は語っている。

勝ち残った船員八名は、ヨハンセン二等航海士の指揮下、捕獲した武装快速船アラート号を操船《そうせん》して、エンマ号が予定していた針路をそのまま前進した。海賊たちがなぜ、取り憑かれたようになってまでエンマ号の前進を拒んだのか、その理由を知りたかったからである。また、最短の補給港がその進路にあり、事件を報告して救助を得る必要があった。

この出来事に続いて何が起きたのか、目下調査中。ヨハンセン氏の記憶が曖昧で、発言が一定せず、事件の衝撃の後遺症《こういしょう》下にあるものと思われる。

氏の談話ではっきりしているのは、翌日二十三日に海図にない小孤島《しょうことう》を発見して、上陸。その島を探索《たんさく》中に、生き残った船員八名中の六名が死亡した。何が起きたのか、ヨハンセン氏の談話は不明確で混乱しており、六名とも岩間に落ちて死んだと語るのみ。

その後、ヨハンセンはもう一人の生き残り船員ウィリアム・ブライドゥンと快速船に戻り、舵輪《だりん》を操りながら航行を続けたが、四月二日、またしても暴風雨に見舞われた。

それから十日後の四月十二日にヨハンセン氏が救出されたわけだが、この十日の間にブライドゥン氏が死亡。十日間の出来事を、ヨハンセン氏は全く記憶しておらず、ブライドゥン氏の死の原因はおろか、死亡日時すら記憶にないという。

治療に当たっている医師は、双方《そうほう》とも過度《かど》の興奮状態と極度の恐怖が二週間近くにわたって継続した模様で、強度の日射病に冒《おか》されてもおり、これ以上の事情聴取《ちょうしゅ》には、ヨハンセン氏の完全な回復を待つ必要があると語っている。

捜査当局は目下《もっか》、アラート号が漂着した海図にない孤島の位置の確定と、島で起きた出来事、島を離れた後に同号に何が起きたのかを調査中。氏の回復を待って、さらに取り調べがなされる予定である。

ダニーディン発の電文によると、アラート号は同海域の島から島へと品々を運ぶ貿易船だが、現地の船員や埠頭の作業員の間での評判は良くない。所有者グループが国籍の確かでない、ヨーロッパ人とアジア人の混血集団であり、その会社の活動の合法性にも問題があると言われている。同埠頭の作業員や船員たちは、彼らがしばしば集合して、深夜の森に出掛けてゆく異様な光景を目撃している。また、三月一日の暴風と地震の直後に、同船が急遽《きゅうきょ》、何ものかに追われるように出港したことも、関係者の大いなる不審《ふしん》を招いている。

一方、オークランド駐在の本誌記者の取材によると、エンマ号とその乗組員の評判はきわめて良く、特にヨハンセン二等航海士は経験豊かであり、穏やかな性格の人格者と信頼を集めていた。

明朝ただちに、海事審判所の審理が開始される予定であるが、審理が核心に入り、事件の真相が究明されるのは、ヨハンセン氏の回復を待ってからになるだろう。

海事審判所も、ヨハンセン氏の回復に全力を尽くすと同時に、真相解明の努力を惜しまないものと思われる。

## 7　邪教徒の海賊船

この記事に、ぼくらがどれほど驚き、興奮したか。

〈クトゥルー教〉に関する新資料の宝庫ではないか。ぼくらの探求は陸地だけでなく、海洋もないがしろにできないと、この記事は語っている。

ぼくらがこの記事に注目する理由は、
一、アラート号の混血の船員たち（またも混血だ、原住民と白人との）は、ダニーディン港に停泊している間、深夜にしばしば集合して森に消えていったという。深夜に森に集まって、何をしていたのであろうか？
二、ヨハンセン二等航海士は、奇怪な像を握りしめていたという。同紙に写真が掲載されているこの像を、氏はアラート号のキャビンで見つけたと言うが、アラート号になぜ、グリーンランドの謎のエスキモーが信仰し、ニューオーリンズの密林奥地の混血水夫が儀式を行い、そしてウィルコックス青年が悪夢に見たのと同じ石像があったのか？
三、エンマ号の八人の生き残りが、海図にない孤島に上陸。八人のうち六人が、一夜のうちに命を落としたが、いったい孤島で何が起きたのか？　その孤島はどこにあるのか？
メグが険《けわ》しい表情で、恐ろしそうに身体を震わせながら言った。

「間違いないわよね。このアラート号の凶暴で醜くて、狂気に取り憑かれた船員たちって——、クトゥルー教の狂信者よね。

港の奥地の森で、ニューオーリンズの沼地でルグラース警部たちが目撃したような、あんな魔宴を展開してたんじゃないかしら。

港周辺で行方不明になった人たちが、きっといるはず。また、女子供がたくさん」

メグの言葉に、ぼくも頷くしかなかった。

「うん、これはぜひ、調べないといけない。港で女子供が行方不明になった人がいたとしても、行方不明は行方不明なので、普通に考えたらこの事件とは無関係だ。

だからここには書かれていない。けれど、現地ニュージーランドのこの地方のローカル紙を辿れば、きっと行方不明の事例が頻発しているとか何とか、記事になっているだろうな」

メグが目を大きく見開き、畳み掛ける。

「海事審判所の審理って結局、どうなったのかしら？　この記事には続きの報道があるはずよね？」

「それも、調べないとね。とにかく、ぼくらは今、全く新しい、大事な手掛かりを手に入れたんだ。

しかも、こんな風に報道されているから、この『シドニー・ブレティン』紙のバックナンバーを辿れば、もっともっと凄い情報が得られそうだね」

ぼくらは、抱き合って躍り上がりたい心境だった。

「それに、日付よ、日付！」

「そう、日付！　日付！　この海賊事件の日付！」

三月一日に、大地震と大暴風が南半球を襲ったとある。

ニュージーランドでの三月一日は、国際日付変更線の規則があるから、アメリカ合衆国ではまだ二月二八日だ。

一、この日に地震と暴風があるや、ニュージーランドのダニーディン港から、ガラの悪い水夫たちを乗せたアラート号が、理由も目的も全く明らかにしないまま、大慌てで出航していった。
同時に北半球の合衆国では、詩人と美術家たちが、この世にありえない石の都の夢を見るようになった。彼らの一人である彫刻家ウィルコックス青年が、夢で見た風景を浮彫り彫刻にして、翌朝にエインジェル教授を訪れている。
二、三月二三日には、エンマ号の乗組員八名が、海図にない、名も知れぬ孤島に上陸して、六名が一気に命を落とした。
同時に合衆国では、感受性の鋭い芸術家たちの夢が、鮮烈さの頂点に達した。巨大な怪物に追われる恐怖から、建築家の一人は発狂し、若き彫刻家は熱病の症状を起こして精神錯乱に陥《おちい》った。
三、止《とど》めが四月二日だ。この日に再び、大暴風。この大暴風の到来と共に、粘液でドロドロに濡れた石の都の夢が、一斉《いっせい》に消えた。ウィルコックス青年の熱病発作もぴたりと収まり、以降、〝つまらない普通の夢〟しか見なくなった。

メグが、目をキラキラさせて言った。

「ニューオーリンズの事件で、カストロってお爺ちゃん水夫がルグラース警部に、中国の奥地で出会ったお坊さんの話を明かしてたじゃない？」

「ああ、外宇宙の星から渡来《とらい》して、人類が誕生する前に地球を神々として支配した後に、海底に沈んだっていう話。その神々がいつしか復活して、また地球の支配権を取り戻すって」

「それが実現したら、もしその昔の神々が復活したら、人類はもう、地上の万物《ばんぶつ》の霊長《れいちょう》でなく、その神々の奴隷になるってことよね」

「あるいは、人類は追い出される。つまり地表から抹殺《まっさつ》されるってことだ」

「わたしたち、死んじゃうのよね」

メグが俯《うつむ》いて肩を落とし、悲しそうに言った。

「古い神々が復活すれば、人類は滅亡だ。復活した獰猛《どうもう》な神々に、人類ごときが勝てるわけがない」

ぼくは、残酷な事実をきっぱりと言ってしまったらしい。メグが言葉もなく、今にも声を上げて泣き出しそうになっていた。

彼女が強くあろうとするのは、か弱さの表れ。それがこういう時に、はっきり見えてしまう。肩を落としてむせび泣くメグを、ぼくは今にも抱きしめそうになっていた。

今、ぼくらは一生懸命に、〈クトゥルー教〉について調べている。その実態を、歴史を、教義を、明らかにしようとしている。

メグが、涙を拭いながら、上ずった震える声で、ぼくを責めるように言った。

「あなたが、クトゥルー教の存在を明らかにする、その目的ってなに？　それをして、どうしようっていうの？『古い神々が、かくかくしかじかで復活します。間違いなく復活します。で、人類は滅びるんですよ』って、地球上のみんなに告知して――、で、何がしたいの？」

そう言われても、ぼくには返す言葉がなかった。厳しくも鋭い問い掛けだ。

今まで、クトゥルー教の実態どころか、存在を確かめるのに精一杯だった。存在することは、間違いない。今、それを確実に証明するための証拠を集めている。

で、それを証明して、ぼくはどうしたいんだろう？

「人類は滅びる、黙示録の終末を迎える。最後の審判《しんぱん》の時です。死後、天国に行けるよう、みなで悔《く》い改めましょうって、宗教への帰依《きえ》を勧めるの？」

それはないだろう。ぼくは合理主義者だ。神は信じるけれど、今ある宗教団体が求めるような形で、神を信仰するつもりはない。

メグの表情が、厳しくなった。自分のか弱さをかなぐり捨ててでも、現実に向き合おうと言わんばかりだった。

「それとも逆に、もはや人間として生きられる時間は限られてるから、命ある間に、楽しめるだけ楽しもう、遊べるだけ遊ぼう、やれることは今のうちにやっておこう。そう言って、酒池肉林《しゅちにくりん》でもやる？　法律も道徳も捨てて、欲望の赴《おもむ》くままにやりたい放題をやりましょうって？　狂信者たちみたいに？　そんなんでもないよね？」

その気迫に押されて、たじろいでしまった。

「考えてないよ、まだ。まだ、どうすべきか、決められないよ。だって、研究は始まったばかりだもん。クトゥルー教の正体を、歴史を明らかにしない限り、それに対する態度も決められない」

二人の間を、しばしの沈黙が支配した。

メグが大きな目をさらに大きく見開いて、瞬《まばた》き一つせずにぼくを見つめる。その目が潤《うる》んで来た。

「あなたはいつも、そうやって、〝本〟に逃げちゃう。書斎とか図書館とか、研究室とかに、逃げちゃう。研究すればするほど、調査すればするほど、わからないことが出て来る。で、態度を決められない。すべてを明らかにしないと、どうもしようがないって言って。

でも、いつか必ず、星の巡りが時を得て、クトゥルーは復活するのよ。あなたがグズグズ、コソコソ、そうやって研究に隠れている間に、物事はどんどん動いてゆくのよ」

「……………」

ぼくはもう、何も言えなかった。確かに、メグの言う通り、本の世界に閉じこもる、研究室に逃げて世間に背を向ける、ぼくはそういう人間だ。それがぼくの短所。

メグに対してだってそうだ。こんな風に言ってくれるメグを、ぼくは抱きしめたい。強く強く抱きしめて、ぼくの意志を示したい。

けれど実際には、何もできないで、責められるままに呆然と突っ立っている。メグの言葉は同時に、「わたしを抱きしめて」、そうぼくに訴えてきているようにも思えた。

けれど、けれど――、ぼくのような人間がいないと、世間の誰も〈クトゥルー教〉の存在を知らない。ようやく知った時には、すでに時は遅し。怪物と、その手先に飲み込まれ、屠《ほふ》られ、全身をすり潰《つぶ》されて滅びて行くだけだ。

メグがようやく、身体の力を抜いた。というより、諦めた？　情けないぼくを、諦めた？　そして、ぼくを元気付けるように言った。

「道は二つに一つなんじゃない。クトゥルー教の存在はもう、疑う余地はない。その予言も、いつか実現するとしたら、わたしたちのするべきは、クトゥルー教団の活動を断固として阻止して、クトゥルーの復活を止める」

一呼吸おいて、ぼくを説得するように、

「あるいは、わたしたちも教団に加わって、クトゥルーの復活を助ける。クトゥルーの復活によって、今あるこの歪んだ、間違った社会が滅んで、新人類と新社会の誕生を待つ。

今を生きているわたしたちには、それがどんなかわからない。けれど、今の人類と社会が滅べば、それは新しい存在をこの世に導き出すことになる。

わたしたちは、新しい存在に場所を譲《ゆず》るの。今、こうして地上にはびこっている旧人類は、古き神々の復活で滅びる。

でも、それは良いことなの。古い腐ったものは滅びて、新しく誕生するものに期待しましょう。そうも言えるんじゃない？　それが、中国奥地の高僧やカストロ爺さんの望んでることだったんでしょう？」

確かに――。

クトゥルー教についてどんなことが明らかになろうと、怪物の正体が何であろうと――ぼくらが取るべき態度は、そのどちらかしかない。

クトゥルーを阻止するか、クトゥルーとともに生きるかだ。

クトゥルーとともに生きるって、要は死ぬことになるけれども。

「どっちにするの、ねえ、あなた。あなたはクトゥルーの復活を阻止して、今の人類と共に生きる？　それとも復活に力を貸し、教団と一緒に活動して、新しい人類と社会と共に生きる？」

メグがこんな風に言うなんて、思いがけないことだった。いつものメグと違って見えた。メグの中に、全く新しいメグを見る気がして、いささかギョッとなった。

ぼくの額に、いつの間にか脂汗《あぶらあせ》が浮かんでいた。そう、研究室に逃げていても、滅びからは逃げられない。誕生からも、逃げられない。

知らぬ間にメグに向かって、大きく頷いていた。意味もなく、頷いていた。

パターソン市の博物館長へのお礼の挨拶もそこそこに、ぼくらはいったんニューイングランドの屋敷に戻った。その日のうちに旅支度を整え、諸々《もろもろ》の手配を済ませて、翌日にはメグと共に、合衆国の正反対、西海岸のサンフランシスコ行き夜行列車に乗っていた。

そこから船に乗って一カ月、ニュージーランドのダニーディン港に上陸していた。ニュージーランドは、首都オークランドがあるノース・アイランドと、それより南にあって広大なサウス・アイランドとあるが、ここダニーディン港はサウス・アイランドにある。

さっそく港湾地区に行って、住人たちに訊いてみた。波止場《はとば》付近の安酒場《やすさかば》に巣食っていた、混血の邪教徒たちについて。

だが、彼らを記憶している人はほとんどいなかった。波止場に混血のならず者が集まるのは、世界中どの港でも、珍しいことではないから。

怪しい混血水夫の消息《しょうそく》を求めて、下世話な安酒場や、これまた港町に付き物の売春街を巡った。

合衆国人である我々は、英語のアクセントや使う単語も微妙に違うし、何よりファッションが違う。

メグは、ぼくが言うのもなんだが、美人で明るい性格だったから、自然に粗野《そや》な男たちの関心を惹《ひ》いた。仮に彼女がいなくて、ぼく一人だけだったにしても、お人好しでリッチなアメリカ人旅行者だ、滞在中に身包《みぐる》み剥《は》がれたり、痛い目を合わされても不思議はない。

メグのおかげで助かった。安酒場でも売春街の路地でもたびたび絡《から》まれたが、毅然《きぜん》として意思表示のはっきりしているメグのおかげで、男どもは気圧《けお》されて、舌打ちしたり苦笑いを浮かべながら、手を引いた。

「兄ちゃん、良かったなあ、こんな素敵な彼女がいて。心強いだろう。アメリカ娘は野生馬《やせいば》みたいに気が強いって聞いてたが、ほんとだな。羨《うらや》ましいぜ」

安酒場のバーテンと客で、邪教徒を覚えている水夫たちがいた。

「ああ、あいつらのことかな。いたなあ、そう言えば妙なのが。

夜になるとどこからともなく集まって来て、向こうの森の中に姿を消しちまうんだ。別に酔って暴れるわけでなし、喧嘩するわけでなし、飲み代を踏み倒すでなし。

静かに飲んで、集まって来て、金を払って出て行く。文句を言う筋合いは何もなかったが、変な連中だったよなあ」

こういう水夫もいれば、

「あるさ、文句を言う筋合い、あるある。とにかく、面相が悪くてなあ。醜いとか汚いとか品がないとかの比じゃねえ。揃いも揃って、とにかく醜悪《しゅうあく》で下劣で、側にいるだけでムカムカしてくるんだよなあ。

そんなのが一〇人も二〇人も集まって、群れをなして、ほんの一時とはいえ、ここに屯《たむ》ろしてるんだぜ。

鬱陶《うっとう》しいったらねえ。酒が不味《まず》くならあ」

「ああ、臭かった。単に醜くて汚いだけでなくて、臭かった。奴らが群れてるだけで、ここの空気が腐ったみたいになってなあ」

「でっかい奴らでなあ。船乗りってのは、船の上の空間は狭いし、載せられる重量だって限られてるから、小さい方がいいんだ。なのに連中と来たら、でっけえんだ」

「醜くてでっかいのが一〇人も二〇人も集まってるから、文句を言う筋合いも何も、誰も文句を言えなくてよお。まあ、ほんの一時《いっとき》のこって、人数が集まったところで、どっかに出て行ったから良かったようなもんだが。あんなのに延々と居座られてたら、ここはとっくに潰れてるぜ」

ぼくとメグは、頷き合った。やはり、ニューオーリンズの密林やグリーンランドの奥地に集まっていた邪教徒水夫たちと、同じ種類の連中らしい。

ぼくとメグ、どちらからともなく訊いた。

「で、どっかに出て行ったって、どこに行ったんだろう?」

「知るかよ、そんなこと。知りたくもねえ」

居合わせた水夫たちから、これといった回答は上がらなかった。

するとバーテンが、

「そうさなあ。俺が覚えてるのは、連中が出て行ってしばらくすると、ほら、あそこ、ずっと向こうに丘があるだろう。丘っていうか、まあただの地面の盛り上がりみたいなもんだが。

あそこの天辺で赤い炎がちらちらして、太鼓のリズミカルな音がかすかにここまで流れて来たから、踊りでも踊ってたんじゃないの」

「今はもう？」

「さあなあ、いつからか見なくなったなあ」

客の一人が、助け舟を出した。

「そうそう、見なくなったのは、あの大地震と大嵐の時以来さ。ほら、二年だか三年だか前の」

「そうか？　そうだったか？　よく覚えてないが、そうかな、その頃だったかな、連中が来なくなったのは。きちんと金を払ってくれるいい客が、来なくなっちまって、残念なこったぜ」

バーテンが、他の客に当て付けるように、笑いながら言った。

ぼくがさらに質問を畳《たた》み掛けた。

「そういえば、その醜い連中がしょっちゅうここに集まっていた間に、この港の周囲で、誰かが行方不明《ゆくえふめい》になったとか、なかったですか？」

バーテンも客も、困ったような顔で互いに顔を見合わせ、ニヤニヤ笑い始めた。そして一斉に言った。

「おいおい、ここをどこだと思ってるんだい、アメリカから来たお上品なお坊ちゃんにお嬢ちゃん。ニュージーランドの港町だぜ。それも下世話な貨物船が出入りする。東に南アメリカの原住民ども、北にマレーの海賊どもがいる。人間が姿を消すなんて、日常茶飯事《にちじょうさはんじ》だ」

「いや、きっと、女とか子供とか、そういう弱いのを狙った誘拐っていうか、しょっちゅう人が消えた、あるいはまとめて行方不明になったとか――」

「だから、珍しくないんだよ、そんなの。かっ攫われて殺される奴もいれば、売っ飛ばされるのもいる。男なら力仕事の奴隷、女なら売女《ばいた》、子供は小間使《こまづか》いの奴隷だ。中には食われちまうのもいるだろうさ、はははは。黒人や原住民だけじゃないんだぜ、ここで売り買いされるのは」

そう言いながらメグの身体に目を向け、頭の天辺から足先まで、値踏《ねぶ》みするように見つめた。その露骨《ろこつ》な視線に、さすがのメグも肩を竦め、身体を縮めて、彼らの視線を逃れようとした。

そして助けを求めるように、ぼくを見上げた。

思わずぼくはメグを守るように、彼女の肩に手を回して抱きしめていた。メグが嬉しそうに、ぼくを見上げた。

「自分から命を売る奴だっているんだ。ここはお上品でお金持ちのアメリカ合衆国じゃねえ、ニュージーランドだぞ。行方不明になったら、行方なんぞ探さないのが、礼儀ってもんだ。見つけてもらったって、もう元の暮らしにゃ、戻れないんだからな」

潮時《しおどき》だ。もう、彼らから訊き出すことは何もない。ぼくらが行方不明になる前に、退散《たいさん》することにした。

次にぼくたちはノース・アイランドのオークランドに向かった。

そこでは、エンマ号のただ一人の生き残りだった、グスタフ・ヨハンセン氏の、その後を調査した。

彼は、海上で経験した出来事については、法廷《ほうてい》で述べた以上のことは、妻にも親しい友人にも、何も言わなかったらしい。

ただ、彼がシドニーでの審問《しんもん》をすませて帰ってきた時には、ブロンドだった髪がすっかり白髪に変わっていたという。

審問のあと、ウェスト街の家を売り払って、細君《さいくん》ともども、故郷ノルウェーのオスロに引き上げたと言う。

唯一の収穫は、彼のオスロでの住所が手に入ったことだった。

さっそくぼくたちはニュージーランドを離れて、オーストラリアのシドニーに移った。

船員たちや海事審判所の所員と話し合ったが、当事者ではない彼らから、ぼくらが探している情報は何も得られなかった。ただ、あの謎の小石像を積んでいた〈アラート号〉は、見ることができた。

今は船主が変わって、普通に貿易の仕事に使われていた。シドニー湾内のサーキュラー桟橋《さんばし》に係留《けいりゅう》されていたが、船体を見た限りでは、ごく普通の商船でしかなかった。

例の、ヨハンセン二等航海士がしっかり握っていたという奇怪な偶像だが、ハイドパークの博物館に保管されていた。

もちろん見に行った。事情を話してケースから出してもらい、直に手に取ることができた。

この像を見るや、メグは少なからず青ざめ、身震いした。メグ自身は見るだけで、もう手に取ろうともしなかった。

頭部はタコというよりヤリイカで、胴体はやはり竜。翼を持っているが、この翼にも胴体と同じく鱗があった。例の象形文字を刻んだ土台に蹲っている姿は、グリーンランドの原始化したエスキモーの像と同じだった。

ぼくたちは長い時間を掛けて、観察した。

メグは、さも気色悪そうに身震いしながらも、こう言ってのけた。

「素晴らしい芸術品よね」

そしてため息を吐《つ》いた。

「これも大昔、超古代の産物なんでしょう？　人間が作ったんじゃないんだよね？　人類が出現するよりもっともっと昔に作られたとすると、いったい誰が？　どんな存在が？

でも、すごい芸術品だって、わたしたちにも判る。そういう感性って、人類だとか何だとかを超越《ちょうえつ》してるのかしらね」

ぼくも言った。

「素晴らしい。グロテスクに素晴らしい。美しいとか醜い、快感とか不快感、そういうのを超越して、魂を揺さぶるものがある。宗教と芸術って、根が一つなんだろうね」

立ち会ってくれた博物館員も言った。

「何もかも謎です、この像に関しては。とにかく古いものだってのは判るけれど、どのくらい古いかは、全く特定できないんです。

何より、この像の素材である鉱石の種類が、わからない。この地球上で、これと同じ鉱石はまだ見つかっていません。調査に当たった地質学者が全員、口を揃えて、地球上にこんな鉱石はありえないと断言しています」

「地球以外の場所、宇宙から来たってことになりますね」

博物館員は頷いた。

「そう考えるのが、自然でしょうね。隕石の落下は頻繁に起きていて、それこそ地球が誕生して以来そんな形で、地球にない鉱石が無数に到達していると思いますよ」

ぼくは、ルグラース警部から聞いたカストロさんの言葉を思い出して、慄然《りつぜん》とした。

「彼ら古き神々は星の世界から渡来したのだが、そのとき、自分たちの姿を写した石像を持ってきた」

ぼくはかつてないほど衝撃《しょうげき》的な思いに揺さぶられ、オスロのヨハンセン二等航海士のもとを訪ねようと心に決めた。


ニューイングランドに戻った。

九月に入り学校が始まるが、入学延期の届けを出した。

延期届けの理由として、この調査のことを正直に、できるだけ詳しく記したところ、大学と考古学にとって重要な調査研究と認められた。

それこそ、学業の一環であるとして、調査の結果を論文にまとめることを条件に、この調査旅行は学業の一環と認められた。

ぼくはブラウン大学のお墨付きを得て、堂々と大手を振って、調査を続けられることとなった。

そして改めて、今度は北ヨーロッパへの旅の支度を整えた。まずロンドンに向かい、すぐにノルウェーの首都へ向かう船に乗り込んだ。

それから何日も掛かる航海を経て、ぼくたちはエーゲベルグ山の影に沈む、秋の日の小さな埠頭に下り立った。

## 8　孤島での出来事

北欧《ほくおう》では、デンマークもノルウェーもスウェーデンもフィンランドも、それぞれ自分たちの国語を持っているけれど、ここの人々はそれと並行して、ドイツ語やロシア語も必要から学んでおり、英語を喋る人も少なくない。

アメリカ人は英語しか喋れない人がほとんどだけれど、ぼくの経済学と経営学の勉強にはドイツ語が欠かせなかったから、ドイツ語はけっこう喋れる。英語が割に通ずるうえにドイツ語も使えたから、ノルウェーの調査の旅に、言葉の不自由を感じないですんだ。

ヨハンセン氏のオスロの住所は、簡単に突き止められた。

オスロの街が始まったのは、一一世紀のこと。ハラルド・ハルダラー王が元になる町を建設し、その地域は今も〝旧市内〟として残っている。王はこの新しい町に〝クリスチャニア〟という名を与えたが、地元民はそれまで通りにこの土地を〝オスロ〟と呼び続けた。頑固《がんこ》な気質の人々なのである。

港からタクシーを走らせ、ヨハンセン氏の家を目指した。

いかにも北欧らしく、可愛くお洒落をしている家だった。ずいぶん昔に建てられたみたいだが、改装に改装を重ね、今は正面を白い漆喰《しっくい》で塗っている。手入れの行き届いている家だと、一目見て判る。

家は、そこの住人の性格を正直に反映する。ぼくらは早くも、ヨハンセン夫妻に、好感を持っていた。ニュージーランド、シドニー、そして合衆国に戻ったあと、ロンドンを経て、ここまで——。長い旅だった。ようやく目指す家の扉口にこうして立っているっていうのに、なぜか気後れを感じた。

メグが不思議そうにぼくを見た。

「なんで、ぼおっとしてるの？　自分でも不思議だった。

何をたじろいでいるのか、自分でも不思議だった。

「自分でも何でかわからないんだけれど、胸がドキドキして。これから、海図にもなかった秘密の島で、恐ろしい魔の体験をした人の話を聞くのかと思うと。

きっと、知らない方がいいことを、知ってしまうんだろうなあって。やっぱり、怖いんだ」

そして、自分に言い聞かせるように、

「でも、引き返す訳にはいかないよ。それを知りたくて来たんだから」

そう言うと、思い切ってドアをノックした。

なぜか今は、メグの方が強気になっている。事実と現実に、立ち向かおうとしているように見えた。

しばしの間をおいて、黒衣をまとった夫人が、俯き加減の重い表情で姿を見せた。

ぼくらは自分たちの名と、どこから来たかをドイツ語で名乗って、グスタフさんにお目に掛かりたいと告げた。

夫人は深い溜め息を吐くと、申し訳なさそうに言った。きれいなドイツ語だった。ドイツ語に堪能《たんのう》らしい。

「主人は、グスタフは亡くなりました。一カ月ほど前のことです」

ああ、遅かったか――。

ぼくらは、がっくり肩を落とした。同時に、またかと、ぼくらは顔を見合わせた。

鍵を握っている人物が、次々に謎の死を遂げる。メグの表情がたちまち暗くなり、今にも泣き出しそうだった。ぼくを心配しているのか、グスタフさんを思ってなのか？

夫人は、遠いアメリカからわざわざ訪ねて来たと知って、とにかく話をするべく、ぼくらを家に入れてくれた。グスタフ・ヨハンセン氏がオスロに戻ってから亡くなるまでの話を、詳しく伺うことができた。

奥さんは英語が苦手だと言うので、会話はもっぱらドイツ語だった。メグは、高校でドイツ語を取ったけれど、自由に会話できるほどではなかったが。

夫婦がニュージーランドからノルウェーに戻って来たのは、事件があった一九二五年の夏、ちょうど二年前のことだった。あの事件が、コハンセン氏を精神的にも肉体的にも相当に深く傷付けたらしく、彼は以来ずっと体調の不良を訴え、具合を悪くして臥《ふ》せりがちだった。

海の上で何が起きたのか、奥さんも訊いてみたし、何かの拍子《ひょうし》に夫が明かしてくれるのではと思っていた。けれど、あの事件については、まるで何事もなかったように、触れようともしなかったという。

ということは、ここまで来たけれど、ぼくらが知りたい情報は、何も得られないということではないか。

ぼくとメグは、奥さんには申し訳ないけれど、落胆《らくたん》の表情を隠せなかった。

奥さんは察したようである。ぼくらはまだ、本当の来意を詳しくは告げていない。邪教と魔像の話など、いきなりしたら、かえって奥さんを警戒させてしまう。

例の事件に関わる重要な要件で、ぼくらがわざわざ来たのだと察して、奥さんはこう言ってくれた。

「グスタフのことに関心を持っていただいて、そして訪ねて下さって、ありがとうございます。ちょっと、お待ちを――、お見せしたいものがあるんです。いえ、主人が書き残したノートなんですよ。英語で書いてあって…。

わたしが英語はわからないのを知ってて、わざと英語で書いたんです。わたしに知られたくないことを、書いているのかも知れません」

そう言うと、亡き夫君を思い出して、目に涙を浮かべた。メグがもらい泣きした。しばらく会話が途絶えたが、やがて奥さんは、思い切ったように言った。

「ひょっとすると、あなた方のお役に立てるかも？」

ぼくは、ドキッとした。メグを見ると、涙顔ながら、ぼくを見返して何度も頷いている。会話は苦手でも、何を話しているのかは、だいたい判っている。

「ぜひ、それはぜひ、お願いします」

二人で声を揃えていた。これくらい、メグもドイツ語で言える。

いったん奥の部屋、きっとヨハンセン氏の自室だった部屋に引っ込んだが、間もなく厚い手書きのノートを手に戻って来た。

「戻って来てから、体調の良い時を見計らって、少しずつ、少しずつ、書き進めていたんですよ。

わたしが『そんなに熱心に、何を書いてるの』と訊いても、『航海上の技術的なことだよ。船の構造とか、操船の問題について、俺の経験したことが同僚や新人たちの役に立てばと思って』と。

嘘だって、すぐに判りましたけれどね」

ヨハンセン氏はやはり、奥さんにも明かせない何かを、ここに書き残したわけである。

ぼくとメグは、目と目を見交わした。

「きっと、例の出来事についてだね」

メグが大事なことを、一生懸命にドイツ語を駆使《くし》して、訊いてくれた。

男のぼくには、恐ろしくて訊けないことだった。ぼくが訊いたら失礼な質問になるが、同件のメグなら、遠慮なしに訊ける。何より、片言のドイツ語が、この手の質問には効果的だった。ぼくらの切実な思いが、かえって伝わりやすい。

「すみません、辛いことを思い出させて。けれど、グスタフさんは、どんな状況で亡くなられたんですか？　聞かせてもらっていいですか？　差し支《つか》えなければ――」

奥さんは少し考え込んだ。話していいか否か、あるいはどう話したらいいか、考えあぐねているみたいだった。

「ちょっと、おかしな状況だったんです。普通は、あんなことくらいで死んだりしないと思うんだけれど……。やはり海でのあの出来事で身体を壊していたから、ちょっとしたショックで、簡単に亡くなってしまったんだと思います」

ぼくらはジョージ大伯父の死に際の出来事を思い出し、またも顔を見合わせた。このクトゥルー教をめぐる調査には、〝偶然の符牒《ふちょう》〟があまりに多すぎる。

「夜だったんです。疲れた神経を休めるのに、息抜きに出たいと言ってウチを出ていきました。

ゴトゥンブルク・ドックの裏手の狭い路地を歩いていたら、屋根裏部屋の窓から不意に、大量に括《くく》られた紙の束が落ちて来て――、それが主人の頭を強く打ったんですよ」

大伯父が港の裏手の坂道で、いきなり飛び出してきた黒人に衝突された状況に、似ていないだろうか。

「たまたま側を通り掛かったインド人らしい水夫が二人、慌てて駆け寄って、主人を助け起こそうとしてくれたそうです。

でも、救急車が到着した時には、主人の弱った心臓は、すでに停止してしまっていました」

インド人というけれど、インド人と自分たちで名乗ったままで、これも白人とアジア系の混血だった可能性がある。きっと、その〝インド人〟の正体は不明だ。

メグが質問を畳み掛ける。

「では、死因は心臓発作？」

奥さんが、首を振りながら言った。

「わからないんです、死因が――。特に死因らしい死因はなくても、とにかく死んでしまったことには間違いないんです。衰弱した肉体に不意のショックをかけられ、そのせいで心臓麻痺を起こしたんだろうって、それだけです」

ぼくらは、深いため息と共に、黙って目を伏せ、哀悼《あいとう》の意を表した。メグが奥さんと一緒に、涙を流した。

またしても、謎の死。邪教の正体を知る、ないし突き止めようとする人間を襲う、不慮《ふりょ》の死。死にはいつも、謎の混血人が関わっている。

次の会話は、奥さんと別れてからのものである。わざわざ奥さんの前で言って、これ以上、苦しめる必要もないから、詳しい話は結局しなかった。

「ヨハンセン氏の死が、一カ月前ってことは――」

メグの言葉にぼくも頷いた。

「うん、ぼくらがニュージーランドとオーストラリアで、ヨハンセン氏が遭遇した事件を調査していた間のことだね」

メグが、自分からぼくを強く抱きしめながら言った。抱きしめるというより、ぼくの身体を支えに、ようやく立っている。不安と恐れで、今にも崩れそうに見えた。

「わたしたちがクトゥルー教を調べている。やがて、オスロのここヨハンセン氏の自宅まで、話を聞きに来るだろうって、気付いた誰かがいたとか？」

頷かざるをえなかった。メグが不安のあまり、首を左右に振りながら震えている。

「電報を使えば、一瞬で情報が届く。ぼくらが来る前に、ヨハンセン氏を処理できる」

ぼくらは、なんとも言いようのない、暗い恐怖に慄《おのの》かざるをえなかった。

もう完全に、他人事じゃない。ぼくらがクトゥルー教を調べてるって、連中はもう知っている。ぼく自身も、そしてメグも、人生の終わりの休息に憩う日が来るまで、偶然に見せ掛けた怪しい事故に怯《おび》え続けなければならない。

そう――、危ないのはぼくばかりではない。一緒に行動しているメグも、非常に危険な立場位にいるのだ。

ぼくらは奥さんに、ノートを拝借《はいしゃく》して、じっくり読ませて欲しいとお願いした。

自分たちはヨハンセン氏と仕事の上で関係があって、今、ヨハンセン氏の助言を必要としているのだけれど、その必要なことがこのノートに書いてありそうだと。

奥さんは、頷いた。そして、申し出た以上のことを許してくれた。

「お持ちください、そのノート。わたしが持っていても、読めません。わたし、ドイツ語とロシア語はなんとかなるけれど、英語はわからないのです。

誰か、それを必要としている別の方がここにいるわけでもないし……。

もし、主人の書き残したノートがお役に立つようなら、なによりです。お持ちください。役立ってくれたら、主人も本望でしょう」

この一連の調査旅行で、ヨハンセン夫人との出会いほど、深い感銘《かんめい》を受けた出来事はなかった。


ロンドンに向かう船の中で、ぼくらは夢中になってノートを読みふけった。

ノートにはやはり、最後の航海の経過が細かく綴《つづ》られていた。ヨハンセン氏の手記だった。

水夫らしい素朴な男のたどたどしい筆致《ひっち》で、いかにも時間を掛けて綴られた日記らしく、頻繁に枝道に入って、第三者であるぼくらには意味のわからない件や、重複部分も少なくなかった。

そのせいでかえって、恐怖に冒された精神を必死に奮《ふる》い立たせ、思い出せる限り詳しく書き残そうとしているのだと、ぼくたちにも伝わって来た。

読んでるうちに、船に打ちつける波の音にさえ耳をふさぎたくなるほど、ぼくの心も暗い闇で覆われそうだった。

二月二〇日、自分の乗船するエンマ号は、コリンズ船長、グリーン一等航海士、二等航海士の自分、そして八人の船員とともに、オークランドを出港した。目的地はチリのヴァルパライソ。行きの積荷は底荷だけで、航海の目的はヴァルパライソから荷物を運んで来ることだった。

三月一日、大暴風雨と大地震に襲われ、海面が山のように盛り上がって、船を天まで持ち上げるような高波に次々に襲われ、沈没の恐怖に怯えた。けれど、荷物が底荷だけだったので、何とか乗り切ることができた。

この暴風雨と地震で進路は大きく南に外れ、日程が大幅に遅れた。しかし自分たちは位置を見失うことも、大きな損失も故障もなく、目的地ヴァルパライソに向かっていた。

——三月二二日に、アラート号から停船を命ぜられるまでは。

戦闘経験が乏しいにもかかわらず、自分たちの命を何とも思わず、痛みすら自覚していないかのごとき、アラート号の混血水夫たちの獰猛さ、凶暴さは、まさに恐るべきものだった。

何かに取り憑かれた、自分を不死身と信じている狂信者。その姿はもはや、人間であることをやめているとしか思えなかった。

自分たちは彼らを皆殺しにすることに何の躊躇《ためら》いも覚えなかった。

海事審問で、二〇人を皆殺しにしたことを後悔していないか、残虐だったと思わないかと問われたけれど、自分は、人間として当然の行いだったと信じている。

エンマ号の生き残り八人は、捕獲した快速船アラート号に乗り移り、自分の指揮の下、前進を続けた。この先に何があるのか、なぜあの狂信者たちはあんなに死に物狂いで、自分たちが先に進むのを止めようとしたのか、それを知りたい一心だった。

突如、はるか海上に、巨大な石柱がそびえ立っているのを発見。南緯四七度九分、西経一二六度四三分の地点にさしかかった時である。

近付いてみると、泥土の海岸線が連なるところに、巨大な石造物が海藻に覆われて立ち並んでいた。それが何かの建物なのか、石碑みたいなものか、それとも遮蔽物なのか、見ただけではわからない。まさに石造物としか呼びようがない。

地球の内部に秘められた恐怖が凝結して、実体となって海上に姿を表したものに違いない。そんな風に感じた。


「これこそ、死の都ルルイエなんじゃないの」

一緒に読み進めながら、メグが言った。

「うん、彼らが知らなかっただけで。この島には、巨大な石窟《せっくつ》があって、そこにクトゥルーとその眷属《けんぞく》が身を横たえていたに違いないと、ぼくも思う。しかるべき呪文が唱えられ、封印が解かれて目覚める時を待ってた」

メグが歌うように、

「星々がしかるべき位置に戻り、世界各地でクトゥルー教団の狂信者たちが、ルルイエを海底から浮上させる呪文を唱え続けた――、生け贄を捧げながら。暗黒の星から、人類の誕生するよりはるかに前に降臨して、今は海底のルルイエに眠っていた存在が、呪文に応え、強力な思考波を放射し始めたんだわ」

それが感受性の鋭い人間、たとえば芸術家とか詩人に作用し、夢に入り込み、恐怖感を与えた。

メグも今は、前ほど怖がらなくなっていた。一緒に調査旅行を続けた経験が、彼女を、こうした恐怖に堪《た》えられるようにしたのだ。今ではひょっとすると、ぼくよりも強くなっているかもしれない？

「そうして狂信者の群れ群れには、クトゥルー復活の時が来た、巡礼に出よと呼び掛けた。その呼び掛けに応えて、狂信者集団の一つが、大慌てでニュージーランドのダニーディンを出港し、ルルイエに向かった。そして、何も知らずにルルイエに近付き、クトゥルーの目覚めを妨害する可能性のあるエンマ号に、引き返すように命じたわけよね、命がけで」

メグはここまで、冷静に言葉を続けた。

ぼくが言葉を足した。

「これはぼくの推測だけれど、エンマ号の船員たちが見た石柱、水面から聳《そび》え立っていた石造物ってのは、クトゥルーが埋葬《まいそう》されている石柱をいただく城砦の、上層部だけだったんじゃないかな。ルルイエは相当にでっかい島のはずで、街も相当に広いはずだ。彼らが見たその下層、まだ海底に沈んでいて浮上しきっていない部分に、それこそ壮大な石の都、重力も次元すらも無視した街並みが広がっていたんだと思う」

アトランティス？　いや、ここは南太平洋だから、ムー大陸か？　ムー大陸の首都こそ、ルルイエだった？

「想像できないわ。想像できないけれど、未来派や表現主義派が描くような、次元も位相《いそう》も無視し、錯乱した立体都市が、浮上しつつあったってことなのね」

エンマ号の船員たちは、クトゥルーも古き神々も、海底に沈んだルルイエのことも、全く知らない。しかも見たのは、異次元都市の上層部のごくごく一部だけだった。それでも、人間の知る自然界にこんな建造物はありえない。この地球上にこんな風景はありえない。

そんな宇宙的な壮麗さに、感動すら覚えたと書き残している。

そして何よりグスタフ・ヨハンセン二等航海士を驚かせ、震え上がらせたのは、石柱の天辺に施された彫刻だった。彫刻の巨人像の顔かたちだった。それは、アラート号のキャビンにあった聖骨箱から見付けた、あの奇怪でグロテスクな偶像に、そっくりだったのだ。

異次元都市を語るのに、ヨハンセン氏の手記は、建造物や装飾の形や絵柄については、何も書いてない。〝絵柄〟とか〝形〟とかを、その未来派、表現主義派を思わせる立体建造物は、超越していたのに違いない。

ヨハンセン氏の記述は、建物の〝角度〟や〝面〟がいかに桁外れで、建造物として異常に歪み、傾いていたかを語っている。

ウィルコックス青年はジョージ大伯父に、ルルイエについて、「山と形が全部狂っている」「我々の世界のものとは全く別個の、非ユークリッド幾何学的な球体と次元を連想させる」と語った。

青年も、自分が夢に見たのは、クトゥルーが眠るルルイエだとは知らぬままに――。青年の見た〈巨人の街〉こそ、エンマ号の船員たちがたどり着いたこの石造都市ルルイエだったのだ。

ヨハンセン氏の手記はさらにこう続いていた。


アラート号が、この巨大都市の高い高い堤防《ていぼう》に、だんだん近づいていった。すぐ近くだと思ったが、実はまだまだ遠かった。近く感じたのは、それがとてつもなく大きかったからだった。

近づくにつれて、それは断崖を見せてそそり立つ山のように、我々にのし掛かってくる。堤防だと思ったものは堤防ではなく、巨石を積み上げた城壁だった。

仮に上陸できたとしても、傾斜《けいしゃ》がきつく濡れてヌルヌルして滑《すべ》るので、ここを這《は》い登るのはとうてい不可能だろうと、皆で話し合った。

海の色が、さっきまで黒に近かったのが、濃い青に変わり、巨大都市に近づくにつれて、濃い緑に変わっていった。同時に、水が妙に粘っこく、ドロドロした感じになってきた。

海面のこの下に、何かがある。緑色の巨大な何かがあって、粘液を放出しているみたいな――。その粘液がどんどん濃くなって、しまいに我々はそれに囚われ、身動きできなくなるのでは。そんな恐怖すら覚える。

しかしなぜか、前に進むことを、巨大都市に近づくことを、止められない。まるで吸い寄せられるように、船が勝手にそちらに向かって行く。

巨大都市はヌルヌルに濡れていて、まるで長い年月を経て初めて陽の光に当たったみたいに、腐ったような臭気《しゅうき》が立ち上っている。それは石造りの都市から臭ってくると同時に、海面から漂って来る臭いでもあった。

海藻の臭い、塩にまみれた有機物の臭い、潮独特の臭い。まるで、大潮の引き潮時に、久々に海面に姿を表したサンゴ礁を思わせる臭い。

船員たちが口々に言った。

「人間が住んでるのか——。これって石を積み上げて？　誰かが作ったんだよな」

「人間か？　デカイ、デカすぎる。それに、人間がこんな変なもん、作るか？　これって、人間が考え付く建物か？　いや、そもそもこれ、建造物なのかなあ」

「ここ、浮き上がったばっかりみたいだぜ……。長いこと、海中に沈んでたんだ。誰かが作ったにしても、作った奴らはとっくにいなくなってるよ」

「うん、この間、大きな地震があった。あの地震の震源地が、この辺りなのかもな。この砦、地震で押し上げられたのかもしれない」

「海底人の砦？　地震で押し上げられた海底人の町か？」

「いや、きっと、大昔に沈んだんだ。いったん沈んだ町が、また浮き上がって来たんだ」

「大昔、海に沈んだ文明？　南太平洋、ちょうどこの辺りにあったって言われる、ムー大陸か？」

島に上がってみたいけれど、どうしたら上陸できるかがわからない。

ずいぶん近づいたので、上陸できそうな場所を探して、しばし右往左往した。

城壁だか堤防だかを腕組みして眺めながら、自分たちは想像もしたことがなかったこの異様な島の風景に、興奮した。興奮しながら、あれこれと憶測を口にした。

海底から浮かび上がって、肥溜《こえだ》めの排泄物《はいせつぶつ》みたいな臭いを立ち昇らせる、異様な町。

強烈な臭いは、空間も歪めるのだろうか。陽の光がこの辺りでは屈折《くっせつ》し、偏光《へんこう》し、プリズムを通したみたいに様々な光に分離した。

そのおかげで島の上の町はますます歪み、震え、太陽までブヨブヨと揺らいで見えた。

足場のように積み上げられた礎石《そせき》も、ユラユラと輪郭《りんかく》が曖昧で、凹《へこ》んで見えるところが、次の瞬間には盛り上がって見える。これを設計して作った奴は、上陸した人間が足元を見誤って踏み外し、転落することを望んでいるようにさえ思えた。

この世のものとも思えない石の町の風景を、少し離れたところから見ているだけで、得体《えたい》の知れない恐怖に駆られた。

見てはならないものを見、近づいてはならないものに近づいているのではないか。

自分たちは集団で幻覚を見ているのではないか。

それこそ歌声を聞いたら虜になってもはや人間の世界に戻れなくなるという、セイレーンの歌声を、自分たちは聞いているのではないか。

そんな取り憑かれたような思いに捉われた。

海底から浮上したばかりの石の町、重力を無視して歪んだ町を眺め、そばにいる仲間の顔を眺める。

仲間の顔を眺め、目と目を見交《みか》わしたのは、これが現実の風景で、夢ではないことを確認し合うためだ。

同時に心の奥で、誰かが「もう、引き返そう」と言ってくれるのを、待っていたのだと思う。

そうすれば良かったのだ。そうすれば八人、みんな無事にヴァルパライソに向かうなり、オークランドに引き返すなりできただろう。しかし、自分たちは愚《おろ》かにも、仲間に〝臆病者《おくびょうもの》〟と呼ばれるのが怖くて、言い出せなかった。つまらない、人間の見栄《みえ》。水夫はみんな、自分が勇敢《ゆうかん》だと思われたがる。

水夫の一人が、ぼそりと言った。この言葉が、怖いから引き返そうという心の最後のカケラを、きれいに吹き飛ばしてしまった。

「海底から浮上した古代都市、あれがムー大陸の一部だとしたら、お土産《みやげ》を持って帰れるぜ、お土産を」

「お宝よ、お宝。きっと、なんかあるに違いない」

「この間の地震で、海底から浮き上がったばかりなんだろう？　あの海賊どもも、それを狙ってたんだ。だから俺たちに、引き返せって、大砲まで撃ってきやがったんだ」

もう、島は目の前。石造りの、歪んだ巨大な町、山のようにそそり立つ町が、自分たちの頭の上に、のし掛かるように聳えている。深海から浮上して空気に触れたばかりの町が放つ、腐ったような異様な有機臭で、もう目眩がしそうだった。

充分に上陸できるところまで、アラート号を寄せた。

緑の海水は不気味なほど透視度《とうし》が悪く、海底が見えない。

船が岩礁に当たったり、海底に船底を擦《こす》るのが恐ろしくて、自分たちはそろそろと船を島にちかづけた。ネバネバする緑の海水に、船体が絡《から》め取られる恐怖すら覚えつつ、この先は手漕《てこ》ぎボートで大丈夫というところまで寄せた。

異様な島をすぐ目の前に、さすがにみんな、言葉もなかった。おっかなびっくり、島を見上げ、気色の悪いドロドロの海水を見下ろした。

誰もが正直、ここに来たことを後悔していた。これから何が起こるのだろうと思うと、とてつもない恐怖に震えた。財宝目当てに来たものの、ここにそんなものがあるのだろうか？　そんな欲は、島の異様な風景に消し飛ばされていた。

それでも、ここまで来ても、誰も引き返そうと言い出せないでいる。それほど水夫の見栄は強いのか？　いや、自分たちはもう、何かに取り憑かれていたとしか思えない。

島に住む悪霊が、自分たちを呼び寄せている？

上陸用の手漕ぎボートを、緑色の海面に下ろした。そして全員、もはや躊躇いも捨ててボートに乗り移り、島の海岸を目指した。

海岸と思しい辺りに着くと、ロドリゲスというポルトガル人水夫が真っ先に、手漕ぎボートから飛び降りた。

どこまでが海面で、どこから海岸なのか、良くわからなかった。

石の都は全体が緑色で、ヌルメルドロドロしており、陽炎《かげろう》のように、いや蜃気楼《しんきろう》のようにユラユラ揺らめいていた。その緑色が、周囲の海と溶け合っていたのだ。

石の都とともに、深海で都を包んでいた緑の何かが、一緒に上がって来たに違いないと思った。

ロドリゲスが飛び降りたところ、胸の辺りまで濃い緑の、ゼリーみたいな水に包まれた。

彼が目を白黒させたのは、全身がこのゼリー状の水に沈んでしまうのではと、怯えたからだろう。けれど、胸の辺りまで沈んだところで、足が海底に着いたようだった。

一瞬、動揺して沈黙したけれど、どうやら死なずにすんだと判って、ロドリゲスは自分たちを振り返った。その表情には、恐怖が刻印されていた。誰か、助けてくれ、そう言いたそうだった。

けれど、みんな、声もなく、彼の様子をじいっと冷たく見守るばかり。

彼の身に何が起きるかを、見極めようというように。彼の身体が、ドロドロの緑の海水に、今にも溶け出しても不思議がない気がした。

ロドリゲスは助けを諦め、決意を固めた。そして思いっ切り抜き手を切って、本当の海岸と思われる方向に、泳ぎ出した。

濃厚なゼリー状の水は、ただの海水よりもさらに浮力が強いらしい。けれどそれだけ抵抗も強いのか、ロドリゲスの動きは、頑張って両手両足を動かしている割には、遅い。

しかし、緑のネバネバした海水に、害はなさそうだった。奴の身体が溶け出すことも、燃え上がることもない。もう、無事に海岸にたどり着きつつある。

自分たちは奴の泳ぐ様子を目安に、手漕ぎボートをさらに船を岸に近付けつつ、他の水夫たちも次々に緑の水に飛び込んだ。そして後を追った。

真っ先に上陸したロドリゲスが、堤防というか城壁というか、その一部をなす石柱の台座にたどり着いた。

何を見出したのか、そこでいきなり物凄い雄叫びをあげた。

自分は最後までボートに残っていた。ボートを岸辺に、乗り上げるためだ。ボートの上から、叫び声を上げるロドリゲスの方を見ていた。

彼が叫んだのは、人間の常識を超えたとんでもないものを見てしまった驚きのせいであり、恐怖のせいだった。

そこには、大きな大きな扉があった。物置小屋の扉をバカでっかくしたような扉。

両脇に二本柱、その柱の上にまたがる、凝った彫刻がほどこされたまぐさ石、敷居《しきい》、そして扉面があるから、きっと城壁の内部に通ずる扉に違いない。

扉があるということは、つるつるの、凸凹《おうとつ》の様子が波打つように変わる堤防城壁を、よじ登らなくて良い。

その扉には、あの偶像と同じ絵が浮彫りされていた。ヤリイカの頭に竜の胴体、鱗のある翼を持った魔神の姿が――。まだ手漕ぎボートにいる自分にも、見て取れた。

一同はロドリゲスに合流、自分も一足遅れて、みんなと一緒になった。

とりあえず、どうしたら良いかわからず、目を瞬《またた》いて、扉の様子を見定めようとした。しかし、いくら瞼を見開き、首を振ったり遠目にしたり顔を近付けたりしても、なにがどうなっているのか、よくわからなかった。

しかも、距離感が一定しない。まるで空間そのものが風に揺れるように、水面から水中を眺めるように、眺めがブヨブヨして固定しくいない。

だからその扉が、揚げ蓋のように平面で上に持ち上げるべきなのか、それとも穴蔵の入り口のように傾斜しているのか、見定めることができないのだ。

そもそもここに上陸した時点で、周囲を見回したり、沖合の船がどこにあるか見定めようとすると、見ているのが地表なのか水面なのかもわからなくなる。物と物との相対的な位置が、溶けるように変化する。全く、八人が無事に、こんな風に岸辺に上陸できたなんて、奇跡だった。

自分が平面に立っているのか斜面に立っているのか、いや壁に直立して地面に水平になっている気すらして、平衡《へいこう》感覚がおかしくなる。あんまり自分の姿勢、バランスを気にすると、重力の感覚がなく、距離感も完全に失われているので、目眩と吐き気に、その場に倒れそうになる。

ブライドゥンが試しに、おっかなびっくり、扉らしき代物をあちこち押したり突いたり、叩いたりしてみた。しかし、何も起こらない。

今度はドノヴァンが屁《へ》っ放《び》り腰で、慎重に慎重を重ねた手つきで、扉面のあちこちを探りながら、扉の縁、壁面と扉の合わせ目の抉《えぐ》れた部分を回って、さらに向こうまで、這うように進んでいった。

実際、上下の感覚が錯乱しているので、彼が平面を歩いているのか、斜面を登っているのか、あるいは下りているのか、わからない。合わせ目に沿って、行けども行けども扉が続いている。

自分たちが見ている以上に、扉はずっとずっと大きいらしい。ドノヴァンが這うように進めば進むほど、扉は意地悪をして面積を広げ、大きく大きく波打っているように見える。

「あっ……」

自分は息を呑んだ。ドノヴァンが這って行くすぐ先、扉の上の方が、静かに、ゆっくりと、向こう側だか、こちら側だかに動いたからだ。それが私の目の錯覚なのか、本当にそれが起きているのか判然としなくて、自分は声を出すことができなかった。

一緒の仲間を見ると、みんな、どうも同じ思いらしく、互いに不安そうに目を見交わすばかりだった。

不意に、ずれるように、外れるように動き出した部分は、最初に見たよりもはるかに大きく広がって、動いている部分だけで二〇メートル四方はあったように見えた。

とすると、扉の本当の大きさは？　そもそも、これは扉なのか？

斜面を登っていたドノヴァンが、呼び戻そうとするより早く転がるように落ちて来た。あるいは怖くなって、自分から滑り降りたのかも知れないが。

とにかく、柱に抱きついて身体を支えながら、落ちて来て、幸いなことに、そこにいた自分たちに合流した。

二〇メートル四方よりも、今はさらに大きくなった扉が、今は上の方でなく扉全体が、ゆっくりと後退して行く。引き戸を開くとか、ドアを押し開けるというのでなく、巨大な扉全体が、スライドして後退するように見えた。

プリズムを透かした光のように、扉もその周囲も入り乱れる様々な色に包まれている。物理法則とか遠近法とか、そういう感覚が通用しないのだ。

入り口が開いて、隙間《すきま》ができた。

内部は真っ黒だった。そう、〝真っ黒〟だったのだ。〝暗い〟のではなく、漆黒《しっこく》の物質が、内部に高密度で充填《じゅうてん》されている。そうとしか表現できないような感じに見えた。

曲がりなりにも、陽の光が射し込んでいる。プリズムを通したように色合いを微妙に変え、そのおかげで距離感が錯乱するのかも知れないが、光はある。

なのに、色とりどりの油をぶちまけたような光が、扉の内部には全く入り込めないでいるのだ。

もしこれが本当に扉なら、堤防城壁の内部の風景が見えそうなものだけれど、全く何も見えない。とてつもない重量感と密度をたたえて、黒いのだ。


ここまで読んで、ぼくらは顔を見合わせ、肩を竦めるしかなかった。

メグが首を傾げながら、ぼくに訊いた。

「なにが、書いてあるか——何が言いたいのか、わかる、あなた？」

「ううむ、英語の単語を使ってるみたいだけど——確かに文章が意味をなしていない」

「きっと、思い出すのも恐ろしいことが起きたのよ。恐ろしくてちゃんと思い出せなくて、だからちゃんと書けなかった」

「それでも、これを書き残しておかないといけないという義務感から、何とか書こうとした。けれど、言葉にならなかった。そういうことなんだろうね」

「〝高重力、高密度の漆黒〟だって——」

「この扉は城壁の内部というより、別世界に通じてたんだ。異次元の別世界」

「偉大な古い神々が幽閉されて眠っているのは、この地球は地球だけれど、位相のずれた異次元空間。この石の都そのものが、異次元空間を包み込む殻。

小さな卵の中に、無限の宇宙空間が封じ込められている、みたいな感じに——」

ぼくは、何が書いてあるかわからない文章を、単語を並べ替えたり、置き換えたりして、なんとか判読しようとした。

「高密度・高濃度・高重力の代物《しろもの》が、扉の向こうに詰め込まれていたって――、つまり封印され、閉じ込められてたってことだよね。

それが、扉が開いた今、数十億年の時を経た今、解放されようとしている。高圧タンクに詰め込まれたガスが、開栓されて一気に噴き出すように、外に溢《あふ》れてきた。そして陽光を撥《は》ね退け、太陽自体も怯えて収縮し、漆黒の空間に飲み込まれたように見えた。そういうことかな？」

メグが楽しそうに微笑《ほほえ》んだ。ぼくを褒《ほ》めてくれた。

「さすが、考古学者の卵。それも、将来は大器《たいき》になることが保証されているわよ、あなたは。きっと、そんな風なことを書いてるんだよ、ヨハンセン氏は」

「とにかく、とてつもない腐臭。嗅いだだけで、こちらの臓物《ぞうもつ》まで腐り蕩けそうな、刺々《とげとげ》しく痛々しい悪臭が、黒いモノとともに噴き出したんだって」

日記はさらに続いていた。


その漆黒の高密度のモノと腐臭に包まれ、自分たちは全員、互いの姿も〝黒〟に奪われて見えないまま、立ち尽くしていた。

音が聞こえてきた。水が跳ねるような、そして絞り出された水滴が無数に滴り落ちるような、ピチャピチャ、ペチャペチャ、ポタポタ……粘っこい気色の悪い、寒気のするような音だった。

何より、滴り落ちる水滴そのものが、命を持ってアメーバみたいに蠢《うごめ》き、ヒルのように自分に襲いかかってくるのでは――。その光景が見えるような、そして実際に肌が蠢く水滴に包まれる気がして、全身に戦慄《せんりつ》が走る。

けれど、〝黒〟に包み込まれてしまって、身動き一つ出来ないのだ。

何かが歩いている。自分たちを呪縛し、虜にしながら、歩いている。自分たちは蛇《へび》に睨まれたカエルのように、メドゥーサの貌《かお》を見てしまった男たちのように、金縛《かなしば》りにされてしまった。

そいつの歩みに合わせて、石の都全体が振動している。ただ地響きみたいに振動するのでなく、波打ち、蠢動《しゅんどう》し、街全体で我々を消化しようというように蠕動《ぜんどう》する……。

誰かが、泣き声をあげた。恥も外聞《がいぶん》もない、怯え、うろたえ、恐怖のどん底に堕とされた者の泣き声だった。

「デカイ、デカイよ、こいつは。こんなデカイもんが」

自分にも見えた。いや、肉眼ではない。視覚は、黒く潰れている。

黒い物質空気に、身体も顔面も締め付けられている。肉眼でなく、心の目が、そいつを見た。そいつは自分たちの心に、魂《たましい》に、己の姿を刻印したのだ。服従《ふくじゅう》させるために。

コロイド状の緑色、不定形の巨大な奴が、漆黒のモノを押し分けて姿を見せている。漆黒の空気を周囲の塗り広げつつ、のし歩いている。

ここで不意に、改めてヨハンセン氏の筆が乱れている。

何が起きたのか、どうしても正確に書けなかったのだと思う。思い出そうにも、脳がこの出来事を封印するか排斥《はいせき》して、ヨハンセン氏の記憶としては残されていなかったのかもしれない。

もし残っていたら、氏は間違いなく、発狂していただろう。氏自身が生ける屍《しかばね》と化し、魂は異次元に跳ばされてしまっていただろう。

氏が、ここで命を落とした六人の水夫に関して書き残しているのは、とにかく、次の事実だけだった。

二人がまず、緑の不定形コロイド巨大怪物が出現した時点で、恐怖のあまりショック死した。

ヨハンセン氏の意味をなさない記述の中で、次の言葉だけが読み取れる。


「全物質の力が激突している。宇宙の秩序《ちつじょ》が、壊れた。おお、神よ！ 山が歩いてる。いや、よろめいている‼‼‼」


一呼吸おいて、メグが言った。

「この瞬間よね、きっと――。全世界にテレパシー現象が起きたのは。あの有名な建築家が発狂し、可哀想なヘンリー・ウィルコックスさんが熱病の症状に襲われて絶叫したのは」

ぼくも頷いた。

「太古の神、宇宙の彼方の黒い星が産んだ緑色の不定形の怪物が、ついに目覚めたんだ。そして、この地球は自分のものだ、人間どもめ、俺の言う事を聞けって、自己主張を始めた」

「ということは、星々がまた、相応《ふさわ》しい位置に戻ったってこと、その時に？

太古以来、宇宙から来た古い神を信仰する狂信者たちが、何度も何度も試みては失敗に終わってきた悲願が、この時についに実現した？　何も知らないエンマ号の船員たち、ヨハンセンさんたちが、誰もできなかったことを達成してしまったの？　魔物の封印されていた扉を、開けてしまうなんて!!」

「偉大な神クトゥルーが、数千兆年の封印の後、ついに解放されて、餌食《えじき》を貪《むさぼ》り始めたんだ」


二人の水夫はショック死。残る六人は一斉に逃げ出そうとしたけれど、金縛りが解けなくて、すぐには動けなかった。

ドノヴァンとゲレラとアングストロームの三人が続けて、コロイド状の柔らかい爪に、打ち潰された。文字通り潰され、破裂した風船みたいに血と、千切れた臓物をまき散らして果てた。

神よ、彼らの死が一瞬で、苦しみがなかったことを祈ります。彼らに安らぎを与えたまえ。

三人が爆裂したのが引き金となって、不意に金縛りが解け、残る自分たち三人は、酔っ払ったように千鳥足《ちどりあし》で、立ったり這ったりしながら、逃げ惑《まど》った。

自分たちは海から直《じか》にこの堤防城壁に辿り着いたというのに、船に逃げ戻ろうとすると、目の前に巨大な岩山がそそり立っている。なんでだ、などと首を傾げている余裕はない。

三人、てんでんばらばらに、脇目も振らず、上ってるんだか下ってるんだかわからないまま、岩山を乗り越えようと、必死で走った。

とにかく海辺に出て、アラート号に戻りたい。それからどうなるかはわからないが、とにかく戻りたい。その一心だった。

向こうに、パーカーの姿が見えた。彼は岩山の途中にある石造物の角を曲がろうとして、足を滑らせて倒れた。そこの角は鋭角に見えていたのが、不意に鈍角に変わってしまい、足を取られたのだ。

倒れた途端に、どうしたわけか、パーカーは石に飲み込まれてしまった。確かに硬いしっかりした石なのに、まるで水に飲まれるみたいに、パーカーの姿が石の中に消えてしまった。

石に溶け込むって、どんな気持ちがするのだろうか。自分も石になってしまうのか、それとも石の中に封印されてまだ生きているのか。

ああ、なんてことだ。なんでこんなところに来てしまったんだろう。

まだエンマ号に乗っていて、アラート号に引き返せと命じられた時に、なんで従わなかったのか。

砲撃されて船まで失って、挙句にこんなことになるのなら、なんであの時にさっさと引き返し、別の航路を辿ってヴァルパライソを目指さなかったのか。

彼らは自分たちをここに来させたくなかっただけで、海賊をする気はなかったんだ。

恐怖にとらわれ、パニックに陥り、何がなんだか全くわからなくなった中で、かろうじて、岸辺に乗り上げておいたボートに辿り着いた。辿り着けたのは、私とブライドゥンの二人だけだった。

他の六人は、本当に死んだのか、自分たちは幻覚を見ていただけではないのか。

こんな異常な世界だ。死んだと見えても、実はまだ生きていて、遅れてボートに戻ってくるのではないか。ちらりとそんな考えが、脳裏《のうり》を過《よ》ぎった。

しかし、待つことはしなかった。そんな余裕はなかった。

神よ、お許しを。弱いこんな自分を、お許しを。ひょっとすると、自分は仲間を見捨てたのかもしれない。その報《むく》いをきっと自分は、受けるに違いない。

今、自分はその罪に苦しんでいる。仲間を置き去りにした罪に。死ぬまで、いや死んでからも永劫《えいごう》に渡って、苦しみ続けるだろう。

お赦しを。弱いこの私を、お赦しください。

自分たち二人は、それこそ必死の底力でボートを緑のゼリーみたいな海面に押し出し、飛び乗った。持てる力の全てで櫂《かい》を漕ぎ、なんとか、アラート号に戻ることができた。

振り返ると、山のような緑の巨体が、まるで濃厚で高密度の煙が形を変えながらジワジワ這い進み、侵《しん》食《しょく》するように、いつの間にか出現した岩山を超え、海辺まで来てた。

なぜか知らないけれど、その巨体はそこで躊躇っているように見えた。

あるいは、今すぐ自分たちを屠っても面白くない。すでに六人を片付けている。ここは時間をかけて、いったん逃げる希望を抱かせてやって、改めて絶望のどん底に落としてやろう。その方が美味《おい》しいから。そんなことでも考えていたのだろうか。あの、人間とは何の縁《ゆかり》もない怪物が、そんな人間的な思いにとらわれるとも思えないが。


巨大都市に上陸して、いったいどれだけの時間、あそこにいたのか。自分にはとてつもない時間が経っている気がしたけれど、実際にはほんの一時の事だったようだ。あるいは時間の経過なんてもの自体が、この石の都には意味がないのかもしれない。

幸運にも、アラート号の蒸気は冷え切っていなかった。

二人で無我夢中で、操舵室と機関室を駆け回って操作すると、すぐにエンジンが生き返り、船は自分たちの恐怖など知らぬ気に、緑の粘っこい海面を、ゆっくり、ゆっくりと動き始めてくれた。少しずつだけれど、加速されていく。

背後の石の都、重力を無視して歪み、距離感も表裏もない石造物の上で、怪物が蠢いている。

緑の身体を、骨の存在を無視して捩りながら、奇妙な鳴き声、吠え声を発している。

怒っているのか、笑っているのか——。強烈な情動と欲望を発散している。

今、〝声〟と言ったけれど、音として伝わってくるそれではない。自分たちの脳に直接に語り掛けてくる振動、超音波みたいに脳にグリグリと食い入ってくる、嫌な嫌な、背筋にゾクゾクと寒気の走る音だった。

超音波というか、異次元の雄叫びを上げながら、不定形の緑色の巨魁《きょかい》が、海に傾《なだ》れ込んできた。まさに海水に溶け込むように、海と　体化し、しかし怪物としかとわかる雰囲気を保ちながら、自分たちの後を追って来るのだ。

海水に触れるや、不定形だった巨魁に、形らしきものが生まれてきた。これがその怪物の本来の姿なのか、それとも、獰猛な破壊者となった時の仮装なのか、自分にはわからない。

海に入って追い掛けてくるそいつは、まさにあの偶像と同じ姿だった——！

ヤリイカの頭に竜の胴体。翼は背中から両脇に掛けてピッタリくっ付けている。顔面から伸び出したヤリイカの触手が忙しく蠢き、鱗がまるでそれ自体の命を持っているみたいに波打ち、踊り動いている。

翼があるなら、飛べば良い。飛んで来て、この船に覆いかぶされば、船を丸ごと包み込んど、沈めてしまえる。そしてタコが獲物を屠るように、船を丸ごと、潰しながら食ってしまえるのに。

なぜそうしないのか、自分には怪物の真意はわからなかった。

そいつは、この船を追うことを、楽しみたいのかも知れない。猫が鼠を、ゴキブリを、一思いに殺さないでいたぶりながら殺すように。

怪物が泳いで来たのが、結局、自分には幸運だったのだが。

怪物は間違いなく、このアラート号より速い。エンジンが温まるに連れて、アラート号は少しずつ速度を増しているけれど、怪物はそれよりずっと速そうだった。

仮にアラート号の方が速いか、怪物と同じ速さだったにしても……船のガソリンはいずれ、間違いなく切れる。自分とブライドゥンは、時間の問題で、必ず飲み込まれる、あるいは潰される。

声の正体を確かめるべく、ブライドゥンは反射的に背後を振り返った。

その瞬間、ブライドゥンはゲラゲラと笑い出した。顔面は恐怖に引きつっている。目を大きく見開き、眼球は左右別々に動き、頬から口元、顎に掛けては大きく歪んで痙攣《けいれん》している。

とてつもない恐怖を表現しながら、しかしその声は笑い声でしかない。極限の恐怖は、人間を笑わせるものなのだろうか……。

いいや、人格が崩壊《ほうかい》してしまったのだ。メドゥーサの貌を見てしまった男のように、ブライドゥンは気が狂ってしまった。

操船するのは、今や自分一人。ブライドゥンの補助はもう期待できない。時間の問題で、怪物に追い付かれる。そして襲われる。まさに嵐を呼ぶ雲のようにでかくて不定形なあいつに、船は簡単に飲み込まれてしまうだろう。文字通り、飲み込まれてしまう。

どうせ死ぬなら、あいつに目にものを見せてやる。逃げ回って徒らに苦しみを長引かせるよりも、一か八かの賭けに出て、とっととケリをつけた方が良い。自分はもう、自暴自棄になっていた。ブライドゥンに負けず劣らず、自分も気が狂っていたのかもしれない。

エンジンをフルスピードにしておいて、力一杯に甲板上を駆け抜けると、舵輪《だりん》をいきなり逆回転させた。下手をすると船が転覆《てんぷく》するかもしれなかったが、転覆したらしたでそれまでだ。

それにこれは快速船、これくらいの急旋回《せんかい》、堪《こら》え切れるだろう。

すでに石の都と怪物に冒されている海は、深海からの得体の知れない悪臭を放っている。そのドロドロした海面を引っ掻き回し、泡立て、船が半ば横倒しになりながら、向きを変えた。すぐそこに、不定形のコロイド怪物が迫っている。

アラート号のエンジンは、最高速度に達していた。そして怪物に向かって、突撃して行った。

船ごと怪物にぶつけてやる。もし、運が良ければ　万に一つの運があれば、船はゼリー状の怪物を倒せるかもしれない。これが今の自分にできる、精一杯の抵抗だ。

武装快速船アラート号の舳先《へさき》が、ヤリイカに似た怪物の頭から、メドゥーサの蛇の髪の毛のように伸びた触手に、触れるか触れないか――。

触手が船を掴《つか》もうと、船の上を、周りを踊りくねっている。それを掻い潜《くぐ》るように、船は全速力で怪物に激突した。

しかし怪物の身体はコロイド状、ゼリー状なので、衝突するというより、バカでっかくて密度の高い気泡を、ぶち破って突き抜く感触があった。ぐちゅっ、ぶしゅっ。そんな破裂音まで聞こえた気がした。

死んだ魚の堆積《たいせき》した中に潜《もぐ》り込んだ腐臭、生ゴミの山に埋もれたような、何十年分もの糞尿《ふんにょう》の詰まった肥溜めに落ちた感触と臭い、腐って臓物を虫に食われている死体の臭い。それらを一つに合わせ、千倍も拡大したような臭いと感触が、船と自分を包み込んだ。

一面の緑だった。濃緑色のゼリーに飲み込まれて、息も出来ない。

目に激痛が走った。眼球から脳まで、激痛の矢が突き刺さる。いや、鼻腔《びこう》と喉を押し開けて緑の腐臭・悪臭が侵入して、自分の内臓にまでしみ込む。

自分は緑色のドロドロネバネバした粘液の中で宙ぶらりんになって、苦痛にのたうち回っていた。

苦痛が和《やわ》らいだと思ったら、いつの間にか緑のコロイドから抜け出していた。海の上に出ていたのだ。

どうやらアラート号と自分は、怪物を突き抜けて、反対側に出たらしい。

背後を振り返ると、緑色の怪物の頭が崩れている。崩れてヤリイカの形を失い、不定形でグニュグニュ蠢くゼリーの塊と化している。あそこをアラート号は、突き抜けたらしい。

やっつけたのか？

そんなはずはない。怪物は、思いがけない反撃にいささか狼狽《うろた》えただけで、今、体制を立て直そうとしている。奴の動きから、それを見て取ることができた。

グニュグニュしたゼリーの塊が、再びヤリイカの形を取り戻しつつあるのだ。

不死身だ、こいつは不死身なんだ。やられてもやられても、立ち直って追いかけて来るぞ。

気づくと、自分もブライドゥンと同じく、ゲラゲラと笑っていた。

ブライドゥンの笑いは狂気の結果だったけれど、自分は笑い転げたせいで、何とか今まで正気を保っていられたのだと思う。笑いはいずれにしろ、人間の感情が麻痺した時の表現なのだと、一連の出来事を通じて自分は学んだ。

大笑いしながら、生存本能が自分に命じたのだろう。本能的、反射的に、自分はそう行動していたとしか思えない。アラート号は蒸気力を最高にして、フルスピードで、その海域を抜け出した。

今にも怪物が追撃してくる。泳いで追いかけるのに飽きたら、翼を使って一っ飛びで、アラート号を鷲掴《わしづか》みだ。

今にも、今にも緑色のコロイド怪物が、襲いかかって来る。甲板で身体を胎児のように丸めて、今にも降りかかってくる死に備えた。

「手記は、ここで唐突に終わっちゃってる」

ぼくがため息を吐きながら言った。

「今にも怪物が襲ってくる――その恐怖に、ヨハンセン氏自身、失神したも同然だったんじゃないかな。意識を逃避《とうひ》させることによって、何とか生き延びた……。自殺せず、発狂もせずにいるために」

メグがヨハンセン氏の置かれた状況を推測した。

「この手記は後から、事態が落ち着いて、故郷に戻って静かになってから書いているじゃないの。この、今襲われるか、今襲われるかという恐怖のあまりの強さに、記憶喪失になって、この先は覚えてないんだよ。この逃避行の間の出来事は、記憶から飛んじゃったんじゃないかしら」

「審問でも、笑い続けるブライドゥンさんに食事を上げてたとは証言しているけれど、いつ死んだかは覚えてない、よくわからないって言ってるし」

メグが、当然の疑問を口にした。

「この怪物が何なのか、海中から自身で浮上した、古代の石の都のこととか、ヨハンセン氏は何も知らなかったし、知らないままだったのよね」

ぼくは頷いた。

「幸いなことさ。知ってたら、本当に発狂するか、自殺している。ヨハンセン氏が上陸した石の都こそ、宇宙から来た古い神々を封じ込めたルルイエであり、あの怪物は大祭司クトゥルーだったんだから――。まさに猫が獲物をいたぶるように、アラート号とその乗組員をいたぶって遊んだ」

クトゥルーに追われる恐怖に怯えながら、南洋の海上を漂流。四月二日に再び大嵐に見舞われたが、ヨハンセン氏はその日付も、もうわからなくなっていただろう。

ヨハンセン氏の意識そのものも、ルルイエとクトゥルーに出会った後遺症で大嵐に見舞われている。

ヨハンセン氏の意識は、その時、南洋の海の上、アラート号の上にいながら、クトゥルーがやって来た宇宙に飛んでいた。

彼の霊体は彗星《すいせい》の尾と化して、上下も左右もない宇宙空間を、渦を巻くように飛び回っていた。地獄の底にいたかと思うと月に飛び、再び地獄の底へ、狂気の反復を繰り返していた。

そして至る所に、蘇って狂喜乱舞する古い神々と、コウモリの翼を持つ緑の地霊たちの大笑いの声を聞いていた。彼の魂は尾を引きながら、宇宙空間を転移していた。

彼自身は、その神々も地霊も知らなかったが、本能が彼らの正体を教えてくれていたに違いないのだ。ヴィジラント号に救出され、海事審判の法廷を経て、ニュージーランドの港町ダニーディンの妻の元に帰り、ついにはノルウエーのエゲベルク山麓《さんろく》にある故郷の家に戻った。

そして彼の意識は、ようやく宇宙から、霊界から、地球の人間の世界に戻ってきた。その時には、記憶の最も肝心な部分、宇宙の真実、異次元の出来事をめぐる記憶は、破壊されていたものと思われる。

この手記を残したのは、失われた記憶を、なんとか取り戻そうとした結果に違いない。狂人と思われるのを恐れて、彼は英語で記した。身近な人々でなく、第三者、たとえばぼくらのような人間に知らせるべく。

それは、自分の体験した出来事を伝えると同時に、自分では全く理解できないこの一連の出来事の意味を、解き明かしてくれという依頼でもあるだろう。

メグが不意に目に涙を浮かべ、肩を抱き、身を震わせながら、呻くように言った。

「アラート号を沈め、ヨハンセン氏を屠るのも、クトゥルーなら簡単にできたはずなのに、なんでしなかったのかしら。なんで、ヨハンセン氏はアラート号を操って、逃げ切れたのかしら」

その理由を、ぼくはこう説明した。

「ほら、二度目の大暴風雨さ。あれで、もともと浮上し切れないでいたルルイエが、また海中に沈んでしまったんだ。

ルルイエを目指してクトゥルーを蘇らせようとした、アラート号の混血の獰猛な乗組員たち。連中は、たまたまエンマ号に遭遇して、ルルイエに辿り着けず、儀式も続行できなかったじゃないか」

「クトゥルーの復活には、儀式がいるのね？」

メグが、すがるような目でぼくを見上げて言った。

「まだよくわからない。調べないとね。

けれど、ルルイエを浮上させる儀式と、クトゥルーを復活させる儀式は別だ。後者は、石の都の封印を解くと同時に、クトゥルーとその眷属を眠りから覚ますための儀式だ。

いずれの儀式も、祈りも、不充分だったんじゃないかな。ルルイエはいったんは浮上したけれど、嵐をきっかけにまた沈んじゃった。クトゥルーは目覚めかけたものの、封印から出られなかった。

つまり、ルルイエのあるあの海域から離れられなかったんだ。だから、ヨハンセン氏は逃げ切れたんだ」

メグが気を取り直し、泣き笑いの顔で言った。

「クトゥルーはまだ寝ぼけてたってわけね、ははは。しかも、ルルイエにまだ鎖《くさり》で繫がれてて、あそこから離れられなかった」

ぼくも一緒に、笑ってしまった。確かにそういうことなんだろう。

総括してくれたのは、メグだった。

「クトゥルー教は太古の昔から存在していて、常に信者が地上に溢れている。世界中のどこにでもいて、しかるべき星の巡りの日に、ルルイエを海底から浮上させ、クトゥルーを目覚めさせるため、日夜、祈りを捧げている。何千年も、それを続けている」

そう、その通り。

「クトゥルーは今も、海底に再び沈んだルルイエの石の都に封じ込めれ、再び眠りに落ちている。そして、目覚めを待っている。

二年前、一九二五年の三月から四月に掛けて、地球に危機が訪れた。信者たちの祈りが通じて、しかるべき星巡りの日である三月二二日、ルルイエが浮上して海上に現れた。クトゥルーがいったんは目覚めた。けれど、祈りが足りなかった。あるいは一般人類の信仰する新しい神々が勝って、古い神の復活を偶然に見せ掛けて阻止した。

クトゥルーは目覚め切れず、ルルイエは二度目の嵐とともに、海中に戻ってしまった。古き神々は、再び封印された」

「今は――、今はね」

「うん、今回だけではない。人類の歴史が始まる前に、そして始まってからも、たびたび同じことが起きているんだと思う。ルルイエが地上に出現し、クトゥルーが復活しかける事態がたびたびあった。

それがこれまで、神秘な出来事とか怪事件、怪現象として語られたり、七不思議的に記録されたりしているんだと思う」

「また、復活の機会が訪れるってわけよね」

「そうだよ。しかるべき星がまた巡ってきた時に。その時を目指して、信者たちは今も集まっては、祈りを捧げ続けている」

人里離れた深夜の森で、ジャングルで、荒野で、クトゥルー教信者たちが、グロテスクな偶像を乗せた石柱を巡って、血塗《ちまみ》れの死体を杭に逆さに吊るし、素裸になって吠え立て、踊り狂っている。

……ふんぐるい・むぐるうなふー・くとぅるう・るるいえ・うが＝なぐる・ふたぐん……

……ふんぐるい・むぐるうなふー・くとぅるう・るるいえ・うが＝なぐる・ふたぐん……


今はクトゥルーは海底に眠っているが、沈んだものは、必ず浮かび上がる。そして、浮かび上がったものは、再び沈む。いったんは沈むがしかし、また浮かび上がる。

醜悪な太古の神々が、海底で、機会の到来を夢見て、待っている。

ぼくはメグと二人で、グスタフ・ヨハンセン氏の手記を、錫の箱にしまった。

この箱には、ヘンリー・ウィルコックス青年の作った薄肉浮彫りの粘土板と、大伯父ジョージ・エインジェル教授の資料も一緒に収められている。

人類から封印されるべき、一連の書類。やがて間違いなく、人類が、地球が、黙示録《もくしろく》の終末を迎えるだろうと、確実に証明している禁断の記録。知らないからこそ、人々は明るい未来を信じて、今を生きて行ける。

知ってはならない秘密、人類と地球が滅びと常に紙一重《かみひとえ》で生きていると知ってしまったぼくらは。

「ぼくたち、長く生きてないね、きっと」

「どうして」

「ジョージ大伯父さんも、ヨハンセン氏も、死んでる。いや、殺されてる。同じ事実を知ってしまって、さらにもっと奥深くまで追究しようとしてるぼくも君も、長く生きられると思えないんだよ」

メグが胸を叩いて言った。

「大丈夫だよ、あなたにはわたしがついてる。わたしが守るよ」

空手の手刀と回し蹴りをしてみせた。

「いつも一緒にいて、暗がりから誰かが飛び出したり、窓から紙束が落ちて来たりしたら、わたしが弾き飛ばす！」

なんだか嬉しくなって、ぼくは笑った。今度こそメグを、固く抱きしめていた。

《原作では……》

・フランシス・ウェイランド・サーストンの年齢は書かれていません。

・サーストンの友人、マーガレット・シルヴェスターは登場しません。

（編集部）

# 『前略、お父さま。』

ギリシャ神話に登場するゴルゴーン（髪が蛇で見るものを石にかえる怪物）、ヒュドラ（九つの頭を持つ蛇の怪物）、キマエラ（獅子と山羊と蛇の頭を持つ怪物）――それにケライノー（人面鳥身の怪物）とその一族ハルビュイアについての恐ろしい話は、われわれが迷信を抱くがゆえに、次から次へと生まれてきたのだろうか。いや、迷信とは関係なく、ずっと以前から頭の中に存在していたのだ。われわれの中には原型というべきものが永遠に存在している。それが形をとって表れたものが、これらの話だ。正気でいるときは嘘だとわかっている話が、なぜわれわれに恐怖心を抱かせるのか。それがわれわれの肉体に害を及ぼすと考えるがゆえに恐怖を抱くのだろうか。そんなことはありえない。これらの恐怖は人間が存在するはるか以前から存在している――あるいは人間がいなくても……。ここで取り上げた恐怖の話は純粋に精神的なものである。なぜ現実に実体のないものほど恐怖が強くなるのだろう。またなぜ無垢な子供ほど恐れるのだろう。これらの難問を解くことができれば、われわれは天地創造以前の有り様をすこしでも洞察できるかもしれない、また先史以前の幽冥界をチラとでも覗くことができるかもしれない。

――チャールズ・ラム『魔女と他の夜の恐怖』

**原題：The Dunwich Horror（ダンウィッチの怪）**

## 1　ダンウィッチ

「起きて、起きて——太田君、着いたわよ」

目が覚めるとぼくは車の助手席に座っていた。運転席には、憧《あこが》れの化学の先生。名前は——あれ、また、名前が思い出せない。

窓の外を見ると鬱蒼《うっそう》とした森の中だった。いつの間にぼくは車に乗ったんだ？　それよりここはどこなんだろう？

「せ、先生、ここはどこですか？　ぼく、なぜ先生の車に乗っているんですか？」

先生はいつもの小悪魔みたいな笑顔でぼくのことを覗きこんだ。良い匂いが鼻先にふわりときて、ドキマギする。

「やあね、太田君、寝ぼけてるの？　君は先生の研究論文の調査を助手として手伝うために、わざわざ日本から飛行機に乗って、ここ、アメリカのマサチューセッツ州まで来たんじゃない」

研究論文？　助手!?　そして、なんだって、アメリカ!!

そんな重大なことを何一つ覚えていないなんてあるだろうか？

だいたい、化学の先生の研究論文の調査で、アメリカまで来る必要があるとは思えないし、それに高校生のぼくが助手って——。

するとぼくはまるでぼくの心を見透《みす》かすように続けた。

「研究論文といっても、化学じゃないわ。先生のライフワーク、民俗学よ。行き先はダンウィッチ村。きみ、以前から大学に行ったら民俗学を研究したいって言ってたじゃない。だから声をかけたのよ。いまどき高校生がそんなオジンくさい学問に興味を持つなんて、その昔、初めて言葉をしゃべる人類を発見したときと同じくらい、先生は嬉しかったわ！」
後半——、〝その昔〟以降が意味不明だったけど、ぼくは〝オジンくさい〟と言われたのが気恥ずかしくて、真っ赤になってうつむいてしまった。
言われてみると、先生に誘われてアメリカまで来た——というのも、そんな話だったような気がしてくる。確かディーンズ・コーナーズという町まで列車で来て、そこからレンタカーを借りて、マサチューセッツ北部の真ん中を走るアイルズベリー街道をやってきたんだ。
でも——やっぱり、まだ先生の名前が思い出せない。

「さあ、太田君、行きましょう。これからちょっとしたハイキングよ」

先生はドアを開けて車を降りた。

「ここからは車を降りて歩いていかなきゃいけないの。でも、先生も来るの久しぶりで、この分かれ道、どっちに行ったらいいか、忘れちゃったのよ」

促されて、車の外に出てみると、目の前に細い道が二本、分かれていた。確かに車が通るのは難しそうだ。

「ねえ、太田君、どっちに行ったらいいと思う？」

忘れちゃったと言ってる先生は、何やらウキウキした感じで、全く困った風もなく、ぼくに聞いてくる。

でも、先生のこんなところが、学校のみんなも、ぼくも大好きなんだ。

「村なのに……標識《ひょうしき》とか、案内の看板《かんばん》とかないんですか？」

「昔、ダンウィッチ村で、口にできないほど恐ろしい出来事があったの。それ以来、ダンウィッチへの案内標識はすべて取り払われてしまった」

普段、陽気で笑顔を絶やさない先生が、〝口にできないほど恐ろしい出来事〟というなんて、よっぽどの出来事だったんだろう。

「じゃあ、こっち……」

とりあえず、ぼくは一方の道を指さした。

「ふうん。そっかあ、そっちかあ！　いいなあ！」

何がいいのかさっぱりわからないと思っているうちに、先生はさっさと歩き出し、ぼくも慌ててついて行った。

道はだんだん登り坂になり、曲がりくねった両側には、茨《いばら》に覆《おお》われた石垣《いしがき》が迫りくるように続いている。あちこちの森にはとてつもない巨木《きょぼく》が生え、雑草や野バラが普通の人里ではほとんどみかけないほど生《お》い茂っていた。

わずかに田畑《たはた》も見かけたけれど、どれも全く実りがありそうになかった。まばらに点在する家々は、どの家も古く、薄汚く、荒廃《こうはい》している。

腐りかけた戸口のきざはしや岩だらけの草原の斜面に、人影が見えた。

「先生、道を聞いてみますか？」

「そうね、いいんじゃない？　聞いてみれば」

てことは、ぼくが聞くということですね、はい。

「あのー……！　すみませーん……！」

大声を出して、少し近づくと、ボロボロの姿の男の人だった。深く皺《しわ》が刻まれ痩せこけた頬《ほほ》に、どこを見ているか分からない、どんよりとした目……。この世のすべてを拒絶しているような孤独な表情――。

明らかに聞こえたはずなのに、その人は振り向こうともしなかった。物静かな様子は人目《ひとめ》を忍ぶようにも見える。

それ以上声をかけられず、ぼくは立ち尽くしてしまった。

「先生、あの人――」

その先は口に出して言えなかった。何か禁断のものにでも出食わしたような、関わりは一切持たないほうがいいように思ったのだけど、単に見ただけでそう言いきるのも失礼だと思ったからだ。

先生は、ポンポンとぼくの肩をたたき、先を歩き出した。

それで、ぼくもまた気を取り直して、先生を追った。

その後も何人かの人を見かけたけれど、みんな、最初に見た人と同じような様子で、もうぼくは道を尋ねようとは思わなかった。

さらに登っていくと、深い木立の向こうに山々の姿が見えてきた。

なんて気持ち悪い山並みだろう……。どの山の頂上も、均整のとれた丸い形をしていて、まるで人が造ったものみたいだ。

その山々のいくつかの上の空に不思議なシルエットが見える。

「先生、あの山の上に見える……丸いシルエットはなんですか？」

「あれは、〝かんじょうれっせき〟の影よ」

先生は当たり前のことのように言った。

「か、〝かんじょうれっせき〟？」

「ほら、その下の山の頂《いただき》を見てごらんなさい。高い石柱《せきちゅう》が輪になって建っているのが見えるでしょう？太陽の光に当たって、影が空に浮かびあがって見えているのよ」

そうか、〝環状列石〟だったのか。しかし、なんてたくさんの環状列石だろう。よく見るとほとんどの山の頂上にそれが見える。

さらに進むとどんどん道は険《けわ》しくなっていった。岩間や底知れぬ深さの渓谷に掛かっている橋がいくつか見えたけれど、どれも今にも崩れ落ちそうで、とても安心して渡れそうには思えない。

やっと下り坂になると、今度は両側に気持ちの悪い湿地が広がっていた。

**きょんきょんきょん！　きょんきょんきょん！**

「うわぁぁ！」

薄暗い空に不思議な音が響きわたり、ぼくは飛び上がった。

それを見て、先生がくすくす笑いだした。

「やあねえ、太田君、怖がりなのね。あれは〝ウィップアーウィル〟という夜鷹《よたか》の鳴き声よ。夕方になると鳴き出すの」

空に目を凝《こ》らして見ても、鳥の姿は全く見えない。正体を教えてもらっても、その声は決して気持ちの良いものではなかった。

さらに歩き続けると、今度はたくさんの牛が合唱するような声が聞こえてきた。地の底から響いてくるように低く、また機械的とも思えるような一定のリズムの鳴き声だった。

「あの音は……」

と先生に聞きかけたとき、目の前を無数の小さな光が飛び交《か》った。ぼくはまた「うわぁ！」と声を上げ、また先生に笑われてしまった。

「あの音は、牛蛙《うしがえる》の鳴き声よ。光っているのは蛍《ほたる》。まるで、牛蛙の鳴き声を伴奏《ばんそう》に蛍が舞っているように見えるわね」

蛙の鳴き声って、こんなに耳障《みみざわ》りで気味の悪いものだったけか？　蛍もまるで狂ったような飛び方で、気味が悪い……。

「この川は、ミスカトニック川というのよ」

先生が、ドーム状の丘の麓《ふもと》から流れ出る川をさして教えてくれた。上流のきらめく細い流れは、源《みなもと》に向かうほど曲がりくねり、まるで蛇《へび》のようだ。

山並みに近づくにつれて気になったのは、環状列石のある頂上よりも、木々に覆われた山腹のほうだった。

「先生、あの山……、なんであんなに黒々としているんですか？　なんだか、迫りかかってくるみたいですね」

できれば近づきたくはないと先生に言いたかったのだが、そこを避けて通る道は見当たらない。

やがて、屋根つきの橋が見えてきた。その先の、川と山の断崖絶壁に挟まれたところには、家々が軒を連ねている。

「先生！　やっと村みたいなところに来ましたね！」

「そうね。ちなみに、あの川の向こうの山はラウンド山というの」

家々の中に、変わった形の屋根の家がいくつか見える。

「あれは〝腰《こし》折れ屋根〟というのよ」

また、先生がぼくの心を読んだように教えてくれた。

よく見ると、ほとんどの家屋《かおく》が無人で倒壊しかかっている。

あの尖塔の壊れた教会みたいな建物が、村で唯一の商店みたいだけど、まるでゴーストタウンだ……。

このまま進んでいって大丈夫なんだろうか？

とくに先ほどの腰折れ屋根の家は、近隣のものより古い時代に建てられたようで、損壊が激しかった。

薄暗いトンネルの橋を渡るのも怖かったけれど、ほかに道は見当たらなかった。

「大丈夫よ、太田君。先生が手を繋《つな》いであげようか？」

「大丈夫です！　怖くないです」

からかうように言う先生の言葉に、ぼくは耳まで熱くなるのを感じながら、ムキになって断った。まったくさっきから、カッコ悪いところばっかりだ……。

渡りおえて村の通りに出ると――、

「先生、なんだか、かすかに変な臭いがしませんか？　なんていうか……何世紀にもわたって積もり積もったカビや腐敗物質から発生してくる悪臭のような……」

「ふうん、なかなか君も素敵な言い方をするじゃない」

先生は臭いについては否定も肯定もせず、ぼくを褒めてくれたけど、別に嬉しくはなかった。


村を離れ、丘の麓をめぐる細い道をたどり、その先の平地を抜けると見覚えのある場所に出た。

少し先、アイルズベリイ街道との合流地点には、ぼくたちが乗ってきた車が止まっていた。その車が異世界から現代に戻って来れた証のようで、体中から力が抜けて、ぼくはほっとした。

「先生、ぼくたちぐるっと回って戻ってきちゃったんですね。ダンウィッチ村はどこなんでしょう？」

「うふふ、ダンウィッチ村はね、さっき通り過ぎてきた一帯がそうなのよ」

「ええ！　そうだったんですか！　先生、一言も言ってくれないから……。あんなに寂《さび》れた村だったんですね」

すると急に先生は、悲しそうな表情を浮かべて、目を伏せた。

「ええ、そう……。ダンウィッチは、普通の美的感覚の基準に照らせば、景色《けしき》の美しい村と言えなくもないけど、芸術家や夏の観光客がここに押し寄せることはないわ。それも昔から――。三世紀前、〝魔女の血筋《ちすじ》〟とか、〝悪魔崇拝《すうはい》〟とか、〝異様な森〟の存在とかって言葉を口にしても笑いものにされることがなかったころから、近隣の人たちはいろいろな理由をあげて、この地を避けてきた。かつては先住民が邪悪な儀式や秘密の集会をおこなっていた、なんていう古い伝説があったりしてね」

〝邪悪な儀式〟といわれても、ぼくにはどんなものか、すぐには思い浮かばなかった。やっぱり、生け贄《にえ》とかを捧げたり、妖しい呪文を唱えたりしていたんだろうか？

「ちょっと、違うわ。大きな丸い丘で――さっき、見たでしょう？――古くからこの地域で〝影の亡霊たち〟と呼ばれ、怖れられているものを呼び出し、荒々しい熱狂的な祈りを唱えた。すると、それに応《こた》えて地底深くから鋭い音やら重々しい音やらが入り混じった大音響がしたというの。

一六九二年に魔女狩りの混乱から逃れるために、セイレムから紋章を持つような二、三の古い名家《めいけ》の一族たちがやってきたりもしたのだけど、村の様子は変わらなかった。

これを見て」

そう言って、先生はポケットから折り畳んだ紙を取り出し、開くとぼくに渡した。

認めなければならないことだが、極悪非道《ごくあくひどう》の魔物どもの一団による、このような神に対する冒涜《ぼうとく》は、周知の事実だから否定はできない。

砂漠の悪霊アザゼル、ブズラエル、魔王ベルゼブブ、ベリアルの呪われた声を地底から聴いたことがあるという信者の、信頼できる証言はいまや十を超す。

私自身も二週間前、我が家の後ろの丘で、邪霊どものはっきりした会話を耳した。

何かがぶつかったり転《ころ》がったりする音、唸《うな》り声、金切《かなき》り声、シッという声、どれもこの世のものとは思われない音で、ただ黒魔術によってのみ発見することができ、悪魔以外には開けることができない洞《どう》窟《くつ》から発しているに違いない。


「先生、これはなんですか？」

「一七四七年、ダンウィッチ村の会衆派教会に新しく赴任《ふにん》した、アバイジャ・ホードリイ師が、悪魔とその子孫の存在を間近に感じたことについて、説教をしたときの内容よ。

彼は敬虔《けいけん》で、ブルーの瞳《ひとみ》がとてもチャーミングな、まだ若い牧師だったわ」

先生の得意の口癖《くちぐせ》――まるで、その牧師に会ったことのあるような言い方。

「ホードリイはこの説教をした後まもなく、行方不明《ゆくえふめい》になってしまったの。でも、説教の内容はスプリングフィールドで印刷され、現在もとある場所に保管されている。これは、そのコピーよ。ダンウィッチの丘から聞こえる音は今でも毎年報告され、地質学者や地形学者を困惑させているのよ」

とても信じられないような話だった。二〇〇年も三〇〇年も昔の話ならともかく――。

ぼくの表情を見ると、先生は首を振った。

「ダンウィッチには他にも様々な言い伝えがあるの。さっき見た環状列石の近くには、この世のものとは思えない悪臭がたちこめているとか――、ある一定の時刻に深い谷底から何かが噴き上がるような音がするとか――。

〈悪魔の舞踏場〉と呼ばれる、木も灌木《かんぼく》も草も生《は》えない荒涼《こうりょう》とした不毛《ふもう》の山腹が、なんのためにそんな場所があるのかという研究が、今も続けられているわ」

「そんな場所でも、まだ人が住んでいるんですね……」

「あの恐怖の事件が、一九二八年にこの村で起こって以来、村の住民たちは、近隣の人びとに嫌悪感《けんおかん》をあたえるほど堕落《だらく》していったの。事件自体は、世界の平和を切望する者たちによって隠され、外部に漏《も》れることはなかったけれど……。

結局は、ニューイングランドの多くの孤立した場所でよく見かける、退化の道をたどっていった」

ぼくは先ほど山の斜面で見かけた、枯れ果てたような人影を思い出した。

「〝よく見かける退化の道〟って、どんな道なんですか？」

「彼らは――自分たちだけで一族を形成し……、つまりわかりやすくいうと、近親結婚を繰り返したの。

その結果、精神的にも肉体的にも退化し、姿形《すがたかたち》にそれがはっきり現れるほどだった。平均的な知性は驚くほど低い一方、嘘つきや窃盗《せっとう》などの悪行、なかば隠蔽《いんぺい》された殺人――。

彼らの行動を記した文書は、おびただしいほどの暴力と邪悪な行為に満ちあふれているわ」

〝近親結婚〟――知ってはいたけれど、実際に耳で聞くにはかなり衝撃《しょうげき》的な言葉だった。しかも村ぐるみだなんて……！

静かに話し続ける先生も、まるでいつもと違う。近寄りがたいほどの冷たさと悲しさが漂っていた。

「さっき話した名家の本家たちは、かろうじてその衰退《すいたい》から逃れているけれど、分家筋の人たちはみんな、他の住民のなかに埋没《まいぼつ》してしまい、今やその名前だけが家柄を示す、ただ一つの標《しるし》になってしまった」

「名家って、なんていう名前の家なんですか？」

アメリカの名家といえば、「ロックフェラー」とか「モルガン」とかなら聞いたことがある。

「ウェイトリー家やビショップ家――。さっき見た腰折り屋根の家が、その名家の人たちが住んでいる、もしくは住んでいた家よ」

……やっぱり、知っているわけなかった。

「その二つの名家は、今も残っているわ。家名を継ぐ長男をハーヴァード大学やミスカトニック大学に進学させたりしているけど、その長男たちが、自分や祖先が生まれた、朽《く》ちかけた家に帰ってくることは、ほとんどないわ」

「それで……先生の調査は、しなくて良かったんですか？」

そうだ、それが本来の目的だったはずだ。

ところが、そう先生に尋《たず》ねたとき、先生の目が妖《あや》しく光ったように見えた。さらに先生の髪を束《たば》ねる飾り――今まで気づかなかったけど、よく見るとなんだか宇宙のようだ――の内側が、ぐるぐると回りながら光っているように見えた。

「先生の調査にはこれで十分なんだけど……せっかく来たきみがこれだけっていうのは、少し物足りないわよね。やっぱり……あの怖ろしい出来事を間近で見てもらわなくっちゃ！」

なんだか意味がわからなかったけど、怖ろしい出来事をそばで見るなんて、ごめんだ。

「先生、物足りないなんて、ぜんぜ……」

とまで言いかけたとき、先生の髪飾りがまぶしいくらいに光った。

目を抑《おさ》えてうずくまるとだんだん、意識が遠のいていった。

## 2 ウェイトリー家

体が大きく跳ねて目を覚ますと、ぼくは……荷馬車の台の上で揺られていた。

鬱蒼とした木々が取り囲む細い道を、ガタゴトと荷馬車は進んでいる。

ここは、一体どこで、この馬車はどこへ向かっているんだ？　なんとなく見覚えのある道、それもついさっき通ったような――と思ったとき、もう一度大きく馬車が跳ね、頭の中がはっきりしてきた。

ぼくは……そうだ、ぼくの名前はピーター・ジェンキンズ。

先月、たった一人の家族だった母さんが病気で死んで、遠縁の親戚が紹介してくれた農場で働くために、バーモントからマサチューセッツ州のダンウィッチ村へ向かっているところだ。

見覚えがある、と思ったのは――勘違いだったのだろう。

「ぼうや、目を覚ましたかい」

前で馬を走らせている、ジョー・オズボーンさんが声をかけてくれた。

「はい、でもぼく、〝ぼうや〟じゃありません。もう十二歳ですから」

「ははは、そうかい。しかし、ぼうやも大変だな……、その年で独《ひと》りぼっちだなんて。しかも、あの老ウェイトリーの農場で働くだなんて……」

オズボーンさんと会ったのは、ディーンズ・コーナーズという町を少し過ぎて、アイルズベリー街道の分かれ道で迷っていたときだった。

オズボーンさんはダンウィッチ村で雑貨店を営んでいる人で、ちょうどダンウィッチへの帰り道に、寒さに震えているぼくを見つけてくれた。事情を話すと、荷馬車に乗せてウェイトリーさんの農場まで乗せていってくれると言ったのだ。そしてぼくは、乗るやいなや、安堵と疲れから寝入ってしまったらしい。

「ぼうや、ダンウィッチに来るのは初めてかい」

「ぼうやじゃないです。ピーターです。ダンウィッチには初めてきました」

「わかったわかった、ピーター。ダンウィッチはおそろしく古い時代からある村なんだよ――三〇マイル以内にある他のどの村と比べても、はるかに古い。

村の南側では、一七〇〇年以前に建てられたビショップ家の古びた家屋の地下室の壁と煙突が、いまも残っている。一番新しい建物が一八〇六年に建てられた滝の水車場の廃墟っていうんだから、どれだけ古いかわかるだろう？」

「一九世紀の産業革命の影響とか……は、なかったんですか？」

「ほう！　なかなか学があるな、ピーター。確かに一時はその余波《よは》も来て、村の中に工場が建ったりした。でも残念なら、この地で産業が栄えることはなく、工場もあっという間に閉鎖《へいさ》になってしまったんだ」

学があるなと褒められたのが、照れくさかったけど、嬉しくもあった。ぼくは、これでも勉強は大好きで、学校の成績も良かったんだ。

オズボーンさんはそのあと、少し寂しそうに続けた。

「この村もその昔、名門のウェイトリー家やビショップ家がやってきて、農場や牧場を作ったときは、もっと栄えていたらしい。だけど……やっぱり金持ちはしょせんダメなんだな。あっという間に堕落していき、いまじゃ、まともな家なんて、ほとんどない」

「ウェイトリー家……」

ぼくが、これから雇ってもらいにいく家のことじゃないか。

オズボーンさんは走らせていた馬を急に止め、怖い顔でぼくを振り返って言った。

「ピーター、悪いことはいわねえ。引き返して他に身を寄せる方法はないのか？」

「ど、どうしてですか？」

「ウェイトリー爺さんは……ウェイトリー農場の当主は、まともじゃねえ。黒魔術のような妖しげな儀式をしたりして、村中の人間が怖がっているんだ」

黒魔術……予想もしていなかった言葉にぼくは、全身が石のように固くなった。そしてやっとのことで口を開いた。

「でも……ぼくの遠縁が……、ぼくが農場で働くというのを条件で、ウェイトリーさんに母さんの葬式代を出してもらったらしいんです。だから、ぼく……どうしても、行かなきゃ……」

そこまで言ったとき、「きょんきょんきょん！」という音が響き渡って、ぼくは荷馬車の上で飛び上がった。驚きながらも、前にも同じようなことがあった気がして、ますます不安な気持ちになったのだけど……。

オズボーンさんが声を潜《ひそ》めながら、教えてくれた。

「あれは、ウィップアーウィルという夜鷹の鳴き声だよ。こんな暖かな晩によく鳴くんだが……。あれが鳴いたときは、決して騒いじゃいかん。

ウィップアーウィルは魂《たましい》をあの世に連れ去る鳥だといわれているんだ。今にも命の消えそうな病人の側にはたくさんのウィップアーウィルが待ち構え、最後の息づかいにあわせて不気味な鳴き声をあげる。肉体を離れた瞬間の魂をとらえると、悪魔の高笑いのように囀《さえず》って飛び去るが、捕《と》らえそこなうと、落胆《らくたん》するのか黙りこみ、静かになってしまう」

「じゃあ、さっきの鳴き声は……近くに死にそうな人がいるんでしょうか？」

ぼくは怖くなって聞いた。

オズボーンさんは黙りこくって返事をしなかった。そして前を向くと、静かに馬車を走らせた。

「ピーター、おまえさんの事情はわかった。そういうことなら仕方ねえ。

賢《かしこ》いおまえさんに、一つ忠告することがある。ダンウィッチの村にある山や丘の頂上にある環状列石には、決して近づいちゃならねえ。頂上からひどい臭いが立ち込めているから、近付けばすぐわかる。」

「環状列石って、なんですか？」

産業革命については学校で教えてくれたけど、〝環状列石〟については教えてくれなかった。

「荒く削られた背の高い石柱が、丸く並んでいることだよ。

このダンウィッチで最も古いといわれているものは、センティネルの丘にある大きな環状列石だ。列石の内側や、大きなテーブルのような岩のまわりの地中から、頭蓋骨などの骨が見つかってる。この場所は、かつては先住民――ボクムタック族の埋葬所だったといわれているんだ」
この約束は――結局、ぼくは守ることができなかった。それは、ずっとあとのことだけど……。

ウェイトリーさんの農場は、ダンウィッチの村中でも、家々が集まった村の中心から四マイル、一番近い隣家からも一マイル半離れた、山の麓にある大きな農場だった。

オズボーンさんはぼくを農場の入り口で下ろすと、「辛いことがあってもがんばれよ」とだけ言って、去って行った。

農場主のウェイトリーさん――旦那さまは、凄く気難しそうな方で、真っ白な髭が顎まであった。

持ってきた親戚の手紙を差し出し、

「あの、母さんの葬儀のお金を出してくれて、ありがとうございました。ぼく、一生懸命、働きます」

「読み書きはできるのか」

「はい、できます」

「そうか、おまえには娘の世話を頼もうと思っている。世話といっても、今年で三四歳だ。そう手間のかかることはあるまい。名前はラヴィニアという。

ラヴィニアは生まれつき白化症という病気でな。日中の強い光に当たることができない。おまえは東の端にある小屋で寝泊まりするように」

白化症って……どういう病気なんだろう？　でも、とりあえず住むところと働くところが決まって良かった。

さきほどのオズボーンさんの話が怖くはあったけど、ぼくはほっとした。

けど、お嬢さまのお世話係に、なんで男のぼくなんだろう？

その理由はすぐにわかった。この農場には、ぼく以外の使用人が一人もいなかったからだ。


その翌朝、ラヴィニアさまのお部屋に伺った。

「あら、おまえ、初めて見る顔ね」

ラヴィニアさまは、ぼくの顔を見るなり、そう言った。

な……なんて白いんだ！　肌も、縮れた長い髪も、まつ毛も――透けるように白い。白化症って、こんなに綺麗な人のことだったんだ。

目はほんのりピンク色で、そしてなぜか――左腕と右腕が長さが大きく違っていた。

驚いたぼくはすぐに返事ができず、口の中で、もごもごとするのが精いっぱいだった。

「名前はなんていうの？」

「は、はい、ピーター・ジェンキンズです。ウェイトリーさん――旦那さまに、ラヴィニアさまのお世話をするように言われました」

唾を飲みこんで、やっと答える。

「そう。ピーター、おまえのこと、気に入ったわ」

なぜ気に入られたのかはわからなかったけど、そう言って微笑まれたラヴィニアさまの笑顔は、教会で見たマリアさまのように優しくて、ぼくは母さんを亡くして以来、初めて幸せな気持ちになった。

ラヴィニアさまは、夕暮れ時や曇りの日には、よく庭に出ていらっしゃった。

今年で三四歳――死んだぼくの母さんと同じ年だ――といわれたけれど、とてもそうは見えない。母さんよりずっと若く、ぼくがいうのも変だけど、〝少女〟みたいに可憐で、綺麗な女《ひと》だ。


ある朝、ラヴィニアさまは居間のテーブルで、なにやら一生懸命に書き物をしていた。

「ラヴィニアさま……、何をなさっているんですか？」

返事がなかったので覗《のぞ》き込むと、大きなスケッチブックに、見たこともないような恐ろしい怪物の絵を描いていた。

すると、ラヴィニアさまは顔をあげてにっこり笑い、答えてくださった。

「〝肖像画《しょうぞうが》〟を描いているのよ」

「〝肖像画〟……というのは、人を描いたものをいうんじゃないんですか……？」

「なに言ってるの、ピーター。目の前にいる存在を見ながら描けば、それはりっぱな肖像画じゃない」

驚き、ラヴィニアさまが時おり視線を送るその正面に目をやったけど、もちろん怪物なんかいやしない。けれど、その怪物が実際に目の前にいるとしか思えないくらいその絵は生々しく、また、時おりラヴィニアさまは、ぼくには理解できない言葉で〝会話〟をしていた。

ラヴィニアさまの一日は、そうした絵を描いているか、ある特定の本を読んでいるかのどちらかだった。

その本は——近づくだけで鼻を覆うような悪臭を放っていた。

ぼくが思わず顔をしかめると、

「ピーター、おまえも読んでみるといいわ。この本には、太古《たいこ》の昔の出来事や、人間が知らなくてはいけない宇宙の仕組みが書いてあるのよ」

とその本を見せてくれた。ボロボロの虫食いだらけで、いかにも古い本だった。

「お父さまのお爺さまが、苦労して手に入れたという本よ。うちにはそういった本がたくさんあるの」


そんなふうに一日中、目に見えないものと話したり、恐ろしい怪物の絵を描いたり、変な臭いの本を読んでいるラヴィニアさまのことを、村の人たちは嫌っていた。

「ウェイトリー爺さんはラヴィニアを学校にも行かせず、小さいときから、あんな本ばかり読み聞かせて……。でもね、もう二〇年以上も前になるかしら。ラヴィニアが一二歳のときに、ここの奥さんがお亡くなりになるまでは、もう少しまともだったのよ」

そう教えてくれたのは、たまに雑貨を届けてくれるマミーさんだった。赤毛のマリーさんは噂好きで、〝中年のおばさん〟というのがピッタリの人だ。そして、こうも付け加えた。

「雷が鳴る嵐の晩はとくに気をつけて。ラヴィニアが山へ行ってしまうから」

——その話は本当だった。

ある雷雨の激しい夜、ラヴィニアさまがふらふらと家の外へ出て、山に向かって歩き出したのだ。

「ラヴィニアさま！　こんな雨の夜に出かけたらダメですよ！」

ぼくは必死に止めようとしたけれど、振り払うラヴィニアさまの力は、華奢《きゃしゃ》な腕からは想像もつかないほど強かった。

そのままラヴィニアさまは山へ入っていき、ぼくは後を追うしかなかった。

ラヴィニアさまは、突如《とつじょ》何かを叫んだり、笑い出したりしながら、ふらふらと歩いていた。

稲妻《いなずま》が光るたびに照らし出される横顔に、濡れた髪が貼りついて、ぼくは震えあがるほど怖かった。

でも、ラヴィニアさまを置いて帰ることはできなかった――。

ぼくの母さんと同じ年のラヴィニアさま。

ぼくと同じ年の時に母親を亡くし、それからおかしな言動を繰り返すようになったというラヴィニアさま。

そして、ぼくを気に入ったと言ってくれて、時おり焼き菓子を分けてくださったり、頭を撫でてくれたりするラヴィニアさまを、放って帰ることなんてできなかった。

ラヴィニアさまは明け方近くまで山の中をさまよい、そこで満足したのか農場へ足を向けた。

ぼくはといえば、とにかくへとへとだった。

## 3　ウィルバーさまの誕生

一九一二年五月――ぼくがこの屋敷に来て三カ月ほどが過ぎていた。

五月祭の翌日、いつものようにラヴィニアさまにお茶を持っていくと、ラヴィニアさまが今まで見たことがないほど嬉しそうに、ぼくに話しかけてきた。

「ピーター、わたし、すごく良いことが起きたのよ」

「すごく良いことですか、ラヴィニアさま。それは良かったですね。どんなことですか？」

「尊い魂《とうとたましい》がわたしに宿ったの」

「魂……ですか」

「そう……。この子は大いなる力を持ち、やがて偉大なる行いをもって、人々を素晴らしい未来に導くの」

夢見るようにそう言って、ラヴィニアさまがお腹をおさえたので、やっとぼくは意味がわかった。

――赤ん坊ができたんだ……!!

だが、父親は誰だろう？　昨日は、昼はずっとラヴィニアさまとご一緒にいて、晩はもう用がないからと、ぼくは早々に自室に戻された。

昨日の晩は……、今まで聞いたことがないような地鳴りが響き、怖ろしくて、いつまでも眠れなかった。

あんな晩に、ラヴィニアさまはどこかにおでかけになったのだろうか？

そのときは、いつものラヴィニアさまの思い込みに過ぎないと思ったのだけれど、そうではなかった。

ラヴィニアさまのお腹が大きくなってきたからだ。

この村では結婚の約束がない妊娠をしたときは、堕胎《だたい》するのが習わしのようだったが、旦那さまもラヴィニアさまも、そんなことはまったく考えていないようだった。

村の人たちは、ラヴィニアさまのお腹のこどもの父親が誰なのか、こぞって噂していた。

なぜわかったかというと、たまにぼくがオズボーンさんの雑貨屋に行くたびに、近所の人が集まり、質問責めにあったたからだ。

それは、単なる噂好きの人たちの好奇心によるものではなく、得体の知れない父親を怖れるあまり、聞かずにはいられない――そんな気持ちがよくわかった。

ラヴィニアさまがウィルバーさまを生んだのは――一九一三年二月二日、日曜日だった。その日は奇《く》しくも聖燭祭《せいしょくさい》だった。(村の人はこの日を別な言い方で呼んでいて、お祭りの飾りつけも見たことがないようなものだった)

ラヴィニアさまが産気づいたのは深夜零時を過ぎたころだった。

その晩は夜通し山鳴りがし、村中の犬という犬が吠えるのが、ラヴィニアさまの産室の前にいるぼくにまで聞こえてきた。

そして、午前五時、犬の吠え声よりも凄《すさ》まじい叫び声が上がった少しあとに、赤ん坊の泣き声が聞こえた。

あまりの叫び声に、医者も産婆《さんば》もいない中での出産が、ぼくは心配で仕方なかった。

朝日が昇り、昼過ぎになったころ、ぼくはラヴィニアさまのもとへ呼ばれた。

ラヴィニアさまは、すでに真っ黒な髪が生えている赤ん坊を、嬉しそうに抱いていた。

良かった……！　無事生まれたんだ。

「ピーター、見て。ウィルバーよ」

おくるみにくるまれたウィルバーさまの瞳は黒曜石のように光っていて、まるで黒ヤギのようだ。手を差し出すとぼくの指を握り――赤ん坊の握力《あくりょく》ってこんなに強いんだと驚いた――笑い声のような声をたてた。

「ピーター、この子は本当に賢く尊い存在なの。今度はわたしの代わりに、ずっとずっとこの子を守ってね」

ぼくは、ラヴィニアさまに頼まれたことが凄く誇らしく、大きくうなずいた。

「ラヴィニアさま、約束します。いつまでも、どんなときも、ラヴィニアさまとウィルバーさまにお仕《つか》えします」


夕方ぼくは旦那さまに呼ばれ、道具小屋の片付けを手伝うように言われた。

農場内には道具小屋がいくつかあったのだが、それまでは、どれも古びた道具や壊れた道具でいっぱいだった。そのひとつが大急ぎで片付けられた。小さな窓には板が打ちつけられ、扉の鍵は、新しくて頑丈なものに取り替えられた。

「こんな頑丈な錠前をつけて、いったい中に何を入れるんですか？」

と旦那さまに聞くと、

「おまえは、この小屋には決して近づいちゃいかん」

と、厳しい顔で旦那さまが言った。

ウィルバーさまが生まれてからの旦那さまの様子は、本当に変だった。

不安そうで、何かに怯えているように見えた。

農場の中をやたら歩きまわり、突如びくっと肩を震わせて立ち止まって、辺りを窺ったりしたかと思うと、自室で何時間もふさぎこんでいたりする。

ちょうどウィルバーさまが生まれて一週間後のある日、ぼくは橇《そり》に旦那さまを乗せて、雪の中をオズボーンさんの雑貨屋に向かった。

中に入るといつものように近所の人たちが雑談していたが、旦那さまを見ると、みんなが一斉《いっせい》に口を閉じた。

普段はそんな村人たちに目もくれずに、さっさと用事を済ませる旦那さまが、この日は珍しいことに彼らに近寄り、話しかけた。

「やあ、アール、マミーの機嫌はどうだい？　やあ、サイラス、相変わらず商売は順調みたいじゃないか」

みんな、驚いて一瞬息をのんだが、ぎこちなく挨拶を返し、雑談を再開した。

暫《しばら》くしたあと、サイラスさん――ビショップ家の中でも堕落せずに家を保ち続けている人だと、以前、オズボーンさんが教えてくれた――が、堪《こら》えきれなくなったかのように尋ねた。

「ウェイトリー爺さんや、おたくのラヴィニアが赤ん坊を生んだそうじゃないか。祝ってやりたいが、父親がわからなければ、そうもいかない。

父親はどこの誰なんだい？　教会で結婚式はしないのかい？」

旦那さまは、今まで見たことがないほど苦しそうな顔をして、押し黙った。

まるで死ぬまで口を開かないという決心を思わせるようなようすだったが、少ししたあと、静かに口を開いた。

「みんながどう思おうが、わしは気にもしねえさ。ラヴィニアの子供の父親がどんな姿形をしていようと、その子供がどんなに父親に似ていようとな。

世の中には、おまえたちの想像もつかねえ姿をしたものたちがいる。おまえたちは目に見えるものだけが存在していると信じているが、そうじゃねえ。

ラヴィニアは独学でそれを学び、おまえたちには見えねえものが見えるんだ。

子どもの父親は、アイルズベリーからダンウィッチまでの間中を探しても見つからないほどの、大した男だ。それこそ、おまえたちが想像もつかないほどのな。

おまえたちは、このダンウィッチ村にある山のことをまったくわかっていない。

そんなおまえたちが、結婚式云々《うんぬん》なんて、さもわかったふうに、いうもんじゃない」

旦那さまの物静かな迫力に、みんなは再び押し黙った。

その沈黙を必死に破ったのは、やはりサイラスさんだった。

「せめて、父親の名前くらい教えてもいいじゃないか」

「そうだな――これだけは教えてやる。いずれラヴィニアのこどもがセンティネルの丘の上で、父親の名前を呼ぶ日が来るだろう」

予言とも聞こえる言葉に、みんなが凍《こお》りついた。サイラスさんが絞り出すような声で尋ねた。

「そ……それは――あんたの黒魔術となにか関係あるのかい？」

――旦那さまは黙ってみんなに背を向け、店の出口に向かった。ぼくも慌てて、その後を追った。

農場以外の人間で、生まれて一カ月の間にウィルバーさまを目にしたのは、同じウェイトリー家（こちらはまだ堕落していない貴重なウェイトリー家――とオズボーンさんが言っていた）のゼカライア・ウェイトリーさんと、地主のアール・ソーヤーさんの内縁の奥さんの、マミー・ビショップさんだけだった。年老いたゼカライアさんは、息子のカーティスさんとオールダニー種の乳牛を二頭届けにきたのだ。

マミーさんは……たぶん、ウィルバーさまのことが気になってしかたない村のみんなから、偵察する役を押し付けられてきたのだと思う。その証拠にマミーさんがきたあと、オズボーンさんの店では、マミーさんが見聞きした話でもちきりだったそうだから。

ウィルバーさまに会ってお祝いを言いたいという来客たちを、旦那さまもラヴィニアさまも歓迎し、嬉しそうに抱いてみせた。

ウィルバーさまはすでに首が座り、歯も生えそろっていた。

それを見たゼカライアさんもマミーさんも、怯えたように一瞬沈黙し、強ばった笑いとともにお祝いの言葉を口にして、そそくさと帰っていった。

ウィルバーさまは、三カ月も経つころには、舌足らずではあったけど、たくさんの言葉を喋るようになり、身体も大きくなり、握り返す力もますます強くなった。

春になると山も気温が暖かくなった。ウィルバーさまを生んだ直後は臥《ふ》せりがちだったラヴィニアさまも元気になり、両手にウィルバーさまを抱いて、また山に入るようになった。

このころにはもう、ぼくも心配しなかった。ラヴィニアさまとウィルバーさまのあとをついて、ちょっと変わったハイキング気分で山に行くようになった。

以前と同じようにラヴィニアさまが叫んだり、何かぶつぶつ言い始めると、まるでウィルバーさまはその言葉がわかるかのように、嬉しそうに反応した。

七カ月目――居間でラヴィニアさまは本を読んでおり、その横でぼくがウィルバーさまと遊んでいたのだけど、ウィルバーさまが机の足につかまり、立とうとするではないか。

「ラヴィニアさま、ウィルバーさまが立とうとしてますよ！」

「まあ、ウィルバー！」

そのままウィルバーさまは立ち上がり、反対側にいるラヴィニアさまのところまで、よちよちと歩いて行った。

「ああ、ウィルバー、ウィルバー！　なんておまえは愛しくて偉大なの！　早くおまえを、おまえのお父さまに会わせてやりたい」

さらに一カ月もすると、もうウィルバーさまはよろめくこともなく、どんどん歩けるようになった。

ところで、七カ月前にゼカライアさんがきたときをきっかけに、旦那さまは毎月のように、ゼカライアさんから牛を買うようになった。

ところが、ウェイトリー農場の牛の数は、数カ月経っても増えなかった。

それがまた、みんなの噂のまとになったらしく、オズボーンさんの雑貨屋にお使いに行ったときに、質問責めにあった。

「ピーターよ、なぜおまえさんとこの農場は、毎月あんなに牛を仕入れているのに、あの崩《くず》れそうな納屋はいつも閑散としているんだい？」

「そういえば、俺はついこの間、通りがかったついでに、ウェイトリー農場の険しい斜面まで行って、牛を数えてみたんだ。一〇頭ほどしかいなかったよ」

「あんたも数えに行ったのか。あたしも先月だが、数えてみたよ。そのときは一二頭はいたけどねえ。でもどの牛も元気がなくて、なにかの病気に罹《かか》っているんじゃないかと思ったよ」

「あれはどう見ても、感染症《かんせん》だ。寄生虫かなにかに冒《おか》されたに違いない」

「そうだ、そうだ。有害な牧草か、あの不潔で悪臭を放つ牛小屋の材木に良からぬ菌が発生したんだろう」

「ちょっと待て、おれは柵《さく》まで近寄って、もっと奇妙なものを見たよ。どの牛にも何かに切り付けられたような傷痕《きずあと》があった。その傷が見るも無残に爛《ただ》れている牛もいて、それであの農場の牛たちはみな元気がないんだ」

途中までみんなの言うがままにさせていたぼくは、最後のこの発言にびくっと肩を震わせた。

「ついこの間、おれがウェイトリー農場に牛を届けに行ったときに、ウェイトリー爺さんにもラヴィニアにも会ったんだが……二人とも、首のところに牛と同じような爛《ただ》れた痕があったよ。その前に行ったときにも、場所は違うが、同じような傷が首にあったと思う」

そう言ったのはカーティスさんだった。

……その傷には、もちろん、ぼくも気づいていた。不思議に思ってラヴィニアさまに聞いてみたのだが、声を出さずに少し笑って、理由を教えてくれなかったのだ。

みんなの目が、一斉にぼくに向いた。

「あの、その……、最近、蚊がいっぱい出て……旦那さまもラヴィニアさまも刺されて、掻《か》き毟《むし》ってしまったのだと思います」

我ながら苦しい言い訳だったけど、みんな押し黙り、それ以上は聞いてこなかった。


その年の万聖節の宵祭《ハロウィン》りの日、納屋で仕事をしていたぼくのところに、ラヴィニアさまが呼びにきた。

「ピーター、薪《たきぎ》の用意をしてちょうだい。なるべく、たくさん」

「どこで火を焚《た》くんですか？」

「センティネルの丘よ。火を焚くのは夜だけど、今のうちに頂上まで運んでおいてほしいの」

センティネルの丘――それは、頂上に環状列石がある丘だ。ここへ来るときにオズボーンさんが、そこへ近寄ってはいけないと忠告してくれたのを、ぼくは思い出した。

でも……ラヴィニアさまの言いつけを断るわけにはいかなかった。

「わかりました。牛に積んで、運んでおきます」

「ピーター、おまえは本当にいい子ね。大好きよ」

ラヴィニアさまはにっこり笑って近づき、ぼくの頭を撫でてくれた。

ぼくはもう一三歳だっていうのに、いまだにこんなことをして、ぼくをドギマギさせる。

「急いで行きますから」

照れ隠しにそういうと、ラヴィニアさまはさっと身を翻《ひるがえ》して部屋を出て行った。

その日の晩、寝床にはいった後も、なんとなく気になって窓の外を眺めていた。すると、農場の庭をつっきって出て行こうとするラヴィニアさまとウィルバーさまの姿が目に入った。

――ウィルバーさまの姿は暗闇に紛《まぎ》れてよく見えなかったが、ラヴィニアさまは、服を着ていなかった。漆黒《しっこく》の闇に浮かび上がる真っ白なラヴィニアさまの姿は、この世のものとは思えないほど幻想的で、美しかった。

二人はまるで仔山羊《やぎ》が飛び跳ねるような勢いで丘に向かい、闇に溶けていった。

一時間ほどは寝床の中で悶々《もんもん》としていたのだが、とうとう気になる気持ちが抑えきれず、ぼくは起き上がった。

「あんな恰好で、危険な目にあったら大変だし……」

ぼくは農場を出て、こっそりセンティネルの丘の頂上へ向かった。その途中で、ばったりサイラスさんに出会ってしまった。

「ピーター、ここでいったい、何をやっているんだね」

「なんでも、ありません。迷った牛を探しにきたんです」

「嘘を言うんじゃない！　それはわしのことじゃ！　ちょうど一時間ほど前、うちの牛を捜して丘に来たんだが、小さな男の子が先に立ち、裸のラヴィニアが後を追って、草むらを音もなく走っていく姿を見たんだ！　あやうく自分が何をしに来たのか、忘れるところだったぞ」

ぼくは、サイラスさんが手に持っている薄明かりのランタンを見ながら、

「何かと見間違えたんじゃないですか？」

「そんなことはない！　ラヴィニアのあの……人の血が通っているとは思えない、悍《おぞ》ましい白い姿を見間違うものか」

その言葉に、ぼくは眉をしかめた。

村の人たちの、ラヴィニアさまへの言い方は、いつもひどいものだった。

「白い髪をふり乱した薄汚い女」、「化け物の腕を持つ、気が狂った女」など——。

サイラスさんはぼくにかまわず、続けた。

「先を走っていた子どもが——もしかしたら、ウィルバーか？　あの子はまだ生まれて半年程度のはずじゃないか。もうあんなに走れるのか!?

上半身は裸だったが、下は……はて？　見た瞬間は裸のような気がするが、今思うと何かを穿《は》いていたようにも思えてきた。お尻に房《ふさ》飾りのついた黒いズボンを穿いていたのか？」

サイラスさんの怪しむ視線を感じながら、ぼくはそのまま農場に引き返した。

母屋には消えていた灯《とも》りが点っていて、もうお二人は戻ったようだった。

そして、翌朝のオズボーンさんの雑貨屋では、サイラスさんの話と、深夜のセンティネルの丘に燃え上がった巨大な炎の話でもちきりだったらしい。

翌年の一月、一歳の誕生日を前にして、ウィルバーさまはもう、自由に言葉を操っていた。それも舌足らずな幼児言葉ではなく、明瞭《めいりょう》な言葉で。

決して口数が多いというわけではなかったが、口から出る言葉にはこの地域の言葉特有の訛《なま》りもなく、発声そのものが変わっていて、普通の人とは発声器官の発達が違うのではと思えた。

「この子は普通のこどもとは違う、といったでしょう、ピーター。この賢そうな秀でた額、意志の強さを表す力強く大きな鼻。この厚い唇は、これからたくさん尊い言葉を口にするためなのよ」

大きな黒い目はラテン系を思わせ、華奢《きゃしゃ》な顎は旦那さまとラヴィニアさまに、縮れた髪はラヴィニアさまに似ていた。

そして、肌の色が黄色がかっていて毛穴が大きく、耳が長かったため、村の人たちは「醜い山羊の子」と陰口を叩いたが、旦那さまもラヴィニアさまも――、もちろん、ぼくもまったく気にならなかった。

一つだけ困ったのは――、ウィルバーさまが犬に嫌われたことだった。

もしかしたら嫌っていたのではなく、怖がっていたのかもしれないが、どんな犬も、ウィルバーさまを見ると狂ったように吠えたてた。そのために、ぼくはいつもウィルバーさまが犬に襲われないよう、気を付けていないといけなかった。

ある日の午後、ぼくはまた旦那さまに呼ばれ、家の改築をするから手伝うように言われた。

「ウィルバーさまの部屋を作るんですね」

「そうだ、だが、それだけじゃない。良い機会だから、あちこち傷んでいる所も修理する」

尖った屋根のこの家は、もともとかなり大きいものだった。

けれど、老朽化《ろうきゅう》による破損が激しく、まともな部屋は一階の三部屋だけだった。山側の屋根の一部には崩れた土砂がのしかかり、山と一体化していた。

「まず一階の傷んでいる一部屋を修理して使えるようにし、頑丈《がんじょう》な書棚を作り、そこをウィルバーの部屋にする」

「わかりました」

「今は家のあちこちに散らばっている本を、この機会に整理してきちんと納《おさ》めるんだ。それから——、二階は壊れた個所を修理したのち、窓の全てを塞《ふさ》ぐんだ」

「窓を……？」

「そうだ、理由は考えなくていい」

「……わかりました」

その翌日から改築作業が始まった。

改築——といっても大工を呼んだわけではなく、その作業をしたのは旦那さまとぼくだけだった。一三歳のぼくにそう大したことができるわけでもなく、もっぱら力仕事をしていたのは旦那さまだった。

旦那さまは、老人とは思えないほど力持ちで、また緻密《ちみつ》な設計にもとづいて改築は進められた。

作業をしながらときおり、旦那さまはわけのわからないことを呟《つぶや》いたり、叫んだりしていたので、たまたま農場を訪れてそれを目にした村の人たちが、「またウェイトリーじいさんが、怪しげな改築をしている」と噂した。

書棚が完成すると、旦那さまは、黴臭《かび》く古い書物を注意深く分類して、順番に陳列していった。中には一部が破損《はそん》して脱落してしまっているものもあるようだった。

ある晩、旦那さまは、台所の錆《さ》びついたストーブで糊《のり》を溶かし、フラクトゥール書体（ドイツ文字）で書かれた、ところどころが破れた本を慎重《しんちょう》に繕《つくろ》っていた。ぼくはその横で、壊れた農具の修理をしていた。

「わしもこれらの本を少しは読んだが……ウィルバーなら、もっともっとこの本を読み、中身を理解できるだろう。そして、わしの計画を完成させてもらわにゃいかん。そうじゃなくちゃ、なんのためにラヴィニアにあの子を生ませたのか、わからんからな」

ここで、初めてぼくは、ラヴィーアさまの妊娠が、偶然ではなかったと知った。

計画とはなんなんだ？

――父親は、誰なんだ？

ぼくは、自分のしていることが、急に不安になってきた……。


家の改築が終わったのは、一九一四年九月だった。

あまりに変わった改築だったので、オズボーンさんの雑貨屋で、ぼくはまた質問責めにあった。

「なんで二階の窓を全て、板で塞いでしまったんだい？」

「いや、それだけじゃなく、その一枚は偉い頑丈な作りの扉になっているじゃないか？」

ウェイトリー農場の母屋は切妻屋根の建物だが、妻壁は東側にあり、山肌に面していた。そして、その妻壁《つまかべ》にある窓の一つが扉に変えられ、山肌から窓まで、滑《すべ》り止めを打った橋のようなものが、斜めに掛けられていた。

「いったい、あの扉はなんのために取り付けたんだ？　山から窓に直接出入りする必要なんて、あるのかね？」

ぼくは、どの質問にも答えられなかった。

改築の手伝いはしたけれど、旦那さまはそういったことの理由を一切教えてくれなかったし、実際に何かが出入りするのも見たことはなかったから。

「そういえば……」

その場にいたアール・ソーヤーさんが、ふと気づいたように口にした。

「この間、牛を届けに行ったとき、一年以上前から窓に板張りをされて、硬く錠で閉ざされていた道具小屋の扉が、開いていたなあ。中からあまりにひどい臭いが漂ってくるから覗いてみたら空っぽだったが、一体、何を入れていたんだい？

あの臭いは――山の環状列石付近の臭いとよく似ている。嗅いだだけで気分が悪くなる、この世の終わりのような臭いだ。

だいたい、ウェイトリー農場は何もかもが不潔すぎるんだ！　人も家も、納屋や道具小屋も！」

最後は吐き捨てるような言いようだった。

ぼくは、ソーヤーさんの質問にも答えられなかった。ウィルバーさまが生まれてすぐに、あの道具小屋の窓が塞がれ、扉に錠が掛けられたが、近付くことの一切を旦那さまが禁じたからだ。

ぼくはなんとか誤魔化《ごまか》して、逃げることしかできなかった。

このとき、ウィルバーさまはもう一歳七カ月になっていたが、身体の大きさは四歳児くらいになっていた。話す言葉は流暢《りゅうちょう》で、その内容からも高い知能を持っているのは明らかだった。野山を自由自在に駆け巡り、身体能力も驚くほど高かった。

無邪気さのかけらもない赤ん坊だったが、家族には懐《なつ》いていた。旦那さまにもラヴィニアさまにも――そして、たぶん、ぼくにも……。

旦那さまはウィルバーさまを〝ウィリー〟という愛称で呼び、可愛がった。

ウィルバーさまは、旦那さまの書物に出て来る不思議な絵や――中には悍ましいものもあったが、それらも含め――、何を表しているのかわからない、奇妙な図表が大好きだった。

旦那さまは、そんな絵や図表を飽きずにずっと眺めるウィルバーさまを見て、嬉しそうに目を細めた。

そして、まだ字が読めないウィルバーさまのために解説をしたり、ときには質問したりして、ウィルバー家の長い午後の時間を、ゆっくり、穏やかに過ごしていた。

また、ラヴィニアさまが散歩に出るときは、ウィルバーさまは必ず一緒に出かけた。ラヴィニアさまに手を引かれて歩くこともあり、そんな姿は、実年齢とはかけ離れていても、可愛らしいこどもの姿だった。

そして、ぼくはといえば――、ある日ウィルバーさまが、旦那さまの本を一冊持って、ぼくのところにやってきた。

「センティネルの丘に出かけるから、これを持ってついてこい」

このころはもう、センティネルの丘に出かけるためらいはなかった。

ウィルバーさまが持ってきた本は、たくさんの本の中でも大きくて重く、さすがのウィルバーさまでも丘まで持って登るには大変そうだった。

「かしこまりました」

ぼくは本を持つと、ウィルバーさまのあとについていった。

丘の頂上には環状列石があった。相変わらず、すごい臭いがする。

「そこに置いて」

と言われ、言われた場所に置くと、その前にウィルバーさまは座り、ページをめくりながら、呪文のようなものを唱え始めた。

その声も、その内容も――、とても一歳七カ月の赤ん坊のものとは思えない――以上に、発声そのものが、人間のものとは思えなかった。

小一時間もすると、クライマックスにきたようで、ウィルバーさまの声が一段と大きくなり、迫力を増した。

「ヨグ＝ソトース！　ヨグ＝ソトース!!」

両手を上げ、空に向かってそう叫んだ瞬間、地面がぐらりと揺れた。地の底から響く山鳴りがし、ウィルバーさまは、バッタリ倒れてしまった。

地面が揺れる中、ぼくはなんとか這ってウィルバーさまに近づくと、すやすやと寝息を立てていた。単純に疲れてしまっただけのようだった。

揺れは数分でおさまった。

ぼくはウィルバーさまを背負い、大きな本を抱えて丘を下りた。

そして、ウィルバーさまの寝息を背中に感じながら、ウィルバーさまが生まれたばかりのころに、旦那さまがオズボーンさんの雑貨屋で、みんなに言った言葉を思い出していた。

「いずれラヴィニアのこどもがセンティネルの丘の上で、父親の名前を呼ぶ日が来るだろう」――という言葉を。

「きっと、今日の雑貨屋も、うちの話で持ち切りだろうな……」

実際にそのとおりだったことを、数日後に雑貨を届けに来たオズボーンさんから教えられた。たまたま、近くでぼくたちの様子を目撃した人もいたらしく、「ヨグ＝ソトース」という言葉までも聞かれていた。

「まだ、赤ん坊だっていうのに、あんな呪文を唱えるなんて、それこそ悪魔の子どもとしか思えない。ウェイトリー爺さんが行《おこな》っていた黒魔術とも関係があるんじゃないかね。

ウィルバー坊が妖しげな言葉を唱えた瞬間、センティネルの丘だけが揺れたのが、その証拠だ」

ぼくはこのときも、何も答えられなかった。

オズボーンさんは、同情した目でぼくを見て、

「ピーター、おまえはやっぱり、ウェイトリー農場にいるような奴じゃない。いや、むしろ真面目で素直な良い子だ。案内しちまったのはわしだが、一日も早くここを出た方がいい」

これにはぼくは首を振った。

「ぼくは一生、ラヴィニアさまとウィルバーさまをお守りするって、誓ったんです……」

オズボーンは大きくため息をつくと、黙って帰っていった。


その後の数カ月間、ウェイトリー農場ではとりたてた出来事は何もなかったが、不思議な響きの山鳴りはずっと続いていた——だけでなく、確実に少しずつ大きくなっていった。

翌年の一九一五年。五月祭りの前の晩、またぼくのところにラヴィニアさまが来て、薪の用意を言いつけた。このときは、近隣の町、アイルズベリーまで届くほどの揺れが何度も起こった。

その半年後の万聖節《ハロウィン》の宵祭りの晩にも、お二人は同じ儀式を行い、炎が立ち上がると同時に、地鳴りが響きわたった。

その後、年に二回、五月祭りの前の晩と万聖節《ハロウィン》の宵祭りの晩に行われる儀式は、毎年続けられた。

始めは地鳴りがするたびに騒いでいた村の人たちも、いつしか慣れてしまい、噂にものぼらなくなって、ぼくはほっとした。


だけど、ウェイトリー農場がまったく、みんなの噂にならないわけにはいかなかった。

四歳になったウィルバーさまの姿が、もう一〇歳の少年のように成長していたからだ。ぼくは一七歳になっていたが、ぼくの身長を追い越すのもそう遠くはないと思えた。

「ウィルバーは、この書棚の本に使われているあらゆる文字を習得したようだ。大した孫だ」

満足げに旦那さまが言うとおり、ウィルバーさまはもう誰に聞くこともなく、一人で本が読めるようになっていた。ずっと自室にこもって読んでいることが多かった。

これまでも口数は少ない方だったが、それでも旦那さまやラヴィニアさま、ぼくとも会話をしていた。けれど、このころになるとほとんど誰とも話さないようになっていた。

本を読んでいるときだけ、ぶつぶつと呟いたり、はっきり声に出して呪文のようなものを唱えたりしていた。その内容はまったく理解できるものではなかったけれど、耳にするだけで鳥肌が立ち、背筋に冷たい汗が落ちるほどぼくは震えた。

また、不思議な発声であることには変わりはなかったが、まるで声変わりしたみたいに、以前の声質とは変わっていた。

そして顔つきも――ぼくが見ても、邪悪と思わざるを得ないようなものになってしまっていた。

犬たちの嫌い方もエスカレートする一方だった。

ウィルバーさまが散歩にでかけたときのことである。

隣家を通り過ぎようとしたとき、繋いであった番犬が狂ったように吠えかかってきた。そして、あまりの勢いに綱《つな》を引きちぎり、猛然と襲ってきたのだ。

「ウィルバーさま、お気をつけて！」

心配で後についていたぼくが駆け寄るより早く、ウィルバーさまはポケットから拳銃を取り出した。

銃声が一発。

地面には、眉間《みけん》を打ち抜かれた犬が横たわっていた。

「大丈夫でしたか⁉」

ウィルバーさまは、返事もせずに、またすたすたと歩きだしてしまった。

ウィルバーさまの射撃の腕前にも驚いたが、犬を殺すのはこのときだけでは済まなかった。

ウィルバーさまが外出するたびにその臭いを嗅ぎつけるのか、離れた家の犬までが死にものぐるいで繋いだ縄を引きちぎり、また柵を超え、ウィルバーさまに襲いかかってくるのだ。

そのたびにウィルバーさまが犬を殺すので、犬を飼っている村中の家に嫌われてしまった。


このころになると、以前にもまして、旦那さまとウィルバーさまは母屋の二階にこもる時間が増えていた。そのたびに二階からは足音や叫び声が響き、一階にいるラヴィニアさまは俯いて唇を噛みしめていた。

「ラヴィニアさま、ぼくにできることがあれば、なんでも言ってください」

すると、ラヴィニアさまは目にいっぱい涙を溜《た》めて、

「ピーター、おまえは本当に良い子ね。おまえがいてくれて、本当に良かった」

と言って、ぼくの手を握りしめた。ラヴィニアさまの悲しみが伝わってきたが、ぼくはそっと握り返すことしかできなかった。

ある日のこと、初めて村に行商《ぎょうしょう》に来た魚売りが、好奇心から、山肌から二階に通じる橋を渡り、その扉を開けようとする出来事が起こった。

扉には内側から鍵がかかっていたが、中の様子を耳にし、魚売りがぎゃあ！　と悲鳴を上げた。

その声を聞きつけてぼくが外にでると、一目散に農場から逃げていくところだった。——売り物の魚を農場内にばらまきながら……。

仕方なくその魚を集め、オズボーンさんの雑貨屋にもっていくと、案の定、店内はその話で持ちきりだった。

魚売りは青ざめたようすで、

「中からはたくさんの蹄《ひずめ》が床を踏み鳴らすような音がしていたよ。それだけじゃない、狂ったような叫び声や、唸るような不気味な音がして……。そして扉の隙間からは、この世のものとは思えないほどの悪臭が漂っていたんだ」

「もしかして、ウェイトリー農場の牛が増えないのは、それと関係しているんじゃないのか……？」

そう言ったのは、ゼカライアさんだった。毎月農場に売っている牛をどうしているのか、ずっと疑問だったに違いない。

「つまり、あんたのとこの牛を、あの二階でどうかしているってことか？」

はっきりそう口に出したのは、オズボーンさんだった。

「そういえば――定められたある時に、禁断の邪悪な神に去勢した牡牛を生け贄に捧げると、大地から怪物が呼び出される――、という古い言い伝えがなかったか？」

その言葉を聞いた一同は、その場に凍りついた。誰もが間違いない、という表情をしていた。

「あの……、忘れた魚を持ってきました」

みんなが一斉にぼくを振り返ったけれど、もう質問責めにはならなかった。その代わり――オズボーンさん以外の人のぼくを見つめる目には、明らかな敵意がこめられていた。

そうして、とうとう、ウェイトリー家の様子が公に知られる日が来てしまった。

一九一七年のこの年、アメリカは第一次世界大戦に参戦した。

国から割り当てられた人数の若者を予備訓練に送らないといけなかったのだが、該当する者が足りなくて、徴兵選抜会《ちょうへいせんばつ》の委員長をしていたアール・ソーヤーさんは困っていた。

その現状を知った政府が、ダンウィッチ村の衰退に驚くとともに問題だと考え、調査をするために数人の役人と医療関係者を派遣《はけん》してきたのだ。

この調査結果が公にされると、ニューイングランド中の新聞社が興味を持ち、ダンウィッチ村にやってきた。そしてウェイトリー家の噂を耳にし、さらに入念な取材と調査がなされた。

「ボストン・グローブ」紙と「アーカム・アドヴァタイザー」紙の日曜版には、毎週、下品で扇情《せんじょう》的なタイトルの記事が掲載された。

**〝一五歳にも見える早熟な少年、本当の年齢はたったの四歳半だった！〟**

**〝かつての名家、ウェイトリー家の老当主は夜な夜な妖しげな魔術儀式を行っていた！〟**

**〝古びた農家の二階から響く妖しげな蹄の音と、漏れ漂う悪臭とは!?〟**

**〝数年前からこの地で鳴り響く、怪音の正体と真相!!〟**

**〝ウェイトリー家に眠る古代金貨の謎！〟**

いくらなんでも一五歳には見えないじゃないか！　……一〇歳ぐらいだよ。

アール・ソーヤーさんが新聞記者とカメラマンを連れてきた当初は、こんなふうに書かれるとは旦那さまも思ってなくて、好意的に取材を受けていた。そのため、そういった記事の横には、黒い毛にうっすらと覆われたウィルバーさまの顔写真や、妖しげなタイトルの本が並んだ書棚の写真が掲載されていた。

記事を見た旦那さまはわなわなと震えて怒り、それ以降は記者たちが来ると怒鳴《どな》りつけ、一切の取材を拒否した。——結果、ウェイトリー農場は、ますます悪意に満ちた記事を書きたてられた。

記事の中には明らかに誤《あやま》っていたり、事実を大きく誇張《こちょう》したものもあったが、村の人たちはこんな不名誉な内容でも、村のことが新聞で取り沙汰《さた》されるのは嬉しいようだった。

ある日曜日の記事に、牛が生け贄にされているというくだりが掲載され、動物愛護協会に通報しろという意見が出たらしい。しかし、ダンウィッチの村人たちから、さすがにそこまで大事《おおごと》にはしたくないと声があがり、見送りになったらしい。

記事にはこのほかに、旦那さまが支払いに使っていた金貨の写真も掲載されていた。

確かにそれは不思議な紋様《もんよう》が刻まれた金貨だったが、最近は村の人もぼくも慣れっこになっていて、わざわざ記事に取り上げるほどのことだったのか、と再認識したくらいだった。

## 4　別れ

それから一〇年が経った。

わずか一〇年の間に、この村の人たちが、こんなに堕落してしまうなんて、思いもよらかなかった。働く意欲を失い、盗みを働いたり、淫《みだ》らな行為にふけったり……。

やっぱり、狭い村の中で婚姻《こんいん》を繰り返して、遺伝子自体が劣化してしまったのが原因なんだろうか？

けれど、おかげで、ウェイトリー家の奇行が目立つことがなくなって、ほっとした。

一〇歳になったウィルバーさまは、顎髭をたくわえ、背丈も驚く伸びた。もしかすると、ぼくより年上に見えるかもしれない。

緻密な頭脳に豊富な知識、次代の当主としては何もかも申し分なかった。

――唯一《ゆいいつ》、その冷酷《れいこく》な性格を除いて。

生まれたばかりのころは愛らしさもあったのに、今は見る影もなかった。表情やしぐさに感情が表れることもなく、黒く濡れたような瞳だけが、冷たく輝いている。

当初、あんなに自慢していた旦那さまもラヴィニアさまも、ウィルバーさまについて口にすることは、まったくなくなっていた。


一九二三年、ぼくは二度目の大改築をすると旦那さまに告げられた。

「今度は二階の全て――間仕切り、二階の天井を取っ払って、二階から屋根までを一つのホールのようにするんだ。それから、この家の真ん中にある煙突《えんとつ》も取り壊すんだ」

「煙突を壊してしまったら、食事の支度とかはどうしたらいいでしょう？」

「道具小屋に、昔壊れたブリキのストーブがある。その煙突を家の外部に取り付け、竈《かまど》を作るんだ」

「……わかりました」

今度の工事は一〇年前に比べ、遥かに楽だった。ぼくは二三歳になっていたし、ウィルバーさまもいる。

前回よりも大工事だったにもかかわらず、改築はあっという間に終わった。

このころから、ダンウィッチ村のはずれにあるコールド・スプリング渓谷《けいこく》から、ウィップアーウィルが何羽も飛んでくるようになった。

窓辺《まどべ》で囀《さえず》るその様子を見て、旦那さまは、

「とうとう、わしは用済《ようず》みにされたようだ。見てみろ、あの鳥たちを……わしの息に合わせて鳴いてるじゃないか……！　わしの魂を捕まえにきているんだ」

「旦那さま、気のせいです。旦那さまは、まだまだお元気ですよ……！」

ぼくがそう言うと、

「そうだとも！　そう簡単にやられてたまるものか。おまえたちが狙う魂が、ときには抵抗して手こずることもあると教えてやる！」

それから一年、旦那さまはとくに変わった様子もなくお元気だったのだが、一九二四年八月一日、収穫祭の晩に突如倒れて、意識を失った。

驚いたぼくは、夜の闇の中、馬をオズボーンさんの雑貨屋に走らせ、そこで電話を借りて、ノイルズベリーのホートン医師に診にきてもらった。

到着したとき、旦那さまの呼吸は荒く、高いびきを立てていた。

ホートン医師は、心臓の様子を確認し、

「残念ながら、もう手のほどこしようがありません」

と、首を振った。

そのとき、窓の外でおびただしい数のウィップアーウィルが鳴き声をあげ、

「な、なんだ、あの鳥の数は！　なんで、あんなに鳴いているんだ！」

とホートン医師が怯えたように叫んだ。

そして、ベッドの傍らにいるラヴィニアさまとウィルバーさまを見て、露骨《ろこつ》に顔をしかめ、小声で言った。

「白化症の娘に、異常な速さで発達したその息子か――。いくら急患とはいえ、この村に来るのは本当に気が進まなかったんだ」


深夜一時近く、いよいよ苦しそうな息をしていた旦那さまの意識が回復した。

「もっと広くするんだ、ウィリー……。それも急がねばならん。おまえ以上に早く……、あいつは大きくなる。

やっと……ここまで……、きた。あいつがおまえの役に立つ日も……、もうすぐだ。

その日が来たら……、禁断の魔道書『ネクロノミコン』……の完全版の七五一ページ……の、長い祈り……を唱えるんだ。……ヨグ＝ソトース……の……門を開け、牢獄……に火を放て。

大丈夫だ……ヨグ＝ソトースが、人間の炎に焼かれることはない……」

ヨグ＝ソトースとは、以前センティネルの丘でウィルバーさまが叫んでいた、不思議な言葉ではなかっ

たろうか？

ウィルバーさまは、返事もせずに、冷たい目で旦那さまを見下ろしている。

ウィップアーウィルの鳴き声は激しさを増し、遠くでは山鳴りがしていた。

旦那さまは苦しい息の中で、さらに続けた。

「きちんと……、食事を与えるんだ……。量を……間違えちゃ、いかん。……多すぎても、少なすぎても……。ヨグ＝ソトースの門が開く前に、あれが外に出てしまったら……、一〇年かけた計画がすべて台無しになってしまう……」

旦那さまの言葉が途切れたとき、それまでバラバラに鳴いていた鳥たちが、一様に声を揃えて鳴き出した――旦那さまの苦しそうな息と同じリズムで――！

「お父さま！　お願い、行かないで！　お父さま……‼」

傍《かたわ》らのラヴィニアさまが悲鳴をあげた。

旦那さまの苦しそうな息はそのまま一時間ほど続き、最後にゴロゴロと喉を鳴らしたあと、静かに息をひきとった。ホートン医師が、もうなにも映さない瞳に瞼《まぶた》を下ろしたとき、あれだけ騒いでいた鳥たちの声は、ぴたりと静まっていた。

遠くではかすかに山が鳴っているようだった。

ウィルバーさまが口もとを歪《ゆが》め、満足そうな笑みを浮かべて呟いた。

「ふん、爺さん、見事逃げ切ったか。あいつらも残念なこった」

ぼくは、震えながらすすり泣き続けるラヴィニアさまの肩を、そっと抱くことしかできなかった。

旦那さまが亡くなったころには、ウィルバーさまは、家にあった書物をほとんど読んでしまったようだった。そしてそれだけでは満足せず、独学で、さらなる知識を深めていた。

また、古《いにしえ》の稀覯書《きこうしょ》や禁断の書物を収蔵する図書館へ手紙で問い合わせたりして、その界隈《かいわい》の司書たちの間では、ちょっとした有名人でもあった。ハーヴァード大学のワイドナー図書館、パリの国立図書館、大英博物館、ブエノス・アイレス大学、そしてミスカトニック大学図書館――。

中身については知らなかったが、村の郵便局へ行き、切手を買って投函《とうかん》するのはぼくの役目だった。

しかし、ウィルバーさまは、どこからの返事も見るたびに、ガッカリした顔をしていた。

そして、ウィルバーさまが、その博識《はくしき》をもって村の人から尊敬されることはまったくなく、それどころか、その悪評は高まる一方だった。

――というのも、村の中で若者が失踪《しっそう》するという事件が頻発したからだった。

あるとき、ウィルバーさまに疑《うたが》いを持った村の役人が、農場にやってきた。

「昨日、パン屋の悴《せがれ》がまたいなくなったんだが、ウィルバー、なにか知らんかね？」

「昨日はずっと、家にいました。なあ、ピーター？」

一時期は無口を極め、家族とも誰とも口をきこうとしなかったウィルバーさまが、最近は独善的な物言いではあるけれど、むしろ饒舌《じょうぜつ》ともいえるくらい、喋るようになっていた。

なあ、と言われても、ぼくは最近、もっぱらラヴィニアさまのお側にいて、ウィルバーさまが出かけても必ずしもわからないような状況だった。

「……だったと、思います」

とりあえず、ぼくはそう言った。

「昨日、君が町外れで、パン屋の倅と話していたのを見たっていう、村人がいるんだがね」

それを聞いて、ウィルバーさまは書棚の横の金庫を開け、壺《つぼ》を取りだした。役人の前に置き、中から三枚の金貨を取りだして、役人の手の上に持たせた。

不思議な紋様のその金貨は、不安をかき立てられるほど、鈍い光を放っていた。

「誰かと見間違えたんじゃないですかね」

とウィルバーさまが言うと、役人は手のひらの金貨から目を離さず、

「いや、確かにウィルバー、あんただと言っていたがね」

ウィルバーさまは、もう三枚、役人の手の上に乗せた。

「だが……見間違いということもないとはいえん。もう一度確かめてみるとしよう」

「ちなみに、見たというのは誰なんですか？」

「……鍛冶屋《かじや》の嫁だよ」

役人が帰ると、ウィルバーさまは布袋に何枚かの金貨を入れ、ぼくに渡して言った。

「これを、鍛冶屋まで持っていってくれ」

——このような出来事が何度も繰り返され、ウィルバーさまが告発されることはなかったが、逆に村の人たちは——ぼくも、ウィルバーさまが犯人だという確信を持った。

一九二五年、文通をしていたミスカトニック大学付属図書館の司書をしているという人が、ウィルバーさまに会いに来た。白髪で背の高い、年配の人だった。

「ようこそ、アーミティッジさん。ミスカトニック大学文学修士、プリンストン大学哲学博士、ジョンズ・ホプキンス大学文学博士――ですか。たいそうなご経歴ですね」

差し出された名刺を見て、ウィルバーさまが珍しく丁寧な挨拶をした。

しかし、客人はウィルバーさまの姿形をまじまじと見た瞬間、真っ青になり、

「こ、これは……！　もしかして、君は……。今日は用意が足りなすぎる。とりあえず、お暇《いとま》する」

そう言って、すぐに帰っていった。

一二歳のウィルバーさまの身長は、そのときすでに六フィート九インチ（約一九三メートル）もあり、まだまだ大きくなりそうだった。

幼いころはラヴィニアさまにべったりだったのに、今は、逆に冷たいほどの態度だった。白化症のラヴィニアさまを馬鹿にしているような言動さえあり、ぼくは悲しくてたまらなかった。

年に二回、五月祭りの前夜と万聖節《ハロウィン》の宵祭りの夜、センティネルの丘で必ず二人で行っていた儀式も、とうとうラヴィニアさまを連れていかなくなってしまった。

一九二六年の五月祭りの前夜に、ウィルバーさまが一人で出かけるのを見て、ラヴィニアさまは寂しそうに言った。

「ピーター……私たちはもしかしたら、間違っていたのかしら……。

ウィルバーのことはなにもかもわかっていると思っていたわ。でも、今はわからないことだらけ……。あの子が何を望んでいるのか……、何をしようとしているのか……」

「ラヴィニアさま……、大丈夫ですよ。ウィルバーさまはちょっとした思春期というか…… 反抗期なんですよ。母が生きていたころ……、ぼくにもそんな時期がありました」

「ああ、ピーター、優しい子だね。本当におまえがいてくれて良かった」

ラヴィニアさまは、昔と変わらぬ優しい手で、ぼくの頭を撫《な》でた。二六歳になったぼくは、もう恥ずかしくはなかった。

「もしかしたら、わたしたちは――いいえ、お父さまが亡くなった今、わたし一人でも――間違いを正さないといけないのかもしれない……」

そう言ったラヴィニアさまの眼には、なにか決意のようなものが浮かんでいた。

けれど、その後の半年は何事もなく、農場の中はおだやかに過ぎていた。相変わらず失踪事件は続いていたし、農場では定期的に増えない牛を買い続けていた。しいていえば――買う牛の数が、次第に増えているということぐらいだった。

その年の万聖節《ハロウィン》の宵祭りの夜、ぼくはお使いに出された。それは大した用事ではなく、なぜそんな時間に頼まれたのか、なぜ、よりによってこの日に頼まれたのか、不思議だった。

帰り道、農場の方から、夜鷹の大群が声を合わせて鳴いているのが聞こえてくる。

例年ならもうこの一カ月前には、夜鷹は南へ渡っているはずの季節で、こんなにたくさん集まっていること自体が異常だった。

「ラヴィニアさま!!」

ぼくは心臓が止まるかと思うくらい驚き、走って農場に帰った。

「ラヴィニアさま！　ラヴィニアさま！」

呼びながら農場中を探し回ったが、ラヴィニアさまの姿は見つけられず、あんなにたくさん鳴いていた夜鷹も、今は静まりかえっている。

「もしかして、ウィルバーさまとセンティネルの丘に行ったのかもしれない」

センティネルの丘へ登っていくと、頂上に燃え立つ炎が見える。そして地鳴りが響いてきたが、その響きはいつも以上に大きく、ぼくは這って登っていった。

しばらくすると火は消え、頂上から下りてくるウィルバーさまと出会った。

「ウィルバーさま、ラヴィニアさまとご一緒じゃなかったですか？」

「いいや」

ウィルバーさまの返事は、氷のように冷たかった。

「ラヴィニアさまが――ラヴィニアさまのお姿が見当たらないんです!!」

「ふん、おおかた散歩にでも出たんだろう」

心の中に、そうではないという確信があった。ここ数年、ラヴィニアさまがぼくを連れずに外出したことは、一度もなかった。

でもその確信を認めたくはなかった。

あのとき、お側を離れるんじゃなかった……！

ぼくはその日から毎日、朝から晩まで、ラヴィニアさまを探して歩き回った。けれど――ラヴィニアさまのお姿を見ることは、二度と叶わなかった。

会えなくなって初めて、ぼくはラヴィニアさまを、母のように慕《した》っていたのだと気付いた。

そのまま年が明けて一九二七年。ラヴィニアさまもいなくなり――、ぼくは毎日牛の世話をして過ごしていた。けれど、それも、それほど大した仕事ではない。

ウィルバーさまと顔を合わすこともほとんどなく、もうこの農場に、ぼくは必要ないかもしれない……。

そう思いながら、毎日をぼんやり過ごしていた。

その夏、ウィルバーさまは三度目の改築に取りかかるとぼくに告げた。

「まず、農場にある二つの納屋を修理して、中のものを捨ててしまえ」

「わかりました」

「それが終わったら、家の中にある書籍や家財道具のすべてを運びこむんだ」

ぼくがその作業をしている間、ウィルバーさまは母家の改築作業を行っていた。

一階の窓もドアも全てふさいでしまった。間仕切《まじき》り、天井も取り壊してしまったようで、家全体を一つの大きなホールに作り変えたようだったが、完成前にぼくは、母屋に近寄らないように言われ、実際を見ることはなかった。

改築が終わると、ウィルバーさまは納屋に引っ越し、そこで暮らすようになった。

すでに身長は七フィート（二メートル一三センチ）に達していたが、まだまだ成長が止まるようすはなかった。

そして、少し前から、ウィルバーさまは、何か悩み事があるようで、ふさぎ込むことが多くなっていた。

村の人たちは、母親が失踪して、さすがにしょげているんじゃないかと噂したようだったけれど、ぼくは、それだけは違うと確信していた。


冬になり、ぼくはウィルバーさまから、驚くことを聞かされた。

「ピーター、旅行に出ようと思っているんだ」

「りょ、旅行ですか！」

ぼくの知る限りでは、ウィルバーさまは、これまで一度もダンウィッチの村を出たことがない。

「どちらに行かれるんですか？」

「アーカムだ。アーカムにあるミスカトニック大学の図書館に行く。おまえも一緒に来るんだ」

要望した本の貸し出しを断られて、閲覧《えつらん》しにいくつもりなんだと察しがついた。それで、その中でも一番近い、アーカムのミスカトニック大学を選んだのだろう。

ぼくはオズボーンさんの雑貨屋で、ウィルバーさまの旅行鞄《かばん》を買い、旅行支度を整えた。

そして、一五年前に来てから初めて、ダンウィッチの村の外に出た。

鉄道を乗り継ぎアーカム駅に到着すると、ぼくは駅員にミスカトニック大学への道順を聞いた。

このとき、身長八フィート（二メートル四三センチ）に達し、浅黒い山羊のような姿のウィルバーさまは、いやおうなしに人目を引いた。

道行く人がみな、怪訝《けげん》な……ときに嫌悪を含んだ視線をウィルバーさまに投げてきたが、ウィルバーさまは気づいたようすもなく、まっすぐにミスカトニック大学へ向かっていった。

大学の入り口に着くと、ウィルバーさまは待ちきれないとばかりに小走りになり、構内の図書館へ向かった。

図書館の受付に立つと、

「司書のアーミティッジ博士を呼んでほしい」

以前、農場にウェイトリーさまを訪ねてきた人の名前だった。

薄汚い身なりで髭は伸ばし放題、強い訛りで乱暴な物言いに、受付の人は、かなり驚いていた。

「恐れ入りますが、お名前は……」

「ダンウィッチのウィルバー・ウェイトリーと言えば、わかるはずだ」

受付の人は、顔をしかめながら席を立ち、奥へ行った。

「その節は失礼しましたわ。今日はどのようなご用件でしょう？」

にこやかにそう言って現れた人物を見て、ぼくは仰天《ぎょうてん》した。

褐色の肌に、クリクリした目。流れるような金髪に、すらりと伸びた脚。

年は――ぼくとそう大して変わらないような、美しい女性だった……！

もっと驚いたのは、ウィルバーさまの返事だった。

「アーミティッジ博士、今日はラテン語版の『ネクロノミコン』を見せてほしくて、来ました」

アーミティッジ博士だって⁉ てっきり今日は留守で、代理の人が出て来たかと思った。

だって、昨年、農場に来たアーミティッジ博士は、こんなに若くもなかったし、美しくもなかった。

何よりも――男だったじゃないか‼

どうしてウィルバーさまは、驚かないんだ⁉

ぼくは、思わず口にした。

「あの、あなたが、アーミティッジ博士……ですか？」

「そうよ、ピーター。久しぶりね、会いたかったわ」

アーミティッジ博士はぼくを見つめて、意味ありげに微笑んでいた。

この吸いこまれそうな目……魅入られそうな笑顔……確かに見た覚えがあった。

でも、ぼくの中にはまったく別人のアーミティッジ博士の記憶があり、わけがわからなかった。

アーミティッジ博士はぼくからウィルバーさまに視線を移し、続けた。

「『ネクロノミコン』をお見せするには、いくつかご質問に答えていただく必要がありますの」

「それは……どうしてもというなら……」

「それでは、どうぞこちらへ」

ぼくたちは、図書館の中にある小さな部屋に通された。

「まず、『ネクロノミコン』がどういう由来のものか、ご存じかしら？」

うきうきと尋ねるアーミティッジ博士は、実に嬉しそうだった。

「もちろん、知っている。狂えるアラブ人アブドゥル・アルハザードが著《あらわ》したものだ。

一七世紀にオラウス・ウォルミウスによってラテン語に翻訳され、スペインで刊行されたものが、この図書館にあるはずだ。それを、ぜひ見せてほしい」

「よく、ご存じなのは、わかりましたわ。じゃあ、どのような目的でご覧になりたいんですの？　この書物が〝忌まわしい魔道書〟と呼ばれているのも、ご存じですよね？」

ウィルバーさまは、不機嫌そうに顔をしかめ、旅行鞄から一冊の本を取り出した。

「わたしが祖父から受け継いだ、この――ジョン・ディー博士による英語版は、不完全なものだったんだ。

――七五一ページの一部が欠けている」

なぜか、このとき、アーミティッジ博士の瞳が妖しく光ったように見えた。

「七五一ページをご覧になって、どうなさるおつもりなんですの？」

訊き方は丁寧だったが、アーミティッジ博士の質問は、なかなか、しつこかった。

ウィルバーさまは、さも渋々《しぶしぶ》といった感じで答えた。

「ある儀式に使う呪文――祈りの言葉で、〝ヨグ＝ソトース〟という名前を含むものを研究している。わたしの持っている本の記述は、必要なことが曖昧だったり、矛盾が多く、まったく理解できずに困っている」

「ヨグ＝ソトース!!　なんてまあ、怖ろしい名前をおっしゃるのかしら……。あなたはこの言葉の意味することをご存じなのかしら？」

〝怖ろしい〟と言いながら、アーミティッジ博士はまったく怖がっているように見えなかった。むしろ——、楽しんでいるようにさえ、ぼくには見えた。

ウィルバーさまはとうとう、アーミティッジ博士を睨みつけ、黙り込んでしまった。

「よろしいですわ」

急に、アーミティッジ博士が、ふんわりと優しい表情を浮かべた。

「こちらでのみ、閲覧するということでよろしければ……。わたしについてきてくださいな」

そういうとアーミティッジ博士は、頑丈な鍵がかかった保管庫の前に、ぼくたちを連れていった。

「ここで待っていてください」

鍵を開けて中に入って行き、しばらくすると一冊の本を抱《かか》えて出て来た。

「先ほどの部屋に戻り、そこでのみ、閲覧してください」

ウィルバーさまに手渡されたその本は、特有の、しかし嗅ぎなれた臭いを発していた。センティネルの丘や、農場で嗅ぎなれた臭いが——。

小部屋に戻るとウィルバーさまは、持参した本と食い入るように見比べ、欠けた文章を探し始めた。

ウィルバーさまの父親と何か関係があるのではと思うと、ぼくも気になるのを抑えられなかった。ウィルバーさまが開いているページを覗いてみたが……ラテン語で書かれていて、さっぱり読めなかった。

仕方なくウィルバーさまから離れ、部屋の隅《すみ》の椅子《いす》に座って待つことにした。

「あのページには、世界の平和と人類の幸せを脅《おびや》かすものについて、書いてあるのよ」

アーミティッジ博士がぼくの横に立ち、腰を屈めて囁いた。鼻先でふわりと金髪が揺れ、良い香りが――それも、以前嗅いだことがあるような香りがした。

ぼくは、言葉の内容と先生自身とのギャップに、言葉が喉につまってしまった。

「うふふ、相変わらずね、きみ」

〝相変わらず〟と言われるほど、ぼくはあなたに会った覚えはありません――と言いたかったが、声にならなかった。

アーミティッジ博士は首を傾《かし》げて微笑むと、

「七五一ページには、こんなことが書いてあるのよ。


――人類こそが、この地上の最初にして最後の支配者である、という考えは間違いである。この世に生きているものが、〝物質〟に〝生命〟を宿した〝生物〟だけである、という考えも間違っている。

〈旧支配者〉は、過去にも、現在にも、未来にも存在している。

ただし、それは人智の及ぶ空間ではなく、時空の狭間《はざま》にあって、次元に捉われることなく原初のものとして存在しているのを、我々は見ることができない。

ヨグ＝ソトースとは、その門を知るものである。

ヨグ＝ソトースこそが門であり、門を開ける鍵であり、門の守護者でもある。

ヨグ＝ソトースにおいては、過去も現在も未来も、すべて一つのものである。

〈旧支配者〉たちが、古の昔この地上に顕現《けんげん》したこと、そして未来のいつ、どこに降臨《こうりん》するのかを知っている。かつて、いかなる場所を闊歩《かっぽ》し、にもかかわらず、なぜ人の目に知れることがないのかを——。

我々は〈旧支配者〉の姿を見ることはできないが、時に、その臭気をもってのみ、存在を知ることができる。

〈旧支配者〉の姿は、彼らと人間の女との間に生まれた子どもにのみ、その面影《おもかげ》を知ることができる。

ただし、その現れ方も様々であり、人間の姿に似た化け物として生まれることもあれば、〈旧支配者〉同様に実体のない不可視の姿として生まれることもある。

〈旧支配者〉の存在をその臭気《しゅうき》によって知るには、彼らが盛んなるときに、荒涼とした場所で、定められた〈祈り〉を捧げる儀式を行わねばならない。

このとき、狂った風は〈旧支配者〉の声をまとい、大地は〈旧支配者〉の意識によって、鳴動《めいどう》する。

〈旧支配者〉は森の木々を曲げ、都市を圧《お》し潰すが、襲いかかるその手を見ることはできない。

凍《い》てつく荒野カダスでのみ、〈旧支配者〉の姿を知ることが叶うが、そもそもカダスについて知る人はいない。

南の氷の原野、あるいは大海原に沈みし島々には、〈旧支配者〉の印の刻まれたる石がある。けれど厚い氷に閉ざされた都市を、海藻《かいそう》とフジツボに覆われ封じられた塔を、見たものはいない。

〈旧支配者〉の眷属たる大いなるクトゥルーでさえも、彼らの姿を微《かす》かに感じるに過ぎない。

いあ！　シュブ・ニグラス！

汝《なんじ》は悪臭放つものとしてのみ、〈旧支配者〉を知るだろう。〈旧支配者〉の手が汝の首にかかるときも、

〈旧支配者〉を見ることはない。

〈旧支配者〉の棲《す》むところは、汝が護り固めたる門と、同じものである。

ヨグ＝ソトホースは、星辰《せいしん》が正しく揃う鍵である。

人類がいま支配しているこの地は、かつて〈旧支配者〉が支配していた地であり、やがて彼らはこの地の覇権《はけん》を取り戻すであろう。夏の後には冬が訪れ、冬が過ぎれば夏が来るのが、理《ことわり》である。

彼らは己の力を秘めながら、その時を待っているのだ」


「ダンウィッチ村でこれまでぼくが耳にし、目にしたことや、ウィルバーさまの謎めいた出生とその身にまとう不思議な雰囲気と――なにもかも辻褄《つじつま》が合う……！」

ぼくはとてつもない恐怖を感じ、まるで墓場の冷たい風に吹かれたかのように凍りついた。

そして、ラヴィニアさまは……だから「間違いを正さないと」と言ったのか……！

失踪する前のラヴィニアさまの言葉を思い出し、ぼくはラヴィニアさまが気の毒で、涙が出た。

旦那さまがラヴィニアさまになんて言っていたのかは、わからない。でも、ラヴィニアさまは途中で気がついたんだ。自分の産んだ子どもが、どういう存在なのか……。

そのためにラヴィニアさまは殺されたんだ!!

ぼくは、目のまえで背を屈めて、禁断と言われた本を熱心に読みふけっている、山羊の化け物のような巨人――ウィルバーさまが、別の宇宙あるいは別の次元で産まれたかのように思えた。

「彼の人間らしさはごく一部に過ぎず、そのほとんどは、力と物質、空間と時間の領域を遥かに越えて広がる、本質と実在の間に存在する暗黒の深淵《しんえん》に結びついているのよ」

　ぼくの心に応えるように、アーミティッジ博士が囁いた。

　まもなくウィルバーさまは顔をあげると、人間の発声器官から出されたとは思えない、あの異様な声で、

「アーミティッジさん、やはり、この本を家に持って帰らねばならないようなんだがね。ここではできない、しかるべき状況と条件を整えて、試さねばならないことがあるんだ。

規則だからって館外への持ち出しを禁じると、あんたは大きな罪を犯したと後悔することになる。どうか、持ち帰らせてくれ。誰にも知られないようにするし、もちろん大事に取り扱う。このディーの英訳版をこんなふうにしてしまったのは、わたしじゃないんだ……」

「それは、できませんわ」

　アーミティッジ博士の返事は強い意志を感じさせる、きっぱりしたものだった。

「じゃあ、欠けた個所《かしょ》を書き写すだけでも……」

　これには、アーミティッジ博士も少し迷ったようだった。でもウィルバーさまの狡猾《こうかつ》な表情を見てとると、一瞬何かを言いかけたあと、口を閉じ、先ほどと同じ口調で言った。

「それもお許しできませんわ、ウェイトリーさん」

　ウィルバーさまのような人物に、こんな冒涜的な門への鍵を与えたらどんな事態になるのか、想像したのだろう。

　すると、ウィルバーさまは一瞬だけ、悪魔の顔のように顔を歪めると、すぐに元に戻り、大したことで

もないように、軽口を叩いた。

「ああ、そうかい。それならいいんだ、ハーヴァード大学に行くだけだから。あそこなら、あんたみたいに煩《うるさ》いやつもいないだろう」

ウィルバーさまは立ち上がり、扉をくぐるたびに腰を大きく屈めながら、大学を出ていった。

ぼくは……、その後をついていくことができなかった。

大きな番犬が猛然と吠える声を聞き、ウィルバーさまが、校庭をゴリラのように飛び跳ねながら横切っていく姿を、窓からぼんやり見ていた。

アーミティッジ博士はそっとぼくの肩に手をおき、

「もう少し、わたしの話を聞かない？」

ぼくは、黙ってうなずいた。

「じゃあ、とりあえずこの『ネクロノミコン』をしまってくるから、待っててね」

博士が出ていった後も、部屋にはなんともいえない、不快な――穢《けが》れた臭いが漂っていた。

ぼくはさっき、アーミティッジ博士が暗唱した言葉を思い出していた。


――その臭気をもってのみ、存在を知ることができる

「まったくもって、その通りじゃないか……！」

今この部屋に漂っている臭い、禁断の書物『ネクロノミコン』がまとっていた臭いは、堅く閉ざされていた道具小屋や、改築されたあとの母屋、そして環状列石を冠する山々の頂上に漂っていた臭いと全く同

じものだった。

アーミティッジ博士は戻ってくると、ぼくに様々なことを話してくれた。

「アドヴァタイザー」紙の日曜版などに掲載された読み物や、かつてアーミティッジ博士がダンウィッチ村を訪れた際に耳にした伝承などについて――。

「地球上のものではない――少なくとも三次元のものではない、姿の見えない怪物が、悪臭を放って谷間を駆け抜け、忌まわしくも山々の山頂に棲むようになった――と、ダンウィッチでは言い伝えられているの」

「博士は、そういった話を信じているんですか？」

「そうね……きみは？」

先生はまた眼をきらきらさせて、ぼくに聞き返した。

「ぼくは……これまでのことを思い返すと、確かに、恐るべき侵略者《しんりゃくしゃ》の片鱗《へんりん》を、身近で感じてきたんだと思います。

かつては太古の昔か悪夢の中にしか存在しなかったものが、今、邪悪なる支配のもと、悍ましい進化が進んでいるのを、垣間《かいま》見た気がします」

ぼくは思い描くだけで嫌悪のあまり、身震いした。

「アーサー・マッケンの『パンの大神』という話は読んだことある？」

「いえ、ありません」

「脳手術を受けた娘が、宇宙の真理である〈パンの大神〉と交感するようになる話よ。この娘は一人の女《じょ》児《じ》を産み落とすのだけど、この女児が、実は〈パンの大神〉との間にできた子どもだったというの」

「ウィルバーさまも同じようにして生まれたとおっしゃりたいんですね……。

でも、ぼくは……、確かにぼくが体験してきたことは尋常《じんじょう》じゃないことばかりだったけど、心のどこかで、ラヴィニアさまが、その……人間じゃないものと……交わったというのを信じたくないんです」

「ピーター……」

「確かにウィルバーさまの姿形は人間離れしていますが、残念ながら村の中では近親結婚も多く、五体満足ではない赤ん坊も珍しくはありません。だから、ウィルバーさまの父親も、ウェイトリー家に近しい血筋の誰かだったのかもしれない。

ただ、それが誰なのか、まったく心当たりがないんです……。

ラヴィニアさまが身籠《みごも》ったとぼくに教えてくれたのは、忘れもしない五月祭の翌日のことでしたが、一体、いつ、どこでそんな子どもを身籠るようなことが起きたのか……思いもつきません。

そもそも、〈旧支配者〉とか、〝ヨグ=ソトース〟とかって、なんなのでしょうか⁉

それがどんなに醜く呪われた存在であろうと、この三次元の地球を支配するものであろうとなかろうと、ぼくは、ぼくは……、ラヴィニアさまを穢したウィルバーさまの父親が知りたいんだ‼」

アーミティッジ博士が椅子から立ち、ぼくの側に来てそっと頭を抱いてくれた。

「ピーター……、ラヴィニアを愛していたのね」

愛していた？　そんなふうに思ったことはなかった。

いつも淋しそうに笑って、ぼくの頭を撫でてくれた。

夜の庭に立つと、白い姿が月の光と一つになって、夜空に吸い込まれそうに美しかった。

できるならば……、いつまでもお側にいて、守ってさしあげたかった。

ぼくは、泣いていた。

アーミティッジ博士は、ぼくを離し、両手を肩において、ぼくを見つめて言った。

「気持ちはわかったわ。わたしの助手として、ここに残らない？　きっとウィルバーの父親のこともわかる日がくるわ」

ぼくはびっくりして、顔を上げた。

「どうして、そこまで親切にしてくれるんですか？」

「わたしにも知りたいことがあるの。

ウィルバーが生まれたのが、一九一三年の聖燭祭の晩――つまり、その九カ月前にラヴィニアは、父親と出会ったことになる。九カ月前といえば、一九一二年の五月祭の宵、ダンウィッチ村で奇妙な地鳴りががあったという噂は、アーカムにまで聞こえているわ。

あの日以来、ダンウィッチでは年に二回、五月祭の日と万聖節《ハロウィン》の宵祭りの晩に必ず、不思議な地鳴りがするようになった」

ここで、博士の眼が、きらりと光った。

「あの不思議な地鳴り、なんだと思う？　何かに似ていると思わない？」

それは、あの地鳴りを初めて聞いたときからこの一五年、ずっと思っていたことだった。

ずーん……、ずーん……、ずーん……、とメトロノームの音のように一定間隔で響く地鳴りは、ある物を連想させた。

ぼくは、口にするのも怖しい一言を、勇気を振り絞って言った。

「……大きな、足音のようだと思いました」

「そうね、ピーター。まるで巨大な怪物の足音のようだわ。

奇しくも、その前夜は、魔女達がブロッケン山にてサバトを行うというワルプルギスの夜。

その翌日の五月一日は、自然の豊穣を祈るベルティネ祭り。この日は恋が成就したり、子宝に恵まれる日とも言われているのよ」

「でも……、あんなに大きな足音を立てるものが、この世にいるとは思えません。いったいどんな怪物が、山の上を歩きまわったというんですか？」

「御方《おんかた》が――いいえ、わたしが知りたいのも、そこよ。そして、どうやって、いったいどんな怪物が、その血を人間の女に宿させたのか――」


その日から、ぼくはミスカトニック大学の寮で暮らし始めた。

## 5　怪物

ウィルバーさまが帰ったあと、一番最初にアーミティッジ博士がしたことは、『ネクロノミコン』を所蔵する各地の大学に、強い警告を出したことだった。ウィルバーさまがいかに危険人物か、『ネクロノミコン』の貸し出しはもちろん、書写するのも危険であることを、つぶさに説明した。

この警告が功を奏したのは、その後の大学からの連絡でわかった。

ハーヴァード大学のワイドナー図書館からは、ウィルバーさまが帰ったという直後に電話が来た。

「あの姿を見た時は、本当に驚いたよ。貸してくれるか書き写させてくれと、半狂乱だった」

その姿を想像すると、少し、ぼくは胸が痛んだ。

「あの青年が街に来たときは、それだけで噂になり、彼が大学に到着するよりも先に耳に入った。まるで山羊の化け物のような巨人が来たと……」

ケンブリッジ大学付属図書館の司書から来た手紙には、そう書いてあった。そして、

「熱心に貸し出しを要望されたが、そのようすは妙に興奮しており、またなにかに怯えて神経を張り詰めているようだった。

『早く家へ帰らないといけない』

『長いこと家を空けると、大変なことが起きるんだ』

などといった言葉を、繰り返し口にしていた」

とあった。

それから数週間、ぼくは博士を手伝って、ダンウィッチ村の伝承やウィルバーさまの誕生に関わる事柄《ことがら》を丹念《たんねん》に調べていった。

アーミティッジ博士についてダンウィッチ村に行ったときは、オズボーンさんが、泣きださんばかりに喜んでくれた。

「ピーター！　本当に良かった！　あの農場を出ることができて……。

わしは、おまえをあの農場へ連れてっちまったことを、ずっと後悔していたんだ。

ウィルバーが一人で帰ってきたときは、心底心配したが、おまえから手紙がきて、本当にほっとしたよ」

「ありがとうございます。あの……ウィルバーさまは、どうしていらっしゃるのでしょう？」

あの日、ぼくは、ウィルバーさまについていかなかった。

ラヴィニアさまが亡くなったあとも、邪悪なまでに成長を続けるウィルバーさまの側にいることが、が
もう限界だったのだ。だが、一生お仕えするというラヴィニアさまとの約束が守れなかったことが、心残りでもあった。

「相変わらずだ。変わったことといえば、おまえがいなくなってから、ウィルバーがたまに手紙を出しに、ここへ来るくらいだ」

博士は、他の村人たちからも話を聞いたりしたが、ダンウィッチ村では、とりたてて新しい情報は得られなかった。

ある日、博士が、旦那さまが亡くなったときの話を聞きたいと言った。

「なにか……、遺言《ゆいごん》のようなものはなかった、ピーター？」

「『ネクロノミコン』のことをおっしゃってました。あのときはなんのことなのか、さっぱりわかりませ

んでしたが……。それから、食事を……、確か食事を欠かさないようにとか……。

すみません、あのときはぼくも気が動転していて、はっきり覚えていません。あのとき来てくださったホートン医師なら、もっと覚えているかも……」

アーミティッジ博士は、さっそくアイルズベリーのホートン医師に連絡をとった。

やはり、ホートン医師の方が、ぼくより遥《はる》かによく覚えていた。

「この遺言は……、やはり……！　ピーター、もう一度よく、この『ネクロノミコン』を調べてちょうだい」

博士はそういって、ぼくに『ネクロノミコン』を渡した。

そして、ぼくにも、ウィルバーさまが何を求めていたのか、おぼろげながら見えてきた。

「この地球を脅かそうとしている邪悪なものが、確かに存在している……！　その邪悪なものの欲望を満たし、この世に顕現させる手掛かりが、この七五一ページに記されているんだ――!!」

アーミティッジ博士は、ボストンに住む古代伝承の研究家の人たちに会いに行ったり、それ以外の土地の、多くの研究者たちに手紙を送ったりして、情報を集めていた。

それらの結果を聞くたびに、ぼくは驚愕《きょうがく》し、あまりの恐ろしさに身体が震えた。

翌年、一九二八年の夏が近づくころには、ダンウィッチ村で起こっている出来事について、想像がついてきた。

「博士……、ぼくがこれまでウェイトリー農場で、ラヴィニアさまやウィルバーさまを手伝ってきたことは……、なんて恐ろしいことだったか……！　ミスカトニック河上流のあの谷に、こんなにも怖ろしいことが潜《ひそ》んでいたなんて……!!」

ぼくは、自分の罪の重さに押し潰されそうになった。

アーミティッジ博士は静かにぼくを見つめ、

「そうね、確かにこれは、わたしも放っておけないわ。あの村で起こっている出来事について、手を打たなくちゃ、ダメみたいね」


そして、八月二日に事件が起こった。

夜も更けた三時ごろ……荒々しい犬の吠え声に、ぼくは飛び起きた。夜間は防犯のために構内に放たれている番犬の声だった。

——その少しあとに、図書館の盗難警報装置のベルが響き渡る。

犬は、低く唸ったかと思うと、また狂ったかのように咆哮《ほうこう》し、沈黙したかと思うと、また吠えたてた。

怖ろしいことに、その沈黙のたびに、あの聞きなれた、人間のものとは思えない発声器官による叫び声が、響きわたったのだ。それは——聞くだけで悪夢にうなされそうな、凄まじい叫び声だった。

ぼくは嫌な予感がして、急いで上着を肩にはおると、宿舎を飛び出し、芝生《しばふ》を横切って図書館に走った。

すでに何人かが、ぼくの前を走っていた。

図書館に到着すると、アーミティッジ博士が建物の前に立っていた。

破られた窓が一つ、月明かりの中で黒々と浮かびあがっていた。何者かがこの窓から侵入したのは、間違いなかった。

「博士……！　この声は、もしかして……!!」

窓の内側から聞こえる吠え声と叫び声は、だんだん小さくなっていき、今や犬の低い唸り声と苦しげな呻《うめ》き声が、聞こえるばかりだった。

「みんな、下がって！　ここは、私の権限で封鎖《ふうさ》します！」

集まっていた人たちは、言われたとおり、遠巻きに下がった。

アーミティッジ博士は鍵を取りだして、玄関ホールの入り口を開けると、集まっている人たちを振り返った。

「ウォーレン・ライス教授とフランシス・モーガン博士、そして……ピーター！　わたしについてきてください」

二つの人影が走り出てきた。

鉄灰色の髪にがっしりした体格――ライス教授と、痩せ型の若々しいモーガン博士。

二人は、ダンウィッチ問題について、アーミティッジ博士が、日頃から意見を求めている人物だった。

三人が奥に消えていくのを、ぼくも慌てて追った。

中に入ると、聞こえるのは、犬たちが警戒して、低く長く唸る声だけになっていた。

そして突如、窓の外の灌木で、ウィップアーウィルの群れが、大声で鳴き始めたのだ！　一斉に……声を揃え、今際《いまわ》のきわの呼吸に合わせる得意の鳴き方で……。

そして、中からはまた、嗅ぎなれた悪臭が漂っているのだった。

玄関ホールを突っ切り、唸り声と臭いをたどって、家系図を閲覧するための小部屋に飛び込んだ。

暗闇の中は、犬の唸り声と鼻息だけが聞こえていた。

アーミティッジ博士が部屋の電灯つけると――、誰かが金切り声をあげた。それがぼくだったか、他の誰かだったかさえ、わからない。

明かりの下では、一頭の犬が、身体を二つに折って倒れている何者かの胸を組み敷き、そのまわりには凄まじい悪臭を放つ黄緑色の膿《うみ》とタール状の粘液が広がっていた。

そして、犬の前足の下で倒れているのは――、紛れもなくウィルバーさまだった。

身体中を犬に引き裂かれ、衣服はボロボロだった。

声もなく痙攣《けいれん》していて、瀕死《ひんし》の重傷なのは明らかだった。

「ウィルバーさま！」

思わず駆け寄ろうとすると、犬がウィルバーさまの胸に爪を立て、ぼくに向かって低い唸り声をあげた。

「ピーター、近付いてはダメ！」

アーミティッジ博士にも止められ、ぼくは、なすすべもなく、立ちすくんだ。

ウィルバーさまの呼吸に合わせて、夜鷹たちが狂気に満ちた鳴き声をあげていた。

そして、改めてウィルバーさまの様子をよく見たとき――、絶叫した。

なんという悍《おぞ》ましさだ！　なんて恐ろしく、なんて冒涜的な姿なんだ!!

ぼくは、これまでウィルバーさまの裸を見たことがなかった。着替えや入浴時は、ぼくは必ず外に出され、手伝わされることがなかった。

また、ウィルバーさまは、幼少のころから几帳面《きちょうめん》なところがあった。衣服が乱れているのを嫌い、いつもきちんと胸元までボタンを締め、短いズボンを穿くこともなかった。

目の前のウィルバーさまは……手と頭は、特に目を引くものではなかった。顎が細く山羊に似た顔立ちも、ウェイトリー家独特のものではあったけれど、人間のものであるといえた。けれど……。

「なんだ……！　あの、犬の爪の下にある胸は……‼」

ウォーレン・ライス教授が指差した先は……鰐《わに》のような固い網目《あみめ》のような厚い皮で覆われていた。

「あの、背中の模様は……蛇の鱗のようじゃないか！」

フランシス・モーガン博士が、二つに折った背中を見て叫んだ。

そして、腰から下は――もう、人間とはいえず、二人とも口に出すことも憚ましいかのように、呆然と立ち尽くした。

――下半身の皮膚は、黒い剛毛《ごうもう》に覆われ、腹部からは灰緑色の長い触手が――二〇本ほど伸び、その先端には赤い吸盤《きゅうばん》のような口が開いていた。

「あの触手の配列は、外なる宇宙の幾何学的な調和を表しているのよ」

アーミティッジ博士が解説してくれた。

両方の尻には、ピンク色の繊毛《せんもう》に丸く縁どられた器官があり、落ちくぼんだ未発達の眼のように見えた。

また、尾骨《びこつ》には尻尾《しっぽ》の代わりに、紫色の丸い模様に彩《いろど》られた、象の鼻か触覚《しょっかく》のようなものが垂れていた。

「あれは――、未発達の喉か、口に違いないわね」

博士の解説は、ますます気持ち悪くなるばかりで、正直、ありがたくはなかった。

やっと気を取り直したように、ウォーレン・ライス教授が声を落として言った。

「あの両足は……黒い毛に覆われてはいるが、形は、地球の先史時代の爬虫類……、恐竜の後ろ脚にそっくりじゃないか！　足先に盛り上がっているのは、蹄《ひづめ》か鉤爪《かぎづめ》の名残《なごり》か？」

フランシス・モーガン博士も、冷静さを取り戻したようだった。

「そして、見てください！　お尻についている尻尾のようなものとお腹の触手は……化け物の呼吸に合わせて、色が変わっているようです……！　触手の方は緑の濃淡を繰り返し、尻尾の方は……紫色の輪の内側が、黄色になったり、薄い灰白色になったりしている」

「あれは……彼の人間ではない方の血筋にとっては、ごく自然の血液循環によるものよ」

アーミティッジ博士は何もかもわかっているようだった。

「血液って……あの凄い臭いの、黄緑色の膿のような、ねばねばしたやつですか？」

ぼくは恐る恐る、ウィルバーさまのまわりに広がっている粘液のようなもの指差して聞いた。それは、ペンキの塗られた床の色までも、変色させているようだった。

「そうよ、あれが血液に相当するものよ」

博士たちの声を聞いて、ウィルバーさまがわずかに息を取り戻したようで、何かをぶつぶつと呟く声が聞こえた。

アーミティッジ博士が近づいて、その呟きを手帳に記し始めた。

けれど、窓の外の夜鷹の声が次第に大きく高くなっていくのと裏腹に、呟く声はだんだんか細くなり、や

がて消え入るように途絶えた。

「ウィルバーさま！　ウィルバーさま！」

下半身がどんな姿をしていようと、その顔は、生まれたときからずっと成長を見てきたウィルバーさまに変わりはなく、ウィルバーさまを亡くすことは、やはり耐え難《がた》いほど辛かった。

思わず駆け寄ろうとするぼくを、ライス教授が抱き止めた。

「行かせてください！　ぼくがウィルバーさまから離れなければ……！　一生、お仕えすると決めたのに……。ああ、ラヴィニアさま、ぼくをお許しください！」

ぼくは、その場に泣き崩れた。

やがて、ウィルバーさまの息が完全に止まると、押さえていた犬が頭をあげた。

**うおおおぉぉぉぉぉ……ん**

それは、夜空に響きわたるほど、長く悲しい遠吠えだった。

最後にもう一度ウィルバーさまのお顔をよく見ようとすると……、大きな黒い両目が、驚くほど落ち窪んでいた。

「ウィルバーさま……、こんなに苦しんで……」

ぼくは涙が止まらなかった。

ぴたりと鳴くのをやめた夜鷹たちが、一斉に飛び立つ羽音が聞こえた。

窓から見える月を背景に、黒い雲霞《うんか》のような大群が慌ただしく横切って行く。

「ウィルバーさま……魂だけは、捕られずにすんだんですね……」

急に犬が我に返ったように飛び上がり、小さくワンと鳴くと、窓を飛び越えて出ていった。

出てきた犬を見て、集まっている人たちが、わあっと声を上げたので、アーミティッジ博士が、窓から身を乗り出して、叫んだ。

「みなさん！　警官と検死官が到着するまで、中に入ってはいけません！」

外から覗くには窓の位置が高く、そう簡単に覗くことはできなかったが、ライス教授とモーガン博士は、念のために、すべての窓の黒いカーテンをおろしていった。

改めて見渡すと、ちぎれた靴の革や衣服の切れ端が部屋中に散らばっていて、痛々しさに日を背けた。

窓のすぐ下には、ウィルバーさまが投げ入れたと思われる空の布袋が落ちていた。部屋の中央の机の側には、ウィルバーさまが使っていたリヴォルバーもあった。

「アーミティッジ博士！　警官が二人、到着しましたよ！」

窓の下にいる人が、叫んだ。

「モーガン博士、玄関まで迎えに行ってきてください。ただし、検死官が到着して、倒れているものに覆いをかけるまでは、この悪臭を放つ部屋には入らない方がいいと、説得してください」

「わかりました」

アーミティッジ博士にそう返事をして、モーガン博士は部屋を出ていった。

その直後、ライス教授が鋭い声をあげた。

「アーミティッジ博士、見てください！」

突如、ウィルバーさまが痙攣を始め、風船がしぼむように小さくなりながら、その身体が溶け始めたのだ!

あまりの恐ろしさに、ぼくは見ていることができなかった。体がガタガタと震え、立っていることもできずに座りこみ、そのまま気を失ってしまった。

――どのくらい時間が経ったかわからない、数秒だったのか、数分だったのか……。

検死官が到着したという声を聞いて、気がついた。

顔を上げると、ウィルバーさまの姿は跡形もなかった。代わりに、ペンキの変色した床の上に、白いねばねばした塊《かたまり》だけが残っていた。部屋中に充満していた悪臭もすっかり消えていた。

「頭蓋骨も骨格も……、およそ骨というものが全くなかったとは……!」

ライス教授が茫然《ぼうぜん》としながら呟いた。

「そうね、彼は……結局、ほとんどを父親から受け継いでいたのね」

アーミティッジ博士が応えた。

そこで、ぼくはまた気を失ってしまった。

気がついたのは、翌日の昼過ぎだった。

昨晩のことが悪夢のようで、とても現実に起こったこととは思えなかった。

けれど、もう、ウィルバーさまがこの世にいないという実感だけはあった。それこそ、骨も遺さず……。ぼくの心労は思った以上で、普通に起き上がれるようになるまで一週間もかかってしまった。そして、その後やっと、アーミティッジ博士とあの時のことについて、話をすることができた。


「博士、ウィルバーさまが今際のきわに遺した言葉は、なんだったのでしょう？　ぼくには一言も聞き取れませんでしたが……」

「あれは、英語じゃないわ。それどころか、この地球上のいかなる言葉でもない――。

内容は、ほとんどは苦しい中でのうわ言のようなものだったけど、最後は、彼を破滅に導いた禁断の書『ネクロノミコン』の断片を、支離滅裂《しりめつれつ》に呟いていた」

「『ネクロノミコン』……」

「"*N'gai*《ンガイ》*, n'gha'ghaa*《ングアグアア》*, bugg-shoggog*《ブグ・ショゴク》*, y'hah*《イハア》*; Yog-Sothoth*《ヨグ＝ソトース》 *Yog-Sothoth*《ヨグ＝ソトース》 *…*"　これが一番の最後の言葉よ」

それがどういう意味なのか――そもそも、どうしてアーミティッジ博士が、地球上のいかなる言葉でもないものを理解できるのか不思議だったが、まだそれを聞く気力、体力は戻っていなかった。

「机の側の床にリヴォルバーが、落ちていたけれど、ぼくは銃声を聞いた覚えはありません。もし撃っていたとしても、ウィルバーさまは射撃の名手で、これまで外したことはありませんでした」

「ああ、あの拳銃ね。警察の調べによると、撃鉄《げきてつ》を起こしたあとはあったけど……不発だったそうよ」

「不発……そうだったのか」

もしかしたら図書館に盗みに来るかもしれないとは、前から薄々思ってはいた。けれど、まさかそれがこんなことになるとは、思いもよらなかった。

「警察はどういう処理をしたんですか？」

「どういうも何も……、被害は窓ガラス一枚の破損と、家系図閲覧室の床が汚されただけ。盗まれたものもないんですもの」

「でも、博士もぼくも、傷ついたウィルバーさまを見たじゃないですか！　部屋には引き裂かれたウィルバーさまの衣類が散らばっていたし、叫び声を聞いた人たちも何人もいた」

「一応、証言はしたわ。でも、そんなこと、公式記録に残せると思う？」

確かにそうかもしれない。

「今回のことは結局、新聞にも世間にも一切公開はされず、ウィルバー・ウェイトリーは、事故死として記録された」

事故死……ウィルバーさまの凄惨《せいさん》な死を思い出すと、こみ上げてくる涙が止まらなかった。

「それでね、ピーター。亡きウィルバー・ウェイトリーの遺産を調べ、相続人を決めるために、先日、当局の係官がダンウィッチとアイルズベリイに派遣《はけん》されたの。

ところがその報告書が、さっぱり要領《ようりょう》を得ないものだったらしくて……。

ダンウィッチ村には、落ちぶれた家もあれば、そうでない家と、いくつかのウェイトリー家が残っているのだけど、いまだにウィルバーの財産を巡って争っているそうよ。

それで再度調査されることになったのだけど、わたしと、一〇年以上ウェイトリー農場で働いていたきみに、同行してほしいそうなの」

「遺産……ですか。死因さえも公表されていないのに、遺産争いだなんて」

ぼくは胸が悪くなった。

「気持ちはわかるわ、ピーター。でもウェイトリー農場のあとがどうなっているか、これは重要なことよ。早く元気になって、ウェイトリー農場に行きましょう」


ぼくたちがダンウィッチ村に向かったのは、その二日後だった。

村に着いて、まずオズボーンさんの雑貨屋に顔を出すと、村の人たちがウィルバーさまが死んだあと、ひどく動揺しているのがわかった。

アーミティッジ博士を見ると、みんなは口々に訴え始めた。

「センティネルの丘の地鳴りが、このところ、どんどん、大きくなっている。何か不吉なことの前兆《ぜんちょう》にしか思えねえ」

「おれはウェイトリーが死んだ直後に、ウェイトリー農場の母屋まで行ってみたんだが、波が打ち寄せて砕けるような音が、中から繰り返し響いてた。ついでに、ひどい悪臭が漂ってたよ。

その何日かあとにも農場の入り口まで行ってみたら、その音が前よりもずっと大きく響いてきたので、慌てて引き返しきたんだ」

「留守の間、アール・ソーヤーが、馬と牛の世話を頼まれていたらしいが、とうとう神経をやられて寝込んじまったらしい」

「先日来た調査官の人たちは、どう言っていました？」

アーミティッジ博士が聞くと、みんな揃《そろ》って首を振った。

「あんな臆病なやつらはダメだ。おれがウェイトリー農場の母屋まで案内すると、中から響いてくる音と悪臭に恐れをなして、ここはもうこれ以上はいいと、言いだしやがった。そのあと、ウィルバーが生活していた納屋を、おざなりに調査しておしまいさ」

そう言ったのは、オズボーンさんだった。

ぼくたちと一緒に来た新しい係官の人は、居心地が悪そうだった。

「そうでしたか。じゃあ――、私たちもウェイトリー農場に向かいましょう」


農場に着くと、まっすぐ母屋に向かった。

村の人たちがいうように、中からは明らかに何かの音と、異臭がしていた。

「今はまだ、中に入るには準備が不十分よ。とりあえず、ウィルバーが生活していた納屋へ行きましょう」

納屋に入ると、ウィルバーさまが机がわりに使っていた古い寝室用のたんすの上に置かれた、大きな台帳が目に入った。中を開くと、見たこともない文字で、ページが埋め尽くされていた。

「博士、これ、なんでしょう？」

アーミティッジ博士はパラパラと開き、

「インクも筆跡もバラバラね……」

「でも、必ずページの最初から始まり、余白を残してまた次のページから始まっているから、一種の日記みたいなものじゃないでしょうか？」

「良い着眼ね、ピーター」

博士はにっこり笑った。

「なに、日記ですと!? それは重要な証拠物件の可能性がある！」

けれど手にとってはみたけれど、とても係官に読めそうではなかった。

「この日記を、ミスカトニック大学の方で解読いただけませんか？」

とアーミティッジ博士に差し出した。

この日記以外にもウィルバーさまが収集したと思われる、奇妙な書籍が何冊か見つかり、それらを含めてミスカトニック大学で一時預かり、解読することになった。

納屋を調査中、係官が、

「ウィルバーが支払いに使っていた、金貨の類がどこにしまってあるか、心当たりはないかね、ピーター。他のウェイトリー家の者たちから、それを探せと、強力な要請がきているんだ」

と聞いてきた。

ぼくが同行を求められた理由は、どうやらそれだったらしい。

「以前、母屋に住んでいたときは、壺に入れて書棚にしまってあるのは見ました……。といっても、それがすべてというよりは、とりあえず当座の分だけ入れてある、という感じでしたが。

いずれにせよ、その壺も見当たりませんね」

結局、それ以上の収穫はなく、ぼくたちはダンウィッチをあとにした。

ミスカトニック大学に戻ると、すぐさま日記の解読が始まった。

古代文字、近代言語学などの研究者や学者たちが集められたが、誰もが驚きの声をあげた。

「これは、書いた本人が、自ら作り出した文字で書かれているのではないか？」

「確かに——。使用されている文字は、古代メソポタミアのアラビア文字と似ているところもあるが、これまで見たことがないものだ」

「しかし、通常の暗号解読方法では、まったく解読できなかった。様々な既存の文字が土台になっているのは、間違いないだろうが……」

ぼくは書記として、研究者たちが口々に言うことを記録していった。

また、日記と一緒に持ち帰った稀覯書に対しても、彼らは感嘆し、夢中になった。

「これらの書籍は、哲学的にも科学的にも大いに興味を引くものばかりだ」

「これまで謎とされてきた未解決の分野や出来事に、画期的な進展を与えるに違いない」

「その中でも……これだ、この一冊だ」

ある学者が手にしたその本は、鉄の留め金のついた、大判で分厚い重い本だった。

「この本に使われている文字も、これまで見たことがない。しいていえば……古代インド・アーリア語に属するサンスクリット文字に似ているが……」

「しかし、どれもこの日記の解読に役立つものは、見当たらないんじゃないか」

その言葉に、一同は黙り込んだ。

——沈黙を破ったのは、アーミティッジ博士だった。

「この日記に使われている文字は——古《いにしえ》の時代から伝わる、禁断の邪教において使われていた文字をベースにしたものだと思うわ」

「禁断の邪教……！」

何人かの学者たちが同時に叫んだ。

「そう、それはサラセン世界の魔道師たちから、儀式や伝承などを受け継いだものだけど……」

「あの……、ぼくも発言していいですか？」

おずおずと、ぼくは口を開いた。

「ピーター、もちろんよ」

「ありがとうございます。素人《しろうと》の考えで恐縮《きょうしゅく》ですが——、この日記の文字が何に基づくものなのかは、重要ではないと思います。

これが日常のことを綴った日記であるとしたら、この厖大《ぼうだい》な分量からいっても、書いた人間が母国語以外の言葉で書くのは、すごく大変だと思います。毎日のことですからね……。

もし、ウィルバーさまが書いたのなら、やっぱり英語で書いたんじゃないかと思います」

「きみの言うことも一理あるわね。特別な儀式や呪文以外については、その可能性が高いと私も思う。

つまり文字の解読さえできれば、文章はたやすく理解できるということだわ」

ぼくはアーミティッジ博士に褒められて、気恥ずかしかったけれど、嬉しくもあった。

アーミティッジ博士は、一同に対してこう提案した。

「この日記については、わたしと——ウィルバーの日常を最も側で見てきた、このピーターに預けていただけないかしら？」

「我々には、もちろん、異論はないとも。言語学において、あなたほど豊富な知識を持っている者は、ここにはいるまい」

「それだけじゃない。古代、中世における神秘的な儀式についても、アーミティッジ博士の右に出る人はいませんよ」

ライス教授とモーガン博士が口を揃えて言った。

ここで、会議は終了となり、部屋にはアーミティッジ博士とぼくだけが残された。

「ピーター、この日記だけど、まず、きみが調べてみない？　もちろん、サポートはするわ」

「ぼくがですか!?　そんな……無理です。ぼくなんて、何の学問の経験もないし……」

「いいえ、ピーター。きみは凄く優秀よ。それは去年の冬から半年以上もの間、わたしの助手として働いてきた様子を見てもわかるわ。知識を吸収するスピード、理解力、どれをとっても、素晴らしいものよ」

「……わかりました。ぼくなんかに、どこまでできるか自信はありませんが……。

この日記の中身が知りたい――そして、ウィルバーさまが残した問題をどう解決すればいいのか、それを知りたい気持ちは、誰にも負けません」

「偉いわ、ピーター。まずは暗号理論の基礎を学ぶといいわ」

「わかりました……！」

その日から、ぼくは、必死に暗号学の勉強をした。実は昔から――といってもダンウィッチに来る前だが――ちょっとしたパズルとか、暗号解読ゲームなどが大好きだった。

アーミティッジ博士が参考書として示したのは、ミスカトニック大学図書館に収蔵されている、禁断の書籍と論文だった。

・『多元複写法《ポリグラフィア》』／ヨハンネス・トリテミウス
・『秘密の書記法』／ジャンバッティスタ・デッラ・ポルタ
・『暗号概論』／ド・ヴィジュネール
・『暗号解読《クリプトメニシス・パテファクタ》』／ジョン・フォークナー
・『暗号学』／ウイリアム・ブレアー、フォン・マーテン、クリューベル
・デイヴィー、フィリップ・シックネスらによる一八世紀の論文

ぼくは、朝から晩まで、食事もするのも、寝る時間も惜しんで読みふけった。そして、八月の終わりには、暗号学のおおよその体系を理解できるようになっていた。

そして、それらの知識をもとに、ウィルバーさまの日記の解読に励《はげ》んだ。

アーミティッジ博士は、日々、ぼくのもとを訪れては進捗《しんちょく》状況を聞いてくれた。

「博士……、これは実に緻密に組み立てられた暗号であることは、間違いないと思います。使用されている文字に対応するアルファベットが、掛け算九九の表のような配列で並んでいることまでは、わかりました。やはり、英語で書かれていることは、間違いありません」

「すごいわ！　ピーター」

「ただ……文章が……、いくつかのキー・ワードによって、組み立てられているのはわかったのですが、このキー・ワードそのものが、理解できなくて……」

ぼくは、いくつかの文字が並んだ、キー・ワードと思しき単語を書いたメモを博士に見せた。

「これは――ある秘密の儀式を行っていた者たちだけが知っている言葉よ。古くからひっそりと受け継がれてきた――。

この暗号は、ウィルバーのオリジナルではなく、かなり古い時代に考えられたものに違いないわ」

その日、アーミティッジ博士は、参考になる古文書を、さらに教えてくれた。

解読作業は一進一退を繰り返した。

読めたと思うとまったく見当違いだったり、壁にぶつかったりしたが、九月二日の夕方、最後の難関を突破し、日記の冒頭《ぼうとう》を初めて読むことができた。

アーミティッジ博士に報告するために、解読できた部分を清書し、博士の部屋へ向かった。

「博士、やっと日記の冒頭が読めました」

「やったわね、ピーター」

「やはり、これは日記でした。

ウィルバーさまは、厖大な隠秘学の知識を持っている一方で、文章の書き方そのものは、まったく理解してなかったようなんです」

「文章は……、もともと、第三者に物事を伝えるために生まれたものだから。そういった気持ちを持ったことがないウィルバーには、理解できるものではなかったのでしょうね」

「ぼくも……そう思います。

この日記の最初の部分――この日記は一九一六年十一月二六日から始まっているのですが――、その部分を解読したものが、これです。

意味がわからない部分もありますが、なるべく忠実に翻訳《ほんやく》しました」

一九一六年十一月二十六日
今日は異界の軍勢のためにアクロ文字を勉強したが、これはまったく好きじゃない。その理由は、空からではなく、丘から答えが返ってくるからだ。

二階にいるやつは、おれが思ってた以上に先を行っているようだが、人並みな知脳は持ってないらしい。

エラム・ハッチンスのところのコリー犬のジャックが、おれに噛みつこうとしたから、一発射ち込んでやった。

エラムのやつ、もし犬が死んだら、おれを殺すとほざいてやがった。そんなこと、できもしねえくせに。

昨日、じいさんは一晩中、おれにドー・フナの呪文を唱えさせた。おれは、二つの磁極の間に隠された都市を見た気がする。

もしおれが、しかるべきときに、このドー・フナの呪文を用いて成し遂げられなかったとしたら、この地球が一掃されるときに、おれはその都市へ行くことになる。

おれがこの地球を一掃することができるようになるには、まだ何年もかかるだろうと、魔の宴のときに、空からきたやつらが言っていた。

そのころにはじいさんも死んでいるだろうから、すべての平面の角度と、イールとヌフングルの間にあるすべての呪文を学んでおかねばならない。

外からきたやつらが助けてくれるだろうが、あいつらは人間の血がないと、肉体を持つことができない。


二階のあいつは、しかるべき姿形になるだろう。

ヴーアの印を切るか、イブ・ガジンの粉を吹きつけると、おれにもあいつの姿を見ることができる。

あいつは、五月祭のときに丘に現れるやつらの姿に、似ている。

もう一つの顔は、少しは、次第に消えていくだろう。

この地球が一掃され、地上の生き物がいなくなったとき、おれの姿はどう見えるだろうか。

アクロ文字の呪文によってやってくるあいつが、言っていた。外世界がおれに及ぼすことが多いため、おれは変貌するかもしれない、と。


「なんのことかわからない単語も多いですが……、一番驚くのは、これを書いたとき、ウィルバーさまはまだ三歳半だったんですよね……」

「とにかく、よくここまで解読したわ！　かなり重要なことも、わかったわ。わたしは——これから急いで入手したいものがあって、数日出張に出てきます。引き続き、解読を頑張って！」


そのあとの解読作業は、これまでとはうってかわって、どんどん進んだ。

その結果として、ぼくは、信じられないほど悍ましい事実をどんどん知ることになり、恐怖と、絶望と、焦燥《しょうそう》に追い立てられながら、一刻も早く最後まで解読しなければと、必死になった。

二日間の間、寮に戻ることもなく、心配した寮母さんが解読作業の傍らまで軽食を運んでくれたが、ほとんど食べることができなかった。

座ったまま、ついまどろむと、これまでに解読した真相と人類を脅かす存在の、混沌《こんとん》とした悪夢にうなされ、すぐに目を覚ました。

九月四日、火曜日の朝、ぼくの様子を聞いたライス教授とモーガン博士が、心配して会いにきた。

「ピーター、きみの熱心さは素晴らしいが、身体を壊してはいかん。少し休んではどうかね」

ライス教授がそっとぼくの肩に手をおいた。モーガン博士も心配そうにぼくを覗きこんでいた。

「心配してくださって、どうもありがとうございます。でも……今、これまでにわかった事実をお知らせしますが、それでも、同じように言ってくださるでしょうか……」

ぼくは、そう言って、ここまで解読した内容を二人に見せた。

「こ、これは……！　こんなことが!!」

ライス教授はそう言って青ざめ、ぶるぶると身を震わせた。

モーガン博士は、絶句したまま、冷や汗をぽたぽたと垂らした。

「おわかりでしょう。ぼくの健康なんて、どうでもいいくらい、人類に脅威《きょうい》が迫っているんです。ぼくは、一刻も早く、これを解読しなくてはならない――」

ぼくが背を向けると、二人とも黙って帰っていった。


翌日の水曜日も、ぼくは解読作業を続けた。

すでに解読した内容と、新らしくわかった事実を照らし合わせながら、導き出せることをメモに取っていった。真夜中を過ぎてから、事務室の安楽椅子ですこし眠ったが、夜が明ける前には起きて、解読作業を再開した。

その日の夕方、ちょうど黄昏《たそがれ》が訪れた頃、ぼくは恐るべき日記を読みおえた。

肉体的にも、精神的にも疲れきって、立ち上がることもできずにいた。

ちょうどそこへ、寮母さんが軽食を持ってきてくれた。

「ピーターさん、ちゃんと召し上がらないと、身体を壊してしまいますよ。あら――これが、ピーターさんの研究内容ですか？」

何も知らない寮母さんは、ぼくが机の下に落としていたメモを拾い上げ、ふと目を走らせようとした。

ぼくは急いで奪い取り、

「だめだ！　見るんじゃない！」

と叫んだ。力を振り絞って立ち上がり、書き散らしてメモを集めて封筒に入れ、上着の内ポケットに入れた。だが、そこでまた意識が遠のき、倒れてしまった。


気がつくと、目の前に校医のハートウェル医師の顔があった。外の明るさを見ると、大して時間は経っていないようだった。

その場でぼくは注射をされ、なんとか寮に戻って休んだ。


翌日の金曜日、目を覚ますと、昨日、自分が辿りついた真相を思い出し、気が狂いそうだった。

朝一番にハートウェル医師が往診に来てくれた。

「すぐに、ライス教授、モーガン博士に会って相談しないといけないんです」

「ピーター、今のきみには無理だ。少しだけでも休みたまえ」

ハートウェル医師にそう諭《さと》されても、半狂乱になっていく自分が止められなかった。

「だめだ……だめだ！　あの板張りの母屋に潜む化け物を退治しなければ……！」

「ピーター君！」

「来る！　来る！　異次元から恐るべき古のものたちが……。地球上のありとあらゆる生物を根絶やしにするために……！　世界は危機に瀕しているんだ!!」

頭の片隅に理性は残っていたが、心の恐怖を口に出して叫ばずにはいられなかった。

「古のものたちは、この地球を物質からなる太陽系や宇宙から引き離そうとしているんだ！　遥か永劫《えいごう》の昔、地球は今とは違った次元に存在していた。その次元に地球を連れ戻そうとしている！」

ハートウェル医師がぼくを抑えつけようとしたが、ぼくは、ますます錯乱《さくらん》していった。

「『ネクロノミコン』！　あの禁断の……。そして――レミギウスの『悪魔礼拝』を持ってきてくれ。あの中に助かる鍵がある！」

「博士！　アーミティッジ博士！　ぼくはあの粉の製法がわかりました」

「ウィルバーさまが死んで一カ月……。もう時間がない。あれ以来、あいつは餌《えさ》を与えられていない……！　その分量を考えると……」

「奴らを止めろ！　奴ろを止めろおぉぉ！」

ここで、ハートウェル医師が注射をし――たぶん鎮静剤だったのだろう――ぼくは、また気が遠くなった。

目が覚めたのは、その日の晩だった。まる一日近く、ぼくは眠っていたんだ。

頭はすっきりした状態に戻っていた。

が――、怖ろしい現実と、これからやり遂《と》げないといけないことを考えると、心は沈む一方だった。

ぼくが意識を取り戻した知らせを聞き、出張から帰ったばかりのアーミティッジ博士が、見舞いに来てくれた。

「ピーター……、大変だったわね。一人でよく頑張ったわ」

博士の優しい笑顔を見たとき、ぼくは何もかもから、救われた気持ちになった。

「博士……」

それ以上言うと涙が出そうで、ぼくは必死に堪《こら》えた。

「大丈夫、明日からみんなで、相談しましょう」


翌日の土曜日の午後には、ぼくはすっかり回復した。

アーミティッジ博士はさっそく、ライス博士とモーガン教授を呼び、会議を始めた。

ぼくの解読した内容とそこから導いた結果を聞き、二人とも同じように真っ青になった。

「先日見せてもらったメモから、薄々予想はしていたとはいえ、とても堪え難い話だ……」

モーガン教授が、絞り出すような声で言った。

「マサチューセッツ州の警察に、知らせた方がいいのではないでしょうか？」

そう言ったのはライス教授だった。

「確かに……」

モーガン博士も相槌《あいづち》を打った。

反対したのはアーミティッジ博士だった。

「お二人は、あのウィルバーの最期《さいご》をご覧になっていらっしゃるから、日記の解読結果も信じられるのです。でも、もし見てなかったら、ピーターの報告を素直に信じることができまして？

警察に知らせて監禁されるのは、下手したら、わたしたちですわ」

この質問に二人とも返事をしなかった。――が、アーミティッジ博士の言葉を肯定《こうてい》する表情を浮かべていた――苦しげに。

「とにかく、この悍ましい出来事を解決するには、人間の知恵が必要なんです。どんな突拍子《とっぴょうし》もない考えでもいいから、思いつく限り、想像できる限りの意見を出してください」

アーミティッジ博士の言葉に、ライス教授とモーガン博士――、そして、ぼくもあらゆる意見を出し、議論した。禁断の書物が厳重な書庫から取りだされ、不思議な図表や術式が、次から次へと書きだされていった。

夜更けまで、熱のこもった議論が続いたが、これといった結論は出なかった。

「明日から、わたしはピーターが解読した結果と、ウィルバーが残したわずかな白い粘液をもとに、化学実験に入ります。火曜日の朝にもう一度、お集まりください。そのときには明確な行動方針を立て、一週間以内には具体的な手立てを打てるように、頑張りましょう」

次の日――九月九日の朝から、ぼくはアーミティッジ博士の実験を手伝った。

大学の実験室から手にいれた化学薬品を調合したり、ときには『ネクロノミコン』とウィルバーさまの日記に書かれた呪文を比べたりして、その作業は進んだ。

「ウィルバーが残したこの粘液……。これを完全に消し去ることができれば、この実験は成功よ」

アーミティッジ博士はガラスの瓶に入れた白い粘液を、陽《ひ》の光にかざしながら言った。

「成功の見込みは……あるんでしょうか？」

「そうね、わたしにも、まだわからない点がある。そもそもこの粘液を、地球上の〝物質〟といわれるものので、消滅させることができるのか……。

でも、御方も、わたしも……、まだ人間に滅びてもらったら困るのよ」

〝御方〟という言葉を聞くのは二回目だった。だが、なぜだか聞いてはいけないような気がして、ぼくは訊ねることができなかった。——なぜだか、聞くのが怖かった。

## 7 ダンウィッチの恐怖

怖ろしい出来事は、翌日、早朝の電話で始まった。

前日の夕方は、ダンウィッチの地鳴りがアーカムまで響いていて、ぼくは嫌な予感がしていた。

アーミティッジ博士も実験をしながら、地鳴りがするたびに、眉間に皺を寄せていた。

一〇日の朝七時過ぎ、アーミティッジ博士とぼくは、すでに実験室で実験を始めていた。

「アーミティッジ博士、コリーさんという人から、電話がかかってきてますよ」

当直の人が、実験室に呼びに来た。

アーミティッジ博士は顔を曇《くも》らせ、明らかに昨日の地鳴りを思い返しているようだった。

「すぐ行きます――ピーター、きみも一緒に来て」

ぼくは博士について、電話のある事務室に向かった。

「アーミティッジ博士！　うちのルーサー・ブラウンがえらいものを見たって、今、駆け込んできたんですよ！」

電話をかけてきたのは、コールド・スプリング渓谷と村の間に住んでいる、ジョージ・コリーさんのおかみさんだった。

以前ダンウィッチ村へ行ったときに、村やその周辺の人たちに、「何かあったら電話して欲しい」と、アーミティッジ博士が声をかけていたのだ。

おかみさんの声は、横にいるぼくにまで聞こえるほど、大きかった。

「コリーさん、落ち着いて……。ルーサー・ブラウンとは誰です？」

「ルーサーは、うちで雇っている少年ですよ。

今朝、いつものようにテン・エーカー牧場へ牛を連れていったら、あわてふためいて駆けもどってきたんです！　よろめくように台所へ入ったときは、ひきつった顔をして、ひっくり返りそうだった。

ルーサーだけじゃないんですよ。牛たちがあとを追って庭に戻ってきてるんだけど、もの凄い怯えようで……！　哀れな鳴き声をあげたり、前脚で地面をひっかいたりしている。

ルーサーに代わりますから、直接聞いてくださいな！」

電話口に出てきたルーサーは、息を荒くし、どもりながら、話し始めた

「た、谷の向こうの道に何かがいたんです。何か……怖ろしいものが……！　ひどい臭いがして、それから、灌木や小さな木がみんな、雷に打たれたか、家かなんかに引きずられたみたいになぎ倒されてました。

それだけじゃねえ……。足跡が——樽の蓋くらいの大きさの丸い足跡が、まるで象が歩いたみたいに深く、道に刻まれていたんですよ！」

「足跡ですって!?」

さすがのアーミティッジ博士も聞き返した。とうとう来たか……、とぼくも思わずにはいられなかった。

ルーサーは続けた。

「そうです。ただ——、とても四つ足の足跡じゃあ、なかった。逃げ出す前にいくつか見えたんだけど、一カ所から筋が何本か拡がっていて、まるで普通の二倍か三倍のシュロの葉を地面に押し付けたみたいな跡だった。

それと、ひどい悪臭で……あれは、ウェイトリー農場で嗅いだ臭いと同じ臭いだ！」

そこでルーサーは、自分が見たものをまざまざと思い出したせいか、怯えたように口をつぐんだ。

コリーさんの電話を切っても、実験室に帰れなかった。受話器を置くや、すぐにまた電話がかかってきたのだ。今度はウェイトリー家に一番近い家、セス・ビショップ家で家政婦をしている、サリー・ソーヤーさんだった。

「うちの息子のチョンシーが、とんでもないものを見ちまった！　ビショップさんの牛が一晩中放牧されている牧草地で、大変なものを見ちまったんですよ！」

サリーさんはすごく興奮していて、電話口で早口にまくしたてた。

「奥さん、落ち着いて……。息子さんが何を見たっていうんですか？」

すると、少し落ち着いたようすで、

「昨晩はずっと地鳴りがして、おまけに明け方ちかくになるとコールド・スプリングの谷間の方から、夜鷹の鳴き声がうるさく聞こえてきて、みんな、寝つけなくて困ってたんだ。

そうしたら、ウェイトリー農場の方から、別の音が聞こえるって、チョンシーが言ったんです。それは――、耳を澄まさないとわからないほどの小さな音だったんだけど――、木枠を引き裂くような、木箱を無理やりこじ開けるような、音でしたよ。

それで、朝方、チョンシーがウェイトリー農場の方を見にいったんだ。そして、怖れ慄《おのの》いて走って帰ってきたんです！」

「ゆっくり、順番に教えてください」

興奮しているサリーさんに、アーミティッジ博士が訊ねた。

「チョンシーはガタガタ震えて、ろくに喋れないくらいなんだが、口走っていることを聞くと――どうも、ウェイトリー家の古い母屋が、吹き飛ばされちまったらしいんだ」

アーミティッジ博士とぼくは、無言で視線を交わし合った。

「材木やらがそこらじゅうに散らばって、まるでダイナマイトでも爆発したみたいだって、チョンシーは言ってるのさ。——やっと少し元気になって、直接話したいってんで、チョンシーに代わりますわ」

今度は若い男性の声がした。

「あの、チョンシーです」

「ウェイトリー家の母屋がなくなっていたというのは、本当ですか？」

「はい、本当です……！　一階の床だけが残っていたけど、一面、タールみたいなものに覆われていて、ものすごい悪臭がしていたんだ。そのねばねばした液は、吹き飛ばされて地面に転がっている材木にも垂れてた。

庭には気味の悪い跡がついてました。——大樽より一回り大きいくらいの丸い跡で、それにも、さっきのと同じ臭いの、ねばねばした液がついていました」

「丸い跡は……どこかに続いていませんでしたか？」

「そのとおりです……それはとなりの牧草地まで続いてて、草が納屋の広さくらいまで押し潰されてました。それと、その跡に沿って、道の石垣が全部、あちらこちらに倒され、崩れてたんです」

「チョンシー、牛たちは、無事だったんですか？」

アーミティッジ博士が訊ねると、受話器の向こうで息を呑《の》む声がし、すすり泣きが聞こえてきた。

「チョンシーが泣き出しちまったんで、代わりましたよ」

サリーさんの声だった。

「チョンシーが言うには、怯えながらも、セスの旦那の牛を探してみたっていうんですよ。そうしたら、〈悪魔の舞踏場〉近くの高台の牧草地で、惨《むご》たらしい牛の死体を見つけたっていうんですよ」

「惨たらしいとは……、どう惨たらしかったのですか？」

するとサリーさんは、声を潜め、

「群れの半分がすっかり姿を消しちまって、どこにも見当たらなかったそうなんだ。残ってる半分は——ああ、いま、チョンシーの話を聞いて、牛を見にいったセスの旦那が帰ってきたんで——」

今度は、セスさんの声に代わった。その声も上ずり、興奮して怯えていた。

「チョンシーの話は、本当だったんだ！　牛が半分、消えちまって、残ってる半分が——、ああ、ちくしょう！　まるで、ほとんどの血を吸いとられたみたいに、しぼんで転がっていたんですよ！よく見たら、喉に、ラヴィニアの黒い赤ん坊が生まれてから、ウェイトリー農場の牛にあったのと同じ、ただれたような傷跡がついてた！」

「セスさん、チョンシーが言っていた、牧草が押し潰されて跡が、どちらに続いているか、見ませんでしたか？」

「慌てて帰ってきたんで、自信はねえが……、たぶん、村に通じる谷間の道に向かってるみてえだった」

最後にまた、サリーさんが出た。

「アーミティッジさん、もしかして、外に出しちゃならないもんを、あのウィルバーが隠していたんじゃ、ないんですか？　——あいつが、惨たらしい死に方をしたのも、その報《むく》いに違いない。

そもそも、あのウィルバーは人間じゃないって、あたしは前からみんなに言ってたんですよ。ウィルバーとウェイトリーの爺さんは、あの板を打ちつけた家で、途方もないものを飼ってたに違いない！

このまま何もしないでいたら、今度は自分たちの命が危ないっていうのが、よくわかりましたよ！」

そこまで言うと、サリーさんは乱暴に電話を切ってしまった。

ぼくは何も言えずに、下を向くしかなかった。アーミティッジ博士も、しばらく受話器を持ったまま、立ち尽くしていた。

「博士……」

気を取り直して、ぼくは言った。

「ダンウィッチの一帯には、目に見えないものが棲んでいます。――それはもちろん人間ではないし、人間にとって良いものじゃないって、みんなわかってます。

コールド・スプリング渓谷のウィップアーウィルや螢も……とても神さまの造られたものとは思えない。落石があったところと、「熊の巣」と呼ばれている場所の間に立つと、何かが押し寄せるような音や、人が喋っているような奇妙な音が、風の中から聞こえてくるんです。

でも、飼っている牛が殺されるようなことはなかった。もうダンウィッチ村は一刻の猶予《ゆうよ》もないんじゃないでしょうか？」

「わたしもそう思うわ。でも、こちらの準備があと少し……数日はかかりそうなの。ピーター、危険かもしれないけれど、今すぐここを発《た》って、先にダンウィッチに行ってもらえないかしら？」

「ぼくも、そう言おうと思っていました。向こうで起こったことを、逐一《ちくいち》報告します！」

大学の車を借りてすぐに出発し、ぼくはその日の昼ごろ、ダンウィッチに到着した。

自警団《じけいだん》が作られていて、村の四分の三ほどの男達が、ウェイトリー農場に向かおうとしているところだった。

「ピーター、来たか」

オズボーンさんが声をかけてくれた。

「はい！　ぼくも一緒に行きます」

ウェイトリー農場への道を登っていくと、廃墟と化した母屋が見えてきた。

「やはり、本当だった……」

みんなで手分けして、母屋の残骸《ざんがい》や牛の死体、牧草地や道端《みちばた》のなぎ倒された木々などを調べていった。

「なんだ、これは……！」

「ひえぇぇ！」

誰もが怯え、驚きの声を上げた。

ルーサーの話も、チョンシーの話も、やはりその通りだった。

そして、残された足跡を辿っていくと、やはりコールド・スプリング渓谷に向かっていた。

「この薄気味悪い大渓谷を、何かが下りていったのは間違いねえ。それも、とてつもなく大きなものが……」

「まるで……家が一軒、滑り落ちていったみたいじゃないか」

村の人が口々に言った。

土手の木々はすべてへし折られ、絶壁《ぜっぺき》には深い溝のようなものが、下に向かってついていた。

しんと静まった谷底から、異臭だけが漂ってきた。

「こいつを……下に降りるのかい？」

その言葉に応える人はいなかった。

崖の下をのぞき込み、誰もが怯えたように、立ち尽くしていた。

連れてきていた犬も、最初は果敢《かかん》に吠えたてていたが、谷が近づくころにはすっかりおとなしくなり、今では逆に怯えたように尻尾を垂れて、鼻を鳴らしていた。

「今日は一旦、みんな、家に帰ろう。そして、家や納屋に、できる限り頑丈なバリケードを作るんだ。もちろん、牛は一頭残らず牧草地から引き上げて、納屋に入れるんだ」

みんなを取りまとめていた、アール・ソーヤーさんの言葉だった。

「もし、何かあったら、オズボーンさんのところに泊まっているぼくのとこへ、すぐに電話をください」

ぼくが言い添えて、解散になった。


深夜、電話のベルが鳴って、飛び起きた。

受話器を取ると、女の人の叫び声が響いた。

「ああ！　助けて！　殺される！」

「名前を言ってください！」

「セリナよ、エルマー・フライの娘のセリナよ！」

エルマー・フライさんは、コールド・スプリングの東端に一家で住んでいる。

「落ち着いて、セリナさん！　今、どこにいるんですか？」

「うちよ、うちが大変な目に遭《あ》ったの！」

「ゆっくり、わかるように話してください」

「午前二時ごろ……ひどい悪臭と、犬の猛烈な吠え声で、家のみんなが目を覚ましたの。外から、くぐもった音で、ひゅうひゅうとか、ぴちゃぴちゃした変な音が聞こえてきた！　母さんがピーターに電話した方がいいと言って、父さんが、わかったって立ち上がろうとしたとき、突然、木がバリバリと引き裂かれるような音がしてきたの！　家畜小屋からだって、すぐわかったわ。だって……、悲鳴のような牛の鳴き声と、逃げるような蹄の音が聞こえてきたんですもの……!!　父さんがランタンに灯をつけて真っ暗な庭に出ていこうとしたのを、みんなで止めたの。だって、犬たちだってこんなに怯えて足元にうずくまっているんですもの。出ていったら絶対、殺されてしまうわ！」

「それで、どうしたんですか!?」

「母さんとすすり泣きながら、息を殺していたら……、牛たちの騒ぐ声がだんだん小さくなって……。呻き声に変わったころに、谷からウィップアーウィルの鳴き声が聞こえてきたのよ！　今の時期はいないはずなのに……!!　最後は、何か物が折られたり、潰されたり、打ち砕かれるような大きな音が響いてきて、それも暫《しばら》くすると静かになった。わたしたち、家族みんな居間に身を寄せ合って、最後の響きが遠ざかるまで待って……。やっと、今、わたしが電話をかけているの」

「わかりました。とりあえず、一番の危険は去ったと思います。夜が明けたら、ぼくが行きますので、家を出ずに待っていてください」

明るくなるのを待って、フライ家に駆けつけると、すでに村の人が集まっていた。

けれど、みんな怯えきっていて、現場を見ると口数も少なく立ち去った。


フライ家で詳細を確認して帰ると、ぼくはさっそくアーミティッジ博士に電話をかけて、報告した。

「巨大なものが通って、草木をなぎ倒したとしか思えない溝が二筋《ふたすじ》、コールド・スプリング渓谷からフライ家まで、刻まれていました。

地面は足跡だらけで……、敷地のすみの家畜小屋の壁が、抉《えぐ》られたように壊されてました。

残っていた牛は、わずか四分の一ほどで――、それもほとんどが無残に引き裂かれて死んでいた。生きている牛も、満足な状態ではなく、エルマーさんがすべて殺すしかないと、言ってました……」

「そう……。朝早くから、お疲れ様でした。こちらの実験は、今日中には、目途《めど》が立ちそうよ」

「あの白い粘液に対抗するものが、見つかったんですか！」

「ええ……まだ、完全ではないのだけど。どうしてもわからない部分もあって、そこはぶっつけ本番でいくわ！　でも、まだ色々と準備をしないといけないので、そちらに行くにはもう何日か、かかりそうなの」

「わかりました。できるかぎり、頑張ります！」

アーミティッジ博士の話は、まだ終わらなかった。

「ところで、今朝の『アーカム・アドヴァタイザー』紙の片隅に、ダンウィッチ村のことが載っていたわ」

「『アーカム・アドヴァタイザー』紙！　どうしてそんな大手に……」

「問い合わせて聞いてみたら、昨日、『アイルズベリー・トランスクリプト』紙にタレコミがあったそうなの。ルーサーの話とチョンシーの話、自警団がコールド・スプリング渓谷を見にいった話まで、あったそうだから、村の誰かが報《しら》せたのは、間違いないわ。

問題は掲載された内容よ。『アイルズベリー・トランスクリプト』紙の編集長が、ダンウィッチの奇妙な話はもうマンネリだってことで、面白おかしい記事にでっちあげたのよ。それをAP通信社が各紙に送り――『アーカム・アドヴァタイザー』紙の記者が、そのまま掲載したの。

この記事を見たライス教授とモーガン博士が、ショックを受けて、頭を抱えているわ」

「それで、それは、どんな記事だったんですか？」

「見出し文はこうよ。

〝ダンウィッチ村の密造酒造りが作りだしたのは、空前の化け物だった!?〟」

その言葉のあとに、受話器からはアーミティッジ博士のため息が聞こえてきた。

その日の午後、オズボーンさんの雑貨屋に何人かが集まって、今後の相談をすることになった。

「もう、この村だけで持ちこたえるのは無理だ……！　アイルズベリーかアーカムに救援を求めようじゃないか」

アール・ソーヤーさんが、そう提案した。

「そりゃあ、無駄なこった。家畜小屋が壊されて牛が殺されたってだけで、警察が動くとは思えねえ」

ゼカライア・ウェイトリーさんが反対したのを聞き、他のみんなも、「そうかもしれない」と、口々に言った。

「……センティネルの丘の頂で、祭祀《さいし》を執り行ったらどうだね？」

そう言ってみんなを驚かせたのは、ゼブロン・ウェイトリーさんだった

ゼブロンさんは、まだ堕落しきってはいない――かといって栄えているわけでもない、ウェイトリー家の分家の人だ。

「この土地に古くからある伝統を守れば、救われるかもしれん。昔、先住民が環状列石の円の中で祈りを捧げたというのは、みんなも知っているだろう」

この突拍子もない提案に賛成する人は、いなかった。

「やっぱり、昨日のようにバリケードで備えるしかないかねえ……」

「うちは、とりあえず近くの親戚同士集まって、一つ屋根の下で過ごそうかと思う」

「古いマスケット銃があるで、とりあえずそれに弾こめて、備えるつもりだ」

「おれんとこの武器といえば、干し草用の熊手しか思いつかねえ……」

どれも効果があるとは思えず、みんな、肩を落として帰っていった。

しかし、その日の晩は、地鳴りがしただけで、何事もなく過ぎ去った。

翌日、オズボーンさんの雑貨屋に集まった人たちの顔は、昨日よりは少し明るいものだった。

「もしかしたら、もう姿を消しちまって、現れないんじゃないか？」

「現れるのが急だったんだから、消えるのも急だって、おかしくないもんだ」

「もしかして、向こうもこちらを怖れているんじゃないか？　いっそ谷に先制攻撃を仕掛けたらどうだ？」

最後の意見は、さすがに賛成する声は上がらなかった。楽観視する人もいたが、ほとんどが、もう少し様子をみようという意見に落ち着いた。

「とりあえず、ウェイトリー農場に一番近いビショップさんと、コールド・スプリング渓谷に一番近いフライさんは、夜に異常がなかったか、これから毎朝、報告してください」

とアール・ソーヤーさんが締めくくって、会合は終わりになった。


夜になり、村の人たちはまたバリケードを築いたが、前夜に比べて、明らかに警戒心が薄れていたと思う。

そして、木曜日の朝、自警団のみんなが見回りに集まってきた。

「じゃあ、ビショップさんと、フライさんから、昨晩の報告をしてください」

アール・ソーヤーさんが促した。

「昨晩は……相変わらず、ウェイトリー農場からは悪臭が漂っていた。あと、遠くで微かに物音がして、犬たちが興奮して騒いでおった」

最初にビショップさんが報告した。

「うん、うちも同じだ。谷からは悪臭が漂い、物音がするたびに犬が騒いでおった。それ以上は、これといって変わったことはなかった」

フライさんの報告も、同じようだった。

「とりあえず、誰のところにも被害がなくて、良かったです。じゃあ、みなさん、見回りに行きましょう」

このまま何事もなく済んで欲しい……そう願っていたが、やはりそういうわけにはいかなかった。

センティネルの丘に続く道にさしかかったとき、誰かが声をあげた。

「あ、あれは、新しい足跡じゃないか!?」

指さした先の道路の両側の草木がなぎ倒されていた。

「でっかい化け物が、ここを通ったんだ！」

自警団のみんなに、一気に緊張が走った。

「とにかく……いまは、近くにいないようだから、もう少し、調べてみましょう」

ぼくは、怖れを振り払って、足跡に近づいた。足跡は……平行に二本あった。

「この跡の形を見ると、明らかに二本がそれぞれ逆を向いている。つまり、コールド・スプリング渓谷からやって来てどこかに向かい、また同じ道を戻ったってことだな」

オズボーンさんが、ぼくの肩越しに覗きこんで言った。

「ぼくも、そう思います。とりあえず、この跡を追ってみましょう」

跡を辿って丘の麓まで来ると、幅三〇フィートにわたって、草木がなぎ倒されていた。そしてその跡は、目の前の絶崖に向かって続いていた。

「あいつは……この崖を苦もなく登れるのか……！」

ぼくは、絶望的な驚きと恐怖で、思わず呟いた。

垂直にそびえ立つ目の前の崖にも……同じような跡がついていた。まるで、巨大なナメクジが這いあがったかのように……！

「ひとまず、迂回路にまわって、丘の上まで行ってみよう」

アール・ソーヤーさんの声に、みんな向きを変えた。


先を歩く人について丘を登り切り、目の前の光景を見たとき、ぼくはガタガタと震える体を止められなかった。迂回路がここに辿りつくとは……！

「ピーター、大丈夫か？」

オズボーンさんが心配して声をかけてくれた。

「こ、ここは、ラヴィニアさまとウィルバーさまが、五月祭前夜と万聖節《ハロウィン》の夜に儀式を行っていたところなんです……。昼間のうちに、この祭壇《さいだん》のようなテーブル状の石の側に、炎を焚くための薪を運んでおくように、ぼくは命じられていたんだ」

「ここであいつらは、地獄の業火《ごうか》を焚き、悍ましい儀式の祈りを唱えてたってことだ」

オズボーンさんの言葉に、ぼくはますます震えた。

「ここにも、あの酷い臭《にお》いの粘液が溜まっているじゃないか！」

アール・ソーヤーさんが、祭壇の少し窪んだ表面を指さして言った。

その粘液が続く崖の縁まで行って見下ろすと……、先ほどの崖の下だった。

「つまり……、ここがスタートだったのか！」

今まで、コールド・スプリング渓谷がスタートだと思っていたが、逆だったのだ！

「ああ、あの巨大な化け物が動き回る中心が、ここってことだ……」

オズボーンさんも横から覗きこみ、呟くように言った。

「しかし、怪物の動機はなんなんだ？　何が目的でここから現れ、うろつき回っているんだ？」

「……もしかしたら、ゼブロン爺さんの言うとおりかもしれんな……」

オズボーンさんが口にした疑問に、誰が答えたかはわからなかったけど、確かに常識や理性や論理で、目の前のことを説明するのは不可能だ。

「……ここでの調査は、これで十分だろう。とりあえず、みんな家に帰ろう」

うなだれて黙り込んでいたみんなに、アール・ソーヤーさんが号令をかけた。


その日の晩も、無事に朝が来ることだけを祈って寝床に入ったが、谷間のウィップアーウィルが鳴き続け、とても寝つくことができなかった。

午前三時――電話のベルがけたたましく鳴り、飛び起きた。急いで受話器に飛びつくと……、

「助けてくれ！　誰か……！」

「もしもし！　誰ですか!?　いま、どこですか？　……返事をしてください!!」

けれど、それっきり叫び声は途絶《とだ》え――物が壊れるような轟音《ごうおん》が響いた。

「もしもし！　もしもし!!」

ぼくは受話器を握りしめ叫び続けたが……、回線はもう切れていた。

「ああ……!!」

何か恐ろしいことが起こったのは、間違いなかった。

ぼくは頭を抱えて、その場に座りこんだ。

しばらくして、もう一度電話が鳴った。今度はアール・ソーヤーさんだった。

「ピーターか？　午前三時ごろ、おまえのところに、誰かから電話がなかったか？」

気がつけば、夜が明けていた。

「ありました！　助けを求めていて……でも、誰だかわかりませんでした」

「そうか……。あれは共同回線で、加入している村人全員の電話が鳴ったんだ。だが、相手がわかった者が、誰もおらん。それで、こうして順番にわしが電話をかけているんだが……、いまのところ、フライ家とだけ、連絡が取れん」

「フライさんのところと……！」

「一時間後、できる限り武装して、オズボーンの雑貨屋に集合することになっている」

「わかりました。待ってます」

一時間半後、ぼくたちはコールド・スプリング渓谷の端に辿りついた。

だが、そこあるはずのフライさんの家は……、影も形もなかった……。

そこにあったのは、草木がなぎ倒された跡……、卵の殻《から》が押し潰されたような家らしきものの残骸……、そして、怪物の足跡と悪臭を放つタール状の粘液……！

予想しなかったわけではないが、目の前の事実は、受け入れがたいほど辛いものだった。

「中を探せ！　誰か生きてるかもしれん」

村人たちが、残骸をかき分けて捜索したが、その中からフライ家の人たちを見つけ出すことはできなかった。

エルマー・フライさんの一家は――、このダンウィッチから完全に消失したのである。

とうとう、牛以上の被害が出てしまった。最も恐れている出来事が起こってしまったんだ……!!


オズボーンさんの雑貨屋に帰ってくると、奥さんが出てきた。

「ピーター、あんたたちが出てったあとすぐに、アーミティッジさんから電話があったわよ。これから車でこっちに向かうって。一時ごろには到着するって言ってたから、そろそろ着くんじゃない？」

そのあとすぐに、一台の黒い乗用車が到着した。運転席にはアーミティッジ博士が、後部座席にはライス教授とモーガン博士が乗っていた。

「アーミティッジ博士！　お待ちしていました……！」

「ピーター、一人でよく頑張ってくれたわ。――また、何かあったのね」

アーミティッジ博士は、ぼくや雑貨店に来ていた村の人たちの沈痛《ちんつう》な表情を見て、察したようだった。

「はい……。エルマー・フライさんの家が潰されて……、家族全員、行方不明なんです」

「そう……！　いままで事件があったところを実際に見たいわ。ピーター、車に乗って案内してちょうだい」

アーミティッジ博士が助手席に移り、ぼくは運転席に乗り込んだ。

車をスタートさせると、

「こんなに晴々《はればれ》とした良い天気だというのに、妙な丸い形をしたあの山々の山頂や、空に浮かぶ環状列石の影を見ていると、村全体が不吉な空気に包まれているような気がするよ……」

初めてダンウィッチを訪れたライス教授が、窓の外を見ながら不安げに呟いた。


そして、事件のあった場所を順番に回っていった。タール状の粘液にまみれたフライ家の残骸や、足跡の残る家畜小屋の周辺、傷のついたセス・ビショップの牛の死体、大きな帯のように草木がなぎ倒されている場所――。

だが、アーミティッジ博士が一番大きく動揺したのは、センティネルの丘についた足跡を見たときだった。

「これは……！　こんなことが起こり得るなんて……!!」

「博士、この足跡のつきかたに、何か意味があるんでしょうか？」

「あるわ――大ありよ！　まさか、こんなことが起こっていたなんて!!」

そう言うと、博士はしばらく、その祭壇の石を見入っていた。

オズボーンさんの雑貨屋に戻ると、もう日が暮れていた。待っていたかのようにオズボーンさんが出てきた。

「あのあと、アイルズベリーから州警察が到着したんだ。今回はさすがに人間が行方不明だってことで、ソーヤーが通報したらしい。

五人の警官たちが、今、フライ家の現場を見にいっている。戻ってきたら、あんたたちの話も聞きたいと言っていた」

「わかりました。ここで、待ちましょう」

アーミティッジ博士はそう答えたが、待てど暮らせど、警官たちは戻ってこなかった。

「何か、あったのかもしれません。わたしたちも、もう一度、フライ家に行きましょう」

フライ家の敷地《しきち》に着くと、潰された家の近くに、警察の車が一台乗り捨てられていた。——中には誰も乗っていなかった。

まわりには、心配した村の人たちも、すでに何人か集まっていた。

年老いたサム・ハッチンズさんが、何か思い当たったように、はっと青ざめた顔を上げ、隣に立っていたフレッド・ファーさんに囁くのが聞こえた。

「なんて、こった！　まさか、みんな下りてっちまうなんて……！」

「ハッチンズさん、どういうことですか？」

ぼくは、話しかけた。

「いや、昼間、わしのところに話を聞きに来たとき……、警官たちの一人が、谷に下りて調べてみたらどうだって言っているのが聞こえたんだ。だから、わしは絶対、谷には下りちゃなんねえって言ったんだ」

「まさか、この悪臭のする谷へ下りていったって言うんですか？」

「わしも、この不気味な足跡はついているし、下の暗がりからはウィップアーウィルの悍ましい声が聞こえてくる……、こんなところへ下りることはないと思ったんだが……」

だが、目の前の状況からは、それしか推測のしようがなかった。村の中に入れば、必ず村人の目につくはずだ。車をおいて村の外に出るとも思えない。そして、谷の下から、人の声はまったく聞こえてこない。

ここにいる誰もが、暗澹《あんたん》たる表情で谷底を見下ろしていた。


「さて、これ以上眺めていても、なにも解決はせん。みんな帰るんだ」

オズボーンさんが、みんなに声をかけた。

「今晩、わしらは、どうしたらいいんだ」

誰もが思っている不安だった。

「錠を――戸締まりをしっかり、するんだ。いつもどおりにな」

なぎ倒された木々や潰された家を見て、人の作った錠なんて、なんの意味もない……。そのことを誰もがわかっていたが、オズボーンさんに反論する声はあがらなかった。

村の人たちは肩を落として、それぞれの家へ帰っていった。

「わたしたちは残ります」

そう言ったのは、アーミティッジ博士だった。オズボーンさんが驚いて声をあげた。

「なんだって！　ここに残るっていうのか⁉」

「ここからまた、何か上がってくるかもしれないので、わたしたちが見張りに残ります」

「馬鹿なこと言うんじゃない！　こんなところに残ったら、命がいくつあっても足りやしねぇ！」

けれど、アーミティッジ博士の強い意思を見てとると、黙って背を向け、首を振りながら帰っていった。


みんなの姿が見えなくなると、ぼくは博士に訊ねた。

「アーミティッジ博士、見張り——ではなく、怪物を退治するつもりなんですね。みんなを怖がらせないために〝見張り〟と——」

アーミティッジ博士は、まるで女優みたいにウィンクして微笑んだ。そして、

「さあ、みなさん、準備に取り掛かってください！　ピーター、きみは、これがちゃんと点灯するか確めて！」

そう言って、ぼくに懐中電灯を投げてよこした。

ライス教授は、旅行鞄から害虫駆除《くじょ》に使うような噴霧器《ふんむき》を取りだし、動作の確認をしている。

モーガン博士は、猟銃用の大型ライフルのケースを車から下ろし、中の銃を取りだしたのだが……、それを見たアーミティッジ博士が、

「もう、あんな銃なんて……。物質的な攻撃は通用しないって言ったのに……」

とぼやくのが聞こえた。

アーミティッジ博士は、大きく息を吸うと、低い——地面を這うような声で、唱え出した。

「Negotium perambulans in tenebris.……と、あとはまだ覚えてないんだった」

ペロリと舌を出すと、ポケットから小さな紙を取り出し、

「ピーター、本番で、この紙を照らして」

なんだ……、練習だったのか。

「じゃあ、これで、みんな、待機しましょう」


その日の晩、丘の下では地鳴りが響き、ウィップアーウィルたちが威嚇《いかく》するようにけたたましく鳴き叫ぶ声が聞こえ、ぼくはそのたびに身を固くし、敵に備えていた。

ときおりコールド・スプリング渓谷から風が吹き上げてきて、ぼくには嗅ぎなれた悪臭を運んできた。

「この臭いは——あれだな、一五年半のあいだ、人間として過ごしてきた化け物が死んだときと同じ臭いだな」

そうか、モーガン博士がこの臭いを嗅ぐのは、あのとき以来か……。

でも、その言い方は、ぼくには複雑な思いだった。確かにあの姿を見れば、化け物と言うのも仕方ないのはわかっている……。

でも、生まれたときから下半身を見ることがなく、成長を見守ってきた——そのスピードが異常だったとしても——ぼくにとっては、ラヴィニアさまが愛《いつく》しんだウェイトリー家の坊ちゃんだった。

――化け物はなかなか姿を現さず、時間がどんどん過ぎていった。

「いっそ、谷に下りて先制攻撃をしかけては……？」

そう言ったのは、ライス教授だった。あの噴霧器が、よほどの自信作なのか……？

モーガン博士は明らかに、ぎょっとした表情だった。

「化け物が……わたしたちの様子を窺《うかが》っているとしたら、この暗闇《くらやみ》の中、谷に下りるのは危険だわ」

その言葉に、モーガン博士はほっとしたようだった。

とうとう夜が明けていき、不気味な音もおさまり、あたりはしん、と静まりかえっていた。

昨日の晴天とはうってかわった曇り空で、霧雨《きりさめ》が降ってきた。

「とりあえず、あそこのフライ家の納屋で雨宿りをしましょう」

ぼくたちは、移動した。

「ううっ！　寒い！」

モーガン博士が、ぶるっと身体を震わせた。確かに、どんどん身体が冷えてくる。

「アーミティッジ博士、北西の山の上の雲がどんどん厚くなっていきます。このまま雨が強くなりそうだ。やはり、今のうちに谷を下りた方がいいのでは……」

「なにを言うですか、ライス教授。それこそ戦っている間に雨が強くなったら、どうするです。その噴霧器は、雨の中でも使えるのですか？」

ライス教授の意見に、モーガン博士が猛然と反対した。

こんなときに不謹慎だけど、ライス教授の方が年上なのに武闘派で、まだ若いモーガン博士が慎重派というのが、なんだか面白かった。

そうこう言っているうちに、どんどん雨がひどくなり、どしゃ降りになってしまった。

地平線の彼方で響いていた雷鳴がどんどん近付き、真っ暗な空に、二又《ふたまた》の光が走った。

そして……ドーン！

「この呪われた谷間に、雷が落ちたみたいですね……」

ぼくは、雷が鳴るたびに山を彷徨《さまよ》ったラヴィニアさまを、ぼんやり思い出しながら呟いた。雷が光るたびに銀色の髪が輝いて、見とれるくらい綺麗だったのを——。

「この嵐が一時的なもので、早く通り過ぎてくれるといいんだけど……」

アーミティッジ博士も、もどかしそうにそう言った。

そのまま一時間ほど過ぎたころ、まだ空は薄暗かったが、下の道からあわてふためく人たちの騒ぎ声が聞こえてきた。慌ててぼくたちが外へ出ると、一〇人以上の人たちが、叫びながら走ってくるのが見えた。中には半狂乱に泣きじゃくっている人もいた。

「みなさん、落ち着いて！　何があったんですか⁉」

すると、ゼブロンさんがやっと息を整えながら、

「大変だ！　大変なことが起きたんだ！　また出たんだ‼　今度は夜が明けてから、出てきたんだ。いまも、動いてる！　あんなものがこの世に存在するとは……！　みんな、殺される‼」

ライス教授とモーガン博士が凍りつき、顔色が真っ青になった。

とうとう、怪物は昼間も動くようになってしまったのか……‼

「もう少し、詳しく教えてください」

アーミティッジ博士が、絞りだすような声で言った。

ゼブロンさんが息を詰まらせたので、隣の人があとをひきついで言った。

「一時間くれえ前に、ここにいるゼブロン・ウェイトリーの家の電話のベルが鳴ったんだ。分かれ道のところに住んでる、ジョージ・コリーの女房からだった。

手伝いの小僧のルーサーが、でっかい雷が落ちたんで、嵐を避けて牛を追い立ててたら、渓谷の入り口の両側の木が、全部なぎ倒されているっていうんだ！　月曜の朝に大きな足跡を見つけたときと同じ、ひでえ臭がしたってんです。

そのとき、ひゅーひゅーぴちゃぴちゃと、普段絶対聞かねえ音がしたかと思うと、急に道に立ってる木が片側に押し曲げられて、ものすげえ音がして泥濘《ぬかるみ》の泥がはねたってんですよ」

「他には——、何か他のものは見なかったですか？」

「ルーサーは、それしか見なかったらしいんだ。

その先の、ビショップ川が道の下を流れている橋の上まで来たとき、何かが歪んで軋むような怖ろしい音が聞こえたってんだ。それは、木が裂けて、砕ける音のようだったらしいが、このときも、木や灌木が曲がるのを見ただけで、ひゅーひゅーという音がどんどん遠くへ——ウェイトリー家が妖しい儀式をやってたセンティネルの丘の方へ——去っていったらしい。

ルーサーのやつ、大した勇気があるもんだ。そのあと、最初に音が聞こえた渓谷の入り口に行って、地面を調べてみたってんですよ。

一面、泥水が溜まっていて雨もひどかったから、なにも残ってないかもしれんと思ったそうだが、やっぱりあったそうだ。ルーサーが月曜に見たのとおんなじ、大樽くれえの大きさの恐ろしい足跡が……！」

やっとゼブロンさんの息がおさまって、また話し出した。

「問題はこっからだ。おれがオズボーンの雑貨屋で、このことを村のみんなに話してると、また電話がかってきたんだ。ちょうどオズボーンが納屋へ行ってたんで、俺が電話を取った。するとセス・ビショップんとこの家政婦のサリーの、いまにも死にそうな声で聞こえてきたんだ！道端の木が次々にへし折られていって、まるで鼻を鳴らした象が首を振って、足踏みしながら近づいてくるようだって。それから急にひどい臭いがするって言い出して……。電話の横で息子のチョンシーが、『月曜日にウェイトリー家の廃墟で嗅いだのと同じだ！』と騒いでいる声や、犬が狂ったように吠えたり唸ったりする声も聞こえてきた」

ここで一度、息をついて黙りこくった。他の人も、誰もなにも言わなかった。

ゼブロンさんが、まるで言いたくないことを無理やり言わされるような顔をして、口を開いた。

「そのあとサリーは、ものすげえ悲鳴をあげたんだ。道のむこうにある小屋が、まるで嵐に吹き飛ばされたみたいにぺちゃんこになったって——。だが、そのとき窓の外を見たが、そんなに大した風は吹いちゃあいなかった。

おれのうしろで、みんなが耳をすましていた。電話の向こうでは、ビショップの家のもんが騒いでいる声も聞こえてきた。

突然、サリーがまた悲鳴をあげて、前の庭の柵が壊れたっていうんだ。何が壊したのか、影も形も見えないって……。後ろから、チョンシーやセス爺さんの悲鳴も聞こえてきた」

ここにいる人は、みんなその電話がかかってきたときに、オズボーンさんの雑貨屋にいた人たちなんだろう……。誰もが、これまで見たこともないほど悲痛な顔をしていた。

「それから、何か重たいものが、何度も家にぶつかってくるって、サリーが泣きじゃくった。だが、窓から外を見ても何も見えない……と。おれたちは、なにがなんだかわからなかったが、ビショップ家の恐怖だけは手に取るようにわかったよ……！」

ゼブロンさんは震えながら続けた。

「それから……それから、サリーが泣きながら、『助けて！　殺される！』って叫んで……！　電話口からは、物が叩き潰されるような凄まじい音と、家中のもんの悲鳴が聞こえて……、それっきり、それっきり!!」

そこまで言うと、ゼブロンさんは嗚咽《おえつ》で声を詰まらせ、泣きながらうずくまってしまった。

「エルマー・フライ家と同じことが起こったようね」

アーミティッジ博士が、静かに言った。

「うしろで電話を聞いていたおれたちは、車や荷馬車で、できるかぎりの男手を集めて回った。それで、このあとどうしたら一番いいかを、あんたたちに教えてもらおうと思って、やって来たんだ。

神さまは、おれたちの罪を裁こうとしているのでもなければ、不幸な運命にあるおれたちをこのまま見捨てることもしないと、おれは信じている」

そう言ったのは、オズボーンさんだった。

怯えた表情を浮かべているみんなに、アーミティッジ博士はきっぱりと言った。

「あの怪物の跡を、追わなければなりません」

そして、聖母のように優しく微笑んだ。

「わたしには、あの怪物の動きを封じる手立てがあります。

ウエイトリー一家が妖しげな魔術を行っていたのは、みなさんもご存じだと思います。あの怪物は、魔術による産物であり、同じく魔術によってしか、消し去ることができません。

わたしはウィルバー・ウェイトリーの日記や、彼がよく読んだ奇怪な古書の幾冊かを徹底的に調査しました。その結果、あの怪物を消すための呪文に辿りつきました。

残念ながら、まだ百パーセントの確信にはいたっていませんが、勝算はあります。

そして、あの怪物は――人の目に見えません」

ここで、みんなが大きくどよめいた。ぼくも、声が出ないほど驚いた。

まさか、まさか、怪物が――、透明だったなんて！

「だからルーサーにも、サリーにもなにも見えなかったのか……！」

「そんな、透明な化け物と、どうやって戦うんだ！」

「そうだ！　見えないものと戦う方法なんてあるのか!?」

村人たちが怯えて、口々に叫んだ。

アーミティッジ博士は、静かに話し続けた。

「あの怪物が透明であろうことは、わたしはすでに前から、想像がついていました。

この、遠くまで吹きつけることができる噴霧器の中の粉が、ほんの一瞬ですが、怪物の姿をこの世に見せることができます」

隣でライス教授が、噴霧器を取りだして、みんなに見せると、「おお！」というどよめきが起こった。

「あの怪物は大変恐ろしいものですが、ウィルバーがもし長く生きていたら、もっと危険で邪悪なものを呼び寄せていたでしょう。

あなたたちは――、いえ世界中が、大きな危機から免《まぬが》れることができたのです。いま、わたしたちが闘わなければならない相手は一匹だけで、これ以上、増えることはありません。

しかし、この怪物も、わたしたちの生命を脅かす危険な存在であることは、みなさんもご存じのとおりです。いまこそ、この怪物を退治しなくてはいけません！」

村の人たちは暫く、黙りこんでいた。思わぬ怪物の正体を知って、怖れ慄《おのの》くのも無理はなかった。

「わかりました。われわれもできる限りの協力をしましょう。それで、どうしろとおっしゃるんで？」

そう言って前に出てきたのは、アール・ソーヤーさんだった。

「怪物が動いた跡を追います。まずは、たったいま、壊されたビショップ家に向かいましょう」

「セス・ビショップのとこへ行くには、そこの下にある牧草地を横切って、小川の浅瀬を渡り、キャリアーの草刈り場と林を抜ければ近道だ。セスの家のすぐ近くの、上の道路に出られる」

そう言ってソーヤーさんが、汚れた指で前を示した。その指先で、雨が小降りになっていた。

アーミティッジ博士たちは指示された方向に歩きはじめ、ほとんどの村人が、ゆっくりとあとに続いた。

空はしだいに明るくなっていき、嵐もおさまっていた。

戦う手立てがあるというアーミティッジ博士の言葉を聞き、村の人たちの眼には、勇気と自信が甦ってきていた。

近道の後半は、薄暗く木々が生い茂った、崖のように急な斜面が待っていた。奇怪な形の古木が横たわり、その間をやっとのことで、よじ登っていった。

ぬかるんだ道に出ると、太陽が姿を現した。

セス・ビショップの家はすぐ側だったが、押し曲げられた木々や忌まわしい跡によって、何が通ったかは明らかだった。

道を曲がってすぐに廃墟が現れ、その調査は数分でおわった
ビショップ家の崩れはてた家屋と納屋のどちらにも、生死を問わず、何者も発見することはできなかった。フライ家と同様に——。

悪臭とタール状の粘液に目を背けて、悍ましい足跡を辿ると、その方向は破壊されたウェイトリー農場と、祭壇の石が頂上にあるセンティネルの丘に向かっていた。

「あの農場を通るのか……！」

誰かが、怖ろしそうに、そう呟いた。

足跡はウィルバー・ウェイトリーが生活していた納屋のすぐ横を通っていた。村の人たちは、体を震わせ、高まっていた勇気もしぼみかけていた。

「家ほどもある巨大な怪物を追いかける——しかも、それが透明で見えないときてる——なんて、冗談でもありえねえ」

「そいつが、誰に対しても見境なく襲ってくるほどの、邪悪なもんだっていうんだから、ますます怖ろし

い話だ」

　不安を紛らわすように、そう口にする人もいた。

　センティネルの丘の麓まで来ると、足跡は道から逸《そ》れていた。

「前にこの崖を怪物が上り下りした跡に沿って、新しく木々が倒れてるじゃないか」

「つまり、またここを登っていったってことね……！」

　誰かの言葉にアーミティッジ博士が応え、小型望遠鏡を取りだして、目に当てた。

「ふん……！」

　アーミティッジ博士は、片頬をゆがめて鼻を鳴らし、望遠鏡をモーガン博士に手渡した。

「ぎゃああ‼」

　モーガン博士はしばらく眺めていたあと、鋭い声をあげ、望遠鏡をぼくに渡し、斜面の一ヵ所を指差した。

　ぼくは……こみ上げる言葉を飲みこみ、隣で心配そうな顔をしているアール・ソーヤーさんに渡した。

　ソーヤーさんは、初めての光学機器に手間取っていた。ぼくが、レンズの焦点を合わせるのを手伝い、焦点があった瞬間、ソーヤーさんは、モーガン博士より大きな声をあげた。

「何てことだ‼　草や灌木が動いてるじゃねえか！　何も見えねえのに、草や灌木だけが倒れていく……。つまり……あいつが登ってるんだ！　ゆっくりと、這い登ってる。頂上まで行くつもりだ。あいつの目的はいったい、何なんだ！」

その言葉に、いっしょにいた村の人たちが、一気に動揺《どうよう》した。

怪物を追ってはいたが、実際にその存在を目《ま》の当たりにしたときの恐怖は、想像以上だったのだろう。

「アーミティッジ博士、博士が解読した呪文は、本当に効《き》き目があるんですか？」

「万が一効かなかったら……、そのあとはどうするんですか？」

村の人たちから次々に、質問が飛んだ。

「今、ここで確たるお返事はできません。私たちを信じていただくしか……」

アーミティッジ博士の言葉に、みんなはますます不安を募《つの》らせていくようだった。

自然界に存在するものの法則と、その概念からかけ離れた禁断のものの存在の間で、みんなの理性が大きく揺さぶられていた——。

## 7 終焉《しゅうえん》

突然、アーミティッジ博士がぼくの方を向き、両肩に手をおいた。

「ピーター、お別れよ」

一瞬、何を言われたのか、意味がわからなかった。

「この望遠鏡をおいていくから、ここでみんなと、私たちの様子を見守っていてほしいの」

「そんな……！　ぼくも行きます！」

まるで、永遠の別れのような響きに驚き、ぼくは、声を張り上げた。

「いいえ、あなたの役目はここまで――いいえ、ここで、最後にあったことをしっかり見届けることが、大切なことなの。大丈夫、――遠い未来でちゃんと会えるから」

そう言って、アーミティッジ博士はウィンクし、ぼくに望遠鏡を握らせた。

ぼくは茫然として、何も言えなかった。ぼくも――ぼくも、一緒に行って、これまでしたきたことの責任を取りたい、アーミティッジ博士の手伝いがしたい――そう言いたかったのだけど……。

アーミティッジ博士は村の人たちに、

「みなさん、我々はこれから怪物を退治に、丘へ登ります。みなさんはここで待機していてください。幸いなことに、怪物の動く速度はかなりゆっくりです。そう時間がかからずに、追いつけると思います」

アーミティッジ博士、ライス教授、モーガン博士は、村の人たちに背を向け、目の前の斜面を登りだした。

村の人たちは、三人の凛《りん》とした横顔に尊敬と期待を込めながら、黙って見送った。

三人が出発すると、ぼくは気を取り直して、村のみんなに望遠鏡の使い方を急いで教えた。

望遠鏡を覗くと、急な斜面を、三人ともかなり苦戦して登っていた。その先では、透明な何かが、草木をなぎ倒しながら、ゆっくりと、明らかに上へ登っていた。

「博士たちが進路を変えたみたいだ！」

暫くして、望遠鏡を見ながら、そう叫んだのは、カーティス・ウェイトリーだった。彼は、没落していない、数少ないウェイトリー家の分家の人だ。ぼくと同い年で、ウェイトリー農場で働いているときから気さくに話しかけてくれる、数少ない友人だった。

「怪物が通った道をそれて、その少し先の小高いところへ向かっているようだ」

次に望遠鏡は、ウェズリー・コリーの手に渡った。しばらくすると、

「カーティスの言うとおりだ！　怪物は丘の頂上に到着したようだ。そして――博士たちも、怪物が見下ろせる、少しさきのところに到着した！

あ！　いま、ライスさんが、噴霧器を取りだした!!　アーミティッジ博士が何か調節しているみたいだ……。何かが起きそうだ！」

村の人たちは、一斉にどよめいた。

「怪物なんて、とても見たくない！」

そう言って、顔を手で覆う人もいたが……。

ぼくも、あの噴霧器で怪物が姿を現すことを思うと、身体が震えずにはいられなかった。

「おれに貸せ！」

そう言って望遠鏡を奪ったのは、カーティスだった。そして、レンズを目にあてると、

「ライスさんが、噴霧器を構えた！　タイミングを狙っているみたいだ……!!　噴いた……！」

ぼくたちも必死に目を凝らすと、頂上近くに、少なくともビル一つ分はありそうな、大きな灰色の雲が、一瞬だけ見えた。

と思ったとき、カーティスが耳をつんざくような悲鳴をあげ、足首まである道のぬかるみのなかに望遠鏡を落としてしまった。

「どうした！　カーティス！」

ぼくは、倒れかけたカーティスを、急いで抱きとめた。

「ああ、ああ、何てことだ……あれは……あれは……！」

「カーティス！　何を見たんだ！　教えてくれ」

カーティスの様子に、みんなが興奮して問いただした。

「納屋…よりもでかい……。すべてがのたうつロープで出来てるみたいだ……。形は鶏の卵に似ているが、信じられねえほど、でかい……！

それでもって、大樽みたいな足が、何十本もある！　そいつの半分が……歩くたんびに……。固い部分はどっこもねえ……！　全身がゼリーみたいだ。何本もの波打つロープを一つにまとめたみたいだ。

身体中に突き出たでっかい目がついてる……。

大きなストーブの煙突みたいな筒が……ありゃあ、口なのか、胴なのかもわからねえ。形は胴みたいだが、揺れるたびに、口みたいに閉じたり開いたりしやがるんだ……！

全身の色は灰色で——青とも紫ともつかない輪が模様のようについてる。

そして……ああ、神様！　あいつのてっぺんには顔がついているじゃないか!!」

かすれた声で、呻くようにここまで話すと、カーティスは気を失ってしまった。

聞いていた村人たち全員が、ぶるぶると震え、青ざめていた。

フレッド・ファーさんとウィル・ハッチンスさんが、カーティスを道路の脇に運び、湿った草の上に寝かせた。

ヘンリー・フィーラーが泥の中から、望遠鏡を拾い上げ、汚れを丁寧にぬぐった。そして、震える手で、レンズを目に当てた。

「ヘンリー、何が見えるんだ？」

オズボーンさんが急かした。ヘンリーは急いで焦点を合わせると、

「……怪物の姿はもう見えねえ。博士たち三人が、丘の頂上を目指して、かなり急な斜面を駆け上ってる」

――そのとき、背後の深い谷、目の前のセンティネルの丘の灌木から、無数のウィップアーウィルの悍ましい鳴き声が聞こえてきた。

「あいつらは、不吉な予知と悪魔のような期待を、鳴き声に乗せて歌ってやがるんだ……」

誰かが吐き捨てるように呟いた。

次に望遠鏡を手にしたのはアール・ソーヤーさんだった。

「三人が、頂上に連なる尾根に立っている。祭壇の石とおなじ高さだが、かなり距離を取ってる。

――一人が、一定のリズムで、何度も両手を頭の上にあげている！」

すると、遠くからかすかに、音楽のようなメロディが聞こえるような気がした。両手をあげる仕草に合わせて祈りを捧げているのかもしれない……と、思った。

「呪文を唱える声が聞こえないか？」

フィーラーも、望遠鏡を取り戻しながら、そう、ぼくに囁いた。

その一方でウィップアーウィルの鳴き声が。ますます激しくなる。

「あいつら、狂ったように鳴きやがって……！」

ソーヤーさんが舌打ちした。

突然、さえぎる雲もないのに、太陽の光が弱まった。

「おい、雲もないのに日が翳《かげ》るなんて、おかしいじゃないか。待て……この唸るような音はなんだ？　地面から響いてくる⁉」

「いや、それだけじゃない！　空からも、地面からの響きに合わせて妙な音が聞こえてくる！」

村の人たちは完全に動揺していた。

そこに突如、稲妻が閃《ひら》いた！　あまりの眩《まぶ》しさにぼくは目を覆った。

また嵐が来た⁉――と空を見渡したが、そんな気配はまったくなかった。

フィーラーがもう一度、望遠鏡を構えた。

「今度は――三人とも両手を上げたり下げたりしている！　やっぱり、呪文を唱えているんだ」

さらに、どこか遠くの家の犬が、狂ったように吠えたてる声が聞こえてきた。

太陽の光はますます異様な輝きに変わり、ぼくは驚いて地平線に目を向けた。

紫色がかった暗闇が青空を覆い、靄《もや》のように丘の頂上へ迫っていった。他の人たちもすぐに気づいて、その靄を不安げに見つめていた。

再び、稲妻が光った。光はさっきのものよりも眩しく、祭壇の石の付近に立ちこめる紫色の靄を照らした。

ウィップアーウィルが激しく鳴き続ける。

村の人たちは張り詰めた表情を浮かべ、身を固くして、丘の頂上を見つめ続けた。

突如、太くて低い、嗄《しゃが》れてぞっとするような声が聞こえてきた。

「なんだ……この怖ろしい、唸るようなでっかい声は！」

耳を抑え、この場から逃げ出したくなるほど、不気味で怖ろしい、超低音の鋭い声だった。他の人も口々に叫んだ。

「これは……そもそも、声といっていいのか……！　人間の喉から発っせられてるとは思えん！」

「聞くだけで、気が狂いそうだ！　頭に……心に直接響いてくるようだ!!」

「だけど……、この途切れ途切れの間の音は……、〝言葉〟にしか聞こえない……！　もしかして——丘の上の怪物が唱えているのか……」

丘の上の——透明の怪物も、何かを唱えている。それは雷が轟《とどろ》くよりも、地鳴りが響くよりも大きな音だった。

いったい、なんのための呪文なんだ!?　それは、何か恐ろしいことの前触れとしか思えなかった!!

「イグナイィ………イグナイィ………スフルスクングァ………ヨグ＝ソトース……」

虚空から、不気味で身の毛のよだつような声が聞こえてくる……！

「イブスンク……ヘイエーン……グルクドルフ……」

ここで、怖ろしい声が一瞬途切れた。微かにたじろいでいるような気配が漂う……。祈りの邪魔をする何かが現れたのか？

「ヘンリー、何が見えるんだ⁉」

ぼくは、望遠鏡を持っているヘンリー・ウィーラーに叫んだ。

ヘンリーは、望遠鏡に目をこらし、

「……変わらず、博士たち三人のシルエットしか見えない――あ！　三人の動作が変わった！　さっきより激しく腕を動かしている――呪文が最後に近づいたような雰囲気だ」

しかし、一度途切れた声が、また聞こえてきた。

「ああ！　神よ！　この……雷のような言葉は……測り知れないほど深い――恐怖という感情を湛《たた》えた暗黒の井戸から聞こえてくるのか……！　それとも、遥か古来より伝わる外宇宙の意識の深淵から、響くのであろうか」

ゼブロンさんが、祈るように囁いた。

そして、怖ろしい唸り声は、さらに力を増したかのように続いた。

「エー・ヤァ・ヤァ・ヤァ・ヤハアァ――エヤヤヤヤアアア……ング・アアアアア……ング・アアアア」

それは……、だんだん、人の言葉に近づいていったのだ‼

「**タ……タ……助けて！……助けて！　ト……ト……トウ……父さん……ヨグ・ソトース‼…………**」

人びとはどよめき、悲鳴をあげ……泣きだし……蹲《うずくま》り、誰もが恐怖に震えた。

丘の頂上の石の祭壇から、虚空《こくう》を引く裂くような唸り声が響き――そして、

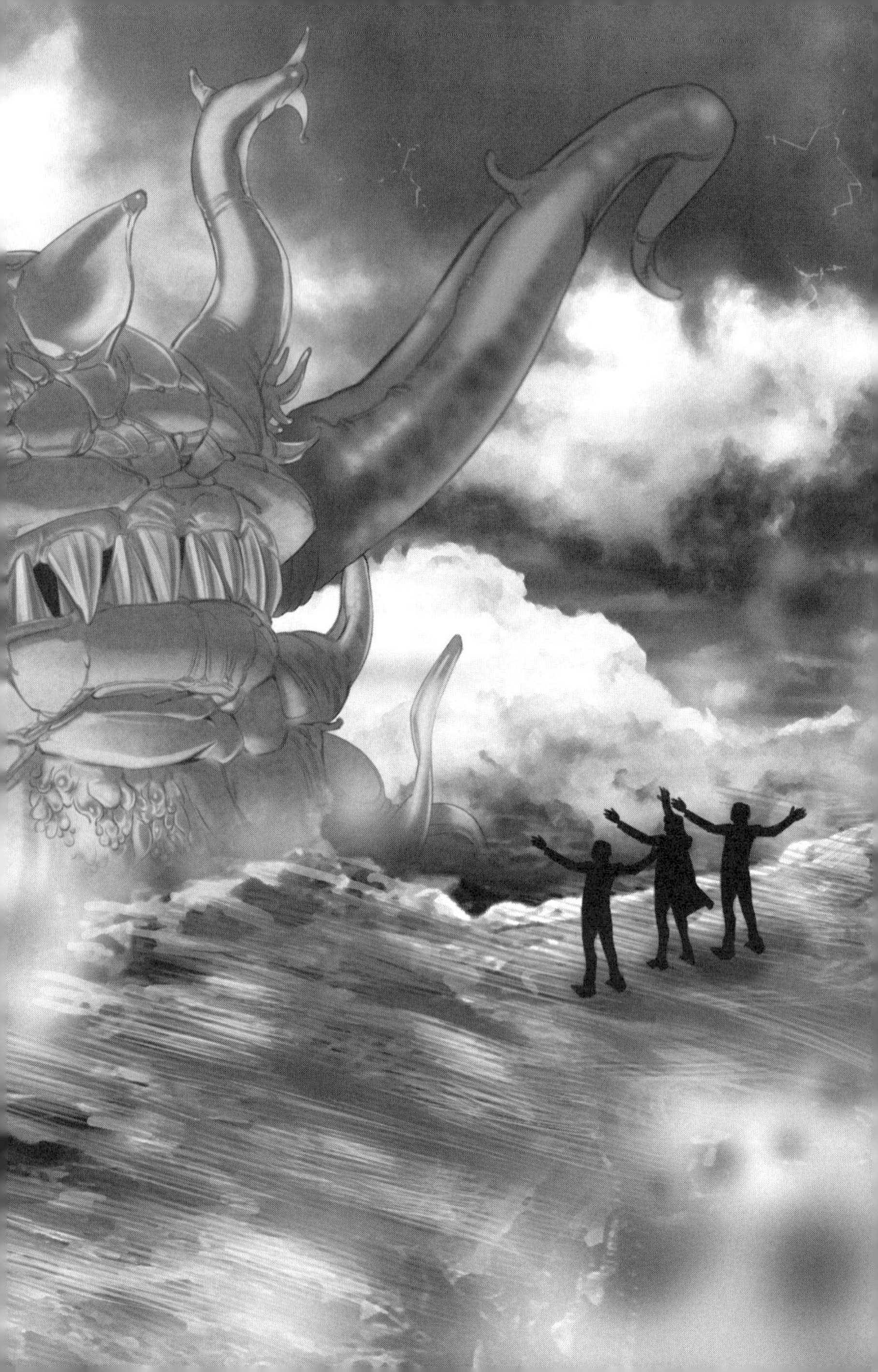

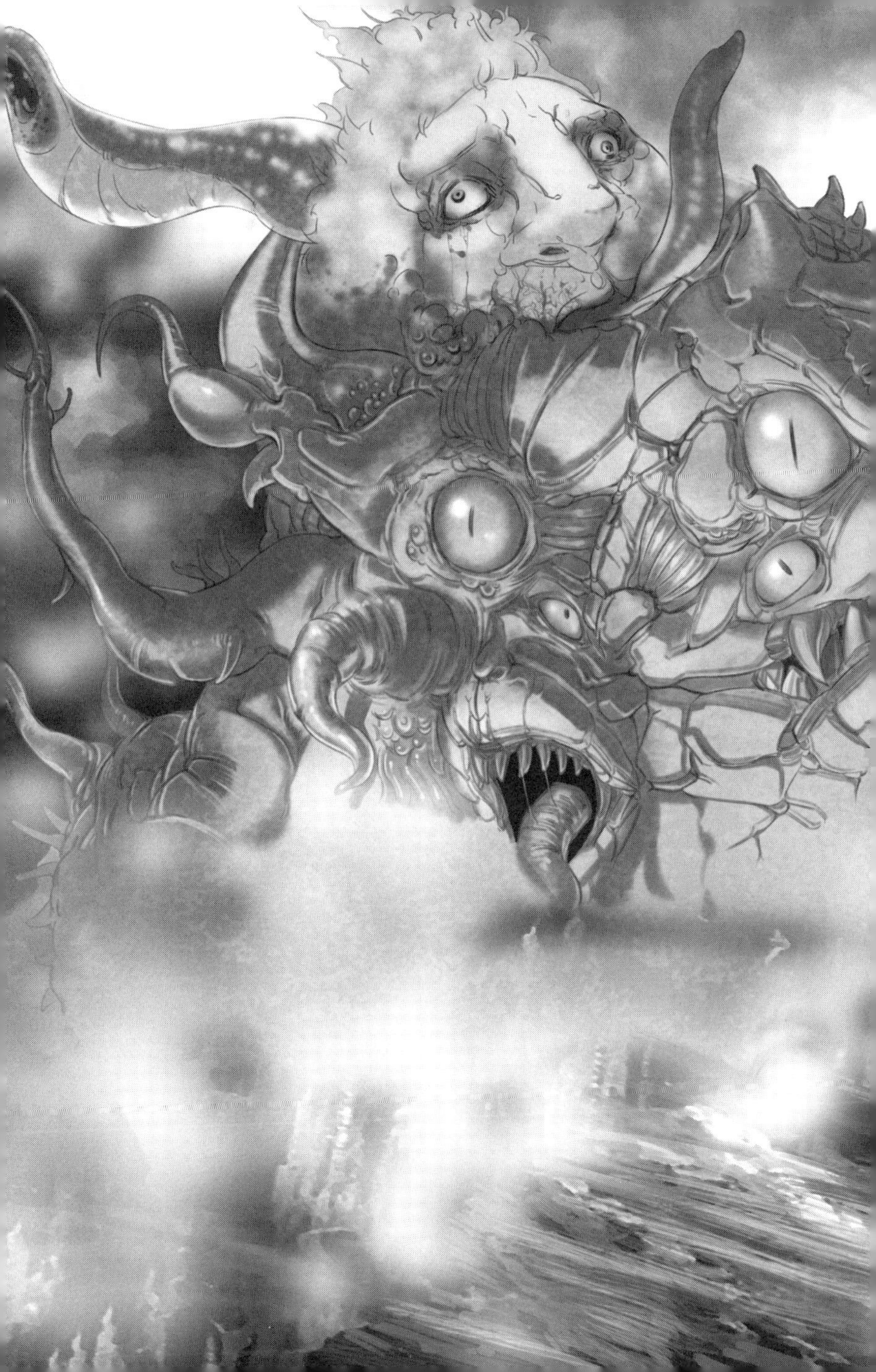

バアァァァーーーンン

それは、耳をつんざくような、凄まじい轟音《ごうおん》だった。

天地が震え、山が吹き飛ばされたかのような爆音に、みんなが耳をふさぎ、身を固くした。

ふと空を見上げると、紫の天頂から祭壇に向けて、一条の稲妻が走った。

まるで目に見えない力が、丘の上から雪崩《なだれ》となって押し寄せたかのように、あたりに悪臭が下りてきた。

木も草も灌木も、嵐に揉《も》まれたかのようになぎ倒され、緑の草や葉が、見る見るうちに萎《しな》びて枯れ、茶色に変色していった。

悍ましい悪臭は、窒息するかと思うほど苦しく、ぼくは、うめき声を上げながら、地面に倒れ込んだ。


どれだけ、時間が過ぎたかわからないが——もしかするとほんの短い間だったかもしれない——、気がつくと悪臭が消え、みんな起き上がり始めた。

カーティスが望遠鏡に目を当て、叫んだ。

「下りてくる！　博士たちが下りてくるぞ！」

麓から丘を見上げていると、小さな三つの影がだんだん、人の見分けがつくほど大きくなり、ぼくたちに近づいてきた。ぼくは、晴れ渡る空と輝く日の光を背に下りてくるその三人を見て、あまりの驚愕《きょうがく》に呆然とし、立ちあがることもできなかった。

麓についた三人は、厳《おごそ》かな様子で、口を固く閉じていた。その表情は、ほんのさっきまでの凄まじい体験と記憶を反芻《はんすう》しているようだった。

村の人たちは、何が起こったのか、口々に質問した。

「怪物は、消え去りました——永久に」

先頭を歩いていた、白髪の厳《いか》めしい表情の老人が、口を開いた。

「あの怪物を構成しているもの——物質の世界に置き換えると、〝分子〟レベルまで分解したので、もう二度とこの世に存在することはないでしょう」

みんなから、安堵のため息が漏れた。

老人は続けた。

「あの怪物は、この世界のものではありませんでした。あの怪物を構成するものの中で、わたしたちの知る物質は、ほんの一部しかありませんでした。あれは——極めて、父親に似ていました。あれを形作っていたものは、父親のもとへ還《かえ》っていきました。物質によって形成されるこの宇宙の外、人間にとっては知ることのできない次元、闇の深淵に——。

その漠《ばく》とした深淵から父親を呼び出すために、ウェイトリー一家は、もっとも冒涜的で悍ましい儀式を、この丘で行ったのです」

暫《しば》しの間、村の人たちは沈黙した。その沈黙を破ったのはカーティスだった。

両手で頭を抱えてしゃがみこみ、うめき声をあげた。

「ああ……おれは、なんてものを見ちまったんだ……。あれが、あれが、頭から離れねえ！　あの顔……

あの一番上に乗っかっていた顔……、赤い眼に縮れた白子の毛があって、顎が細いところも、ウェイトリー家のやつらにそっくりだった……。

蛸《たこ》みたいで……、百足《むかで》みたいで……、蜘蛛《くも》みたいで……化け物だってのに、天辺《てっぺん》の顔が人間に──、ウェイトリー家のもんに似てるなんて……、どういうことなんだ！　しかもその顔だけで、何ヤードもあるほどでかいんだ……!!」

それはつまり……ぼくは怖ろしい事実を想像し、怖ろしさのあまり身体が震えた。

村の人たちも怯えた表情で、カーティスを見つめた。

年老いたゼブロンさんが、思いついたかのように口を開いた。

「一五年まえのことじゃったが──確か、ウェイトリー爺さんがこう言っていたはずだ。

『いずれラヴィニアのこどもがセンティネルの丘の上で、父親の名前を呼ぶ日が来るだろう』と……」

その言葉を遮《さえぎ》り、みんなの怖ろしい想像を振り払うかのように、オズボーンさんが博士たちに質問した。

「あの怪物は──簡単にいうと、何だったんです？　ウィルバーはどんな妖しい魔術で、あれを空から呼び寄せたんですか？」

白髪の老人は、一度固く口を閉じ、これ以上ないくらい注意深く言葉を選ぶように、口を開いた。。

「あの怪物は──そうですな、簡単にいうなら、われわれの宇宙には属さない〝力〟そのものです。その力は、われわれが存在するこの自然界の法則には捉《とら》われず、異なる法則にて行動し、成長し、自らの姿を形作る。

　このような力を外宇宙から呼びだすなど、決してすべきことではありません。

　けれど、古来より、きわめて邪悪な心をもった者と邪悪きわまりない宗派《しゅうは》だけが、この力を呼びだそうと、忌まわしい儀式を繰り返してきました。

　この力を、ウィルバー・ウェイトリー自身が持っていました。だからこそ、あのように悪魔のように早熟で、その姿形は悍ましく、死にゆくときも怖ろしい死に方だったのです」

「これから、あんたたちはどうするんだ？　おれたちは、どうしたらいいんだ？」

「わたしは、ウィルバーの呪われた日記を焼却するつもりです。

　あなたがたもできるならば、センティネルの丘にある祭壇のような石と、ほかの山頂に立つ環状列石をすべて、ダイナマイトで爆破してください。ああいうものがあるからこそ、あのウェイトリー家が怖ろしい儀式を行ったのです。

　ウェイトリー老人とラヴィニアがどこまで理解していたか、今となっては定かではありませんが――、二人は悪しき存在に形を与え、人類を絶滅の危機に陥《おちい》らせたのは、明らかです。彼らは、計り知れない目的を持ち、地球そのものを誰も知らない悪夢の深淵に、導こうとしたのです」

「それと、あの怪物と、どういう関係があるんだね？」

　オズボーンさんは続けて訊いた。

「あの怪物は――、来《きた》るべきときに、重要な役割を担っていました。ウェイトリー家はそのために、この怪物を養っていたのです。

　この怪物は、ウィルバー以上の速さで成長しました。それは、この怪物が、ウィルバー以上に外宇宙の要素を備えていたからです。

オズボーンさん……、残念ですが、あの怪物はウィルバーが空から呼び寄せたものではありません。あの怪物は――彼は、ウィルバーの双子の兄弟です。そしてその姿は、父親にずっとよく似ていたのです」

この言葉に、誰も凍りつき、口を閉ざし、立ち尽くした。


老人は、村の人たちを見渡すと、ぼくの側にやってきた。

「さあ、ピーター、帰ろう。アーカムへ」

ぼくは、一瞬何も言えず口をパクパクさせたが、やっと聞きたいことを聞いた。

「あの、アーミティッジ博士は、どうしたんですか？　どうして戻ってこないんですか？」

丘から下りてきた三人とは、ライス教授とモーガン博士、そしてこの目の前の老人だったからだ。

すると目の前の老人は驚いた顔をして、優しくぼくの肩を抱いた。

「可哀そうに……よほど、怖い思いをしたんだろう」

そして、ぼくを見つめ、

「わたしが、ヘンリー・アーミティッジ、ミスカトニック大学の司書だよ」

「違う……！　ぼくと同じくらいの歳で……いつも小悪魔みたいな笑みを浮かべているあの女性《ひと》は……」

「なにを言っているんだ。わたしは今年でもう、七三歳だよ」

でも、ぼくは……、わかっていた。なぜなら、この老人は――以前、ウィルバーさまの調査のためにウェイトリー農場に来て、アーミティッジと名乗った人物と、同じ人だったのだから——。

この一九二八年の収穫祭《ラマス》（八月一日）から秋分の日の間に起きた一連の事件について、ダンウィッチの村以外の人が知ることはなかった。

あのとき……なぜ、アーミティッジ博士が、ぼくにだけ女性に見えたのか——、博士が口にした「御方」とは誰なのかは、未だにわからない。

ダンウィッチ村の闇が見せた混沌の一つだったのだろうか……？

事件のあと、村のあちこちの灌木の下に、ウィップアーウィルの死骸が落ちていた。茶色く枯れた木々が元に戻ることはなく、後世まで、その無残な姿を残した。山々の環状列石も破壊されることはなく、その後もダンウィッチを訪れる人々に、言い知れない恐怖を与えた。

ぼくは……あの怪物を憎むことができなかった。フライ家の人やセス家の人などの、たくさんの命を奪ったけれど、生きることを望み、最後に父親に助けを求めたあの怪物を——。

ぼくは、アーミティッジ博士についてミスカトニック大学に戻ることも、ダンウィッチに留まることもせず、生まれ育ったバーモントの町で教職につき、静かに暮らした。

ダンウィッチの村は、その後ますます荒廃していったと、風の噂で聞いた。

《原作では……》
・ウェイトリー農場の使用人、ピーター・ジェンキンズは登場しません。
・アーミティッジ博士は、最初から最後まで男性です。

（編集部）

# Epilogue

## エピローグ

「そこの君、居眠りしてないで、起きなさい。ほら、そこの男子！」

しまった……！　またぼくは授業中に居眠りしたんだ！

でも、あの小悪魔先生なら大丈夫なはず――、そう思って顔を上げたら、般若《はんにゃ》のような顔の先生が立っていた。

「大田君、そこまで熟睡《じゅくすい》するなんて、いい度胸《どきょう》してるわね。わたしの化学はそんなにつまらない？」

化学の――内田先生だ。確か、名前は道子。

「す、すいません！　気をつけます！」

必死に謝ると、内田先生はプリプリ怒りながら、教壇に戻った。

なんか、壮大な夢を見ていたような気がする。化学の先生が、美人で若くてスタイルがいいだなんて
……、自分でも笑っちゃう。

内田先生は、教員歴三〇年のベテランで、体型も……以下自粛《じしゅく》。

その夢の中で、先生の研究旅行までついてっちゃうなんて、ぼくの想像力も捨てたもんじゃないかな。

しかし、やたら変な呪文が出てくる夢だったなあ。

ふんぐるい…？　えーと……？　やっぱり、さすがにそこまでは覚えてないや。

おっと、また先生が睨んでる！　授業、授業！

そう思って、ノートに目を落とすと不思議な言葉が書いてあった。

**死せるクトゥルーが、ルルイエの家で、夢見ながら待っている**

紛れもなく、見なれたぼくの字で――

# 作品解題 および H・P・ラヴクラフト 小伝

竹岡《たけおか》 啓《ひらく》

## 作品解題「クトゥルーの呼び声」

ラヴクラフトの代表作といえば、まず「クトゥルーの呼び声」が挙げられるだろう。これが彼の最高傑《けっ》作《さく》であるかどうかは意見が分かれるかもしれないが、もっとも有名な作品だというのは衆目《しゅうもく》の一致するところであるように思われる。ダーレスによれば、クトゥルー神話という呼称もこの作品の題名に因《ちな》んだものだという。

「クトゥルーの呼び声」は一九二六年に執筆され、ウィアードテイルズの一九二八年二月号に掲載された。この作品にはいくつか楽屋落ちが見られる。たとえばクラーク・アシュトン・スミスの名前が出てくるが、彼はカリフォルニア在住の小説家・詩人・画家・彫刻家で、ラヴクラフトとは一九二二年から親交があった。「九つ目の骸骨《がいこつ》」がウィアードテイルズの一九二八年九月号に掲載されて以降は同誌の常連となっている。

また語り手であるサーストンが「ニュージャージー州パターソンの博学な友人」を訪問するくだりがある。この人物は「地元の博物館の館長で、高名な鉱物学者」ということになっているが、実際にパターソン博物館の館長を務めていたのはラヴクラフトの親友のジェイムズ・F・モートンだった。つまりラヴクラフトは親しい友達を作中に〝カメオ出演〟させていたことになるが、このような仲間内の遊びは彼の好むところだった。

ラヴクラフトの人となりを知る上でモートンとの交友は手がかりになるだろう。モートンはラヴクラフトより二〇歳年上の一八七〇年生まれで、ハーバード大学を優等で卒業した後は定職に就かずに講演や執筆で生計を立てていた。彼もソニア・グリーンと同様にアマチュアジャーナリズムを通じてラヴクラフトと知り合ったのだが、二人の出会いは平和なものではなかった。発端《ほったん》は一九一五年、チャールズ・D・アイザックソンという人が人種差別の根絶《こんぜつ》を訴える文章を発表したことである。保守主義者を自任していたラヴクラフトはアイザックソンの記事を批判し、彼に対する反撃を買って出たのがモートンだった。「それは保守ではなく反動というのである」と喝破されて言い返せなくなったラヴクラフトは「モートンはハーバードで勉強しすぎたに違いない」とぼやいたが、論争から始まった関係であるにもかかわらず二人は仲のよい友達となった。「クトゥルーの呼び声」の冒頭にはアルジャーノン・ブラックウッドの「ケンタウロス」の一節が掲げてあるが、ラヴクラフトがブラックウッドの作品を読むようになったのはモートンの薦めによるものであり、彼はそのことでモートンに感謝している。ラヴクラフトがウィアードテイルズで作品を発表するようになったときもモートンの激励があった。モートンという友からラヴクラフトが得たものは小さくないが、元々は論敵であった人物とそのような好ましい関係を築けたのもラヴクラフト自身の柔軟さがあればこそだろう。

ラヴクラフトがニューヨークで暮らしていた頃、彼と友人たちによって作られた文学サークルをケイレム・クラブというが、その中心となっていたのはラヴクラフトとモートンだった。「知性においてはラヴクラフトのみがモートンと互角だった」（エドワード・H・コール）とか「ラヴクラフトが王子ならば、モートンは王だった」（ジョージ・カーク）といった証言が残っている。モートンが博物館長に就任したとき、ラヴクラフトを助手として雇用するという話もあったが、これは残念ながら実現しなかった。

ラヴクラフトはアイスクリームやチョコレートなど甘いものが好物で、一九二七年に彼やモートンと連れだってアイスクリーム屋へ行ったときのことをドナルド・ワンドレイが回想している。その店で売っているアイスクリームを三人は片端から平らげていき、ワンドレイ自身は二一種類を食べたところで音を上げたが、ラヴクラフトとモートンは注文可能な二六種類をすべて制覇《せいは》したという。ワンドレイによると一種類あたり三分の一パイントの量があったそうだが、彼の証言に従って計算するとラヴクラフトたちは実に四リットルものアイスクリームを一度に食べたことになる。

ラヴクラフトは数々の作品でクトゥルーに言及しているが、直接クトゥルーが姿を現すのは「クトゥルーの呼び声」だけである。ただしクトゥルーに関する情報をラヴクラフトは書簡などで補足的に提供しており、モートンは彼からクトゥルーの系図を受け取ったことがある。また彼が描いたクトゥルーの絵も現存しており、その絵ではクトゥルーの横顔に三つの眼が描かれているので、もしもクトゥルーの顔が左右対称ならば眼の数は全部で六つということになる。

大いなるクトゥルーは海底の都ルルイエで眠りに就いている。「クトゥルーの呼び声」ではクトゥルーの眠りは星辰の位置と関係があるということになっているが、その意味するところは定かでない。そこで、クトゥルーが休眠状態にあるのは敵対する勢力との戦いに敗れた結果だという説を唱える者が現れた。オーガスト・ダーレスである。一九三一年の夏、ダーレスは友人のマーク・スコラーと二人で怪奇小説を量産していた。スコラーはダーレスよりも年上だったが、彼らの合作はダーレスの主導のもとで行われており、遊びに行こうとするスコラーをダーレスが捕《つか》まえて無理やり原稿を書かせることもあった。

ダーレスとスコラーが一九三一年に書き上げてウィアードテイルズに送った作品のひとつが「潜伏するもの」である。この作品には旧神と呼ばれる神秘的な存在が登場し、クトゥルーら旧支配者は旧神との戦いに敗れて封印されたということになっていた。ウィアードテイルズの編集長ファーンズワース・ライトは「潜伏するもの」を没にし、ラヴクラフトからの借り物で話を作るとは不正であるとダーレスを譴責したが、このことを知ったラヴクラフトは逆にライトのことを間抜け野郎と罵った。そして「潜伏するもの」は力作だと褒め、名前の貸し借りはお互い様だとダーレスを激励した。

結局「潜伏するもの」はウィアードテイルズの一九三二年八月号に掲載されたが、実はそれ以前にラヴクラフト本人が自分自身の作品でクトゥルーの敵の存在をほのめかしていた。彼がゼリア・ビショップのために代作した「墳丘の怪」では、クトゥルーを崇拝する地底世界クン＝ヤンの住民の伝承として「神々に敵意を抱く宇宙の悪魔によって地上世界のほとんどが水没させられ、クトゥルーを含む神々は囚われの身になってしまった」という物語が紹介されているのだ。「墳丘の怪」は一九三〇年一月には完成していたが、ラヴクラフトの死後になるまで発表されることはなく、その原稿をダーレスが一九三一年以前に読む機会があったという証拠もない。したがって「潜伏するもの」が「墳丘の怪」から影響を受けたかどうかは定かでなく、ラヴクラフトとダーレスの発想は似通ってはいるものの別個に生じたものだったということも考えられる。

「墳丘の怪」においてクトゥルーの敵が「宇宙の悪魔」と呼ばれているのは興味深い。クトゥルーの覚醒は人類を滅ぼしかねないため、私たちは旧神を善なる存在と見なしがちだが、クトゥルーを崇める側にしてみれば旧神こそが悪なのだ。ラヴクラフトは善悪を相対化しているといってよいだろう。余談だが、クトゥルーが敗北したことによって宇宙が悪の神に支配されるようになったという世界観で書かれた作品としては、リチャード・L・ティアニーや山田正紀によるものが挙げられる。

もっとも、クトゥルーが「宇宙の悪魔」によって封じられたというクン＝ヤンの伝説が真実であるという保証はない。ラヴクラフトの作品ではクトゥルーの素性や来歴は曖昧《あいまい》なままになっている部分が多く、後世《こうせい》の作家たちが想像を逞《たくま》しゅうする余地を残した。かくして、大いなるクトゥルーは今でもラヴクラフトや彼の仲間たちの神話世界を代表する存在として大勢の人々を魅了し続けている。

## 作品解題「ダンウィッチの怪」

「ダンウィッチの怪」は一九二八年八月に執筆され、翌年ウィアードテイルズの四月号に掲載された。この作品を書くときは特定人物の視点を排除するよう気をつけたが、どうしてもアーミティッジ博士に感情移入せずにはいられなかったとラヴクラフトは一九二八年九月二七日付のオーガスト・ダーレス宛書簡で述べている。またクラーク・アシュトン・スミスに宛てて書いた一九三〇年一一月七日付の手紙で怪奇小説の締めくくり方を論じた際には、自分の作品において人類の側が完全勝利を収めた例として「ダンウィッチの怪」を挙げている。「クトゥルーの呼び声」でもヨハンセンがクトゥルーに立ち向かっているが、ラヴクラフトにいわせればルルイエは勝手に浮かんで勝手に沈んだのであり、人類の意思は関与していない。その点「ダンウィッチの怪」はアーミティッジ博士が人類に勝利をもたらし、作者であるラヴクラフトも彼を自分自身と重ね合わせていたという特色がある。

物語の舞台となっているのはマサチューセッツ州のアーカムとダンウィッチだが、前者のモデルになったのはセイレムである。また後者の描写には、ラヴクラフトがウィルブラハムに旅行したときの体験が反映されている。「ダンウィッチの怪」には蛍《ほたる》への言及があるが、ラヴクラフトはウィルブラハムで実際に蛍の大群を目撃しており、その時の感動を「まるで帯電した銀河が地上に降りてきたようでした」とダーレス宛の手紙で語っている。また夜鷹にまつわる伝承がウィルブラハムには残っており、これも作品の中に取り入れられた。

ラヴクラフトは「ダンウィッチの怪」を自分の最高傑作のひとつに数えている。ウィアードテイルズの読者にとっても印象深かったらしく、同誌の一九三七年五月号に掲載されたジャック・ウィリアムスンの"The Mark of the Monster"は「ダンウィッチの怪」から強く影響を受けた作品だ。この短編の主人公はクレイという青年で、東洋で財産を作って故郷に帰ると、自分の出生の秘密を養父から知らされる。魔術師だった祖父が娘を邪神に捧げて双子を産ませ、その片割れがクレイだというのだ。ここまでは「ダンウィッチの怪」をウィルバー・ウェイトリーの視点から再構成した話に見えるが、クレイが邪神の子だというのは実は彼の財産を狙う養父の嘘だった。自分を亡き者にしようとした養父を返り討ちにしたクレイは幼馴染《おさななじみ》の娘と手を取り合って村を出て行く。ウィリアムスンはラヴクラフトから将来有望と評されたこともある作家で、この作品のことは「日の目を見ないほうがよかった」と恥じ入っているのだが、そう捨てたものでもないだろう。なお神の血と人の心を持つ子が血ではなく心に従って生きるというテーマをもっと真剣に扱った作品としてはブライアン・ラムレイの短編"Born of the Winds"がある。この作品にはイタカの子が登場し、ダーレスの「風に乗りて歩むもの」と「ダンウィッチの怪」を混ぜ合わせたような内容だが、一九七六年度の世界幻想文学大賞候補になっている。

魔道書『ネクロノミコン』は少なくとも七五一ページまであると「ダンウィッチの怪」で判明したが、この設定をラヴクラフトは後々まで重視していた。数年後にロバート・ブロックが書いた「リュシアン・グレイの狂気」では主人公が『ネクロノミコン』を一晩で読み通したことになっていたが、その原稿をブロックから受け取ったラヴクラフトは「私が『ダンウィッチの怪』で述べたように『ネクロノミコン』は非常に大部な本ですから、一晩で読むのは無理です」と指摘した。ダーレスの作品に旧神が出てくるのを見ても褒《ほ》めるだけだったのに『ネクロノミコン』の厚さには拘《こだわ》ったわけだが、細部に注意を払うことを心がけていたラヴクラフトらしい逸話だ。『ネクロノミコン』を実際に制作することをジェイムズ・ブリッシュが提案したときも、ラヴクラフトは「千ページ近くある魔道書を丸ごと作るのは大変ですから、一章だけの抜粋《ばっすい》という体裁にするのがいいでしょう」と助言している。

「クトゥルーの呼び声」がクトゥルーの物語であるのに対して「ダンウィッチの怪」ではヨグ=ソトースに脚光が当たるが、ヨグ=ソトースはクトゥルーと違って直接には姿を見せない。ただしラヴクラフトがヘイゼル・ヒールドのために代作した「博物館の恐怖」にはヨグ=ソトースの像が登場し、その形状は「虹色の球の集合体」と描写されている。

ラヴクラフトがジェイムズ・F・モートンに宛てて書いた一九三三年四月二七日付の手紙には邪神の系図が記載されている。それによるとアザトースが「無名の霧」を生み出し、無名の霧からヨグ=ソトースが生じたそうである。一方、一九三六年九月一日付のウィリス・コノヴァー宛書簡では「ヨグ=ソトースの親には会ったことがありません。ヨグ＝ソトースには親がいないからです」と述べているので、「無名の霧」はヨグ＝ソトースの親と呼べるようなものではないのだろう。なおラヴクラフトが作成した系図ではクトゥルーはヨグ＝ソトースの孫ということになっている。孫ではなく息子だとする説も今日では人口に膾炙《かいしゃ》しているが、これはリン・カーターが唱えたものである。

「ダンウィッチの怪」を読む限りヨグ＝ソトースは超越的な存在に見えるが、ラヴクラフトは後年の書簡では「粗略に扱われると怒る」「執念《しゅうねん》深い性格」とヨグ＝ソトースを擬人化している。ヨグ＝ソトースにフォレスト・J・アッカーマンを襲撃させようとしたのだが、蝿を潰すような仕事を外宇宙の魔神にやらせるとは侮辱《ぶじょく》だと断られてしまった——と一九三六年八月二九日付のコノヴァー宛書簡で小話が語られているほどだ。蝿《はえ》にたとえられたアッカーマンはいい面の皮だが、そもそもは彼がクラーク・アシュトン・スミスの作品を貶《けな》したことが発端である。

ラヴクラフトとコノヴァーの文通ではたびたびヨグ＝ソトースが話題になっている。彼らの書簡によると、ヘルマン・ミュルダーの著作はヨグ＝ソトースの秘密に触れるものだそうである。一九二七年、ミュルダー教授はナチスに祖国を追われながら研究の成果を世間に公表しようとしていたが、彼がヨグ＝ソトースの怒りに触れてしまうことをラヴクラフトは懸念《けねん》していた。その後、教授の運命は定かでない。

## H・P・ラヴクラフト　小伝　1

一八九〇年八月二〇日、ハワード・フィリップス・ラヴクラフトは米国のロードアイランド州プロヴィデンスでウィンフィールド・スコット・ラヴクラフトとセーラ・スーザン・フィリップス・ラヴクラフトの一人息子として生まれた。父親は銀器のセールスマンだったが、ラヴクラフトが二歳の時に精神病の発作を起こして病院に収容され、そのまま五年後に死亡した。

入院した父親の代わりにラヴクラフトを養育したのは母方の祖父ウィップル・ヴァン・ブーレン・フィリップスだった。地元の名士として知られた人物であり、彼の蔵書が幼少期のラヴクラフトに及ぼした影響は大きい。だがウィップルも一九〇四年に他界し、彼を敬愛していたラヴクラフトは衝撃のあまり自殺を考えたほどだった。以後、ラヴクラフトは母と二人で祖父と父親の遺産に頼って細々と暮らすことになる。

ラヴクラフトはブラウン大学への進学を希望していたが、実際の最終学歴は高校中退である。幾何学が苦手だった以外に学業成績は問題なく、中退を余儀なくされたのは神経症が原因だった。しかしラヴクラフトは聡明な少年であり、地元紙に天文学のコラムを連載したこともあった。彼は終生にわたって天文学を趣味とし、天文の知識があれば作家にとって有益だから勉強したほうがいいと友人に勧めたりもしている。

ラヴクラフトは決して旅行が嫌いな人ではなかったが、二十代の頃まではせいぜいマサチューセッツとコネチカットを訪れたことがある程度だった。働くこともなく自宅にいるラヴクラフトが打ちこんだのは、同好の士が刊行物を通じて交流するアマチュアジャーナリズムの活動である。当時の米国ではユナイテッド・アマチュアプレス・アソシエーション（UAPA）とナショナル・アマチュアプレス・アソシエーション（NAPA）がアマチュアジャーナリズムの二大組織として栄えており、ラヴクラフトはいずれの団体でも会長を務めるに至った。

第一次世界大戦が始まるとラヴクラフトはまずロードアイランド州軍に、次いで連邦軍に志願したが、どちらも入隊が認められることはなかった。実は不合格になるよう母セーラが裏から手を回していたのだ。病的な感じがする美人だったといわれるセーラはこの頃から精神の状態が悪化し、一九一九年に入院した。十六年前、夫が収容されたのと同じ病院だった。彼女は退院することなく一九二一年に死去している。

ラヴクラフトは少年時代に掌編をいくらか書いている。一九〇八年の「錬金術師」以降は評論や詩作に専念していたが、九年ぶりとなる「奥津城」を一九一七年に執筆した。なぜ彼が小説を書くのを再開したのかは研究者の間でも結論が出ていないが、一九一九年には「眠りの帳を超えて」「ランドルフ・カーターの陳述」「白い帆船」などを相次いで執筆している。この時期の小説はアイルランドの作家ダンセイニ卿から影響を受けたものが多いが、ダンセイニ風作品のひとつとされる「白い帆船」はラヴクラフトが彼の文学を知る以前に書かれているので、むしろ元から傾向が一致していたというべきだろう。なおダンセイニが一九一九年にボストンで行った講演を、ラヴクラフトも聴いている。

一九二一年から翌年にかけて、ホームブリュー誌に「死体蘇生者ハーバート・ウェスト」が連載された。原稿料は総額三〇ドルに過ぎなかったが、ラヴクラフトの作品が商業誌に載ったのはこれが最初である。一九二三年には「ダゴン」がウィアードテイルズ誌に掲載され、ラヴクラフトはプロの作家として本格的に活動を開始した。作品はウィアードテイルズに掲載されることが多かったが、他人の添削や代作を請け負うこともあり、著名な顧客としては奇術師のハリー・フーディーニがいる。

一九二四年、ラヴクラフトは結婚した。相手はアマチュアジャーナリズムの活動を通じて知り合ったソニア・グリーンである。ソニアはラヴクラフトより七つ年上、マンハッタンの衣装店に勤めて一万ドルもの年収を得ている自立した女性で、前夫との間にフローレンスという成人した娘がいた。フローレンスから見てラヴクラフトは義父ということになるが、彼女は母親と仲が悪く、一緒に暮らそうとはしなかった。

結婚したラヴクラフトはプロヴィデンスからニューヨークに引っ越したが、新居での生活は芳しいものではなかった。ソニアの新しい仕事はうまく行かず、ラヴクラフト自身の就職活動も失敗に終わった。この頃、ラヴクラフトはウィアードテイルズの編集長への就任を要請されているが、シカゴに引っ越すことが前提だったため断っている。結局、彼は一九二六年にソニアを残して独りプロヴィデンスに帰り、その三年後に離婚した。発行された離婚証明書にラヴクラフトが署名しなかったので法律上は夫婦のままだったのではないかという指摘もあるが、実質的に二人の結婚生活は一九二六年の時点で終わっている。

一九二六年、プロヴィデンスに戻ったラヴクラフトはウィスコンシン州ソークシティ在住のオーガスト・ダーレスと知り合った。ダーレスは一九〇九年生まれ、いろいろな点でラヴクラフトとは対照的な人物だった。ラヴクラフトは三十を過ぎるまで小説で稼いだことがなかったが、ダーレスは十七歳の時からウィアードテイルズ誌上で小説を発表していた。ラヴクラフトは怪奇幻想に専心していたが、ダーレスは純文学を己の本領と心得ており、怪奇小説は原稿料のために書き飛ばす癖があった。ラヴクラフトは高校を中退し、その博識はもっぱら独学によって培われたものだったが、ダーレスは名門ウィスコンシン大学マディソン校を優等で卒業している。ラヴクラフトはタイプライターを好まず、友人に手紙を書くときは常に万年筆を使ったが、ダーレスは一分間に五〇〇字を打つほどタイピングが得意だった。ラヴクラフトは謙虚で柔和だったが、ダーレスはフリッツ・ライバーから「帝王の威風あり」と評されたほど堂々としていた。しかしラヴクラフトの生涯の終わりまで二人の友情は続き、後にダーレスはアーカムハウスを創設してラヴクラフトの名を不滅たらしめることになる。

そして、一九二六年はラヴクラフトが「クトゥルーの呼び声」を書いた年でもあった。

『超訳ラヴクラフト ライト 2』につづく

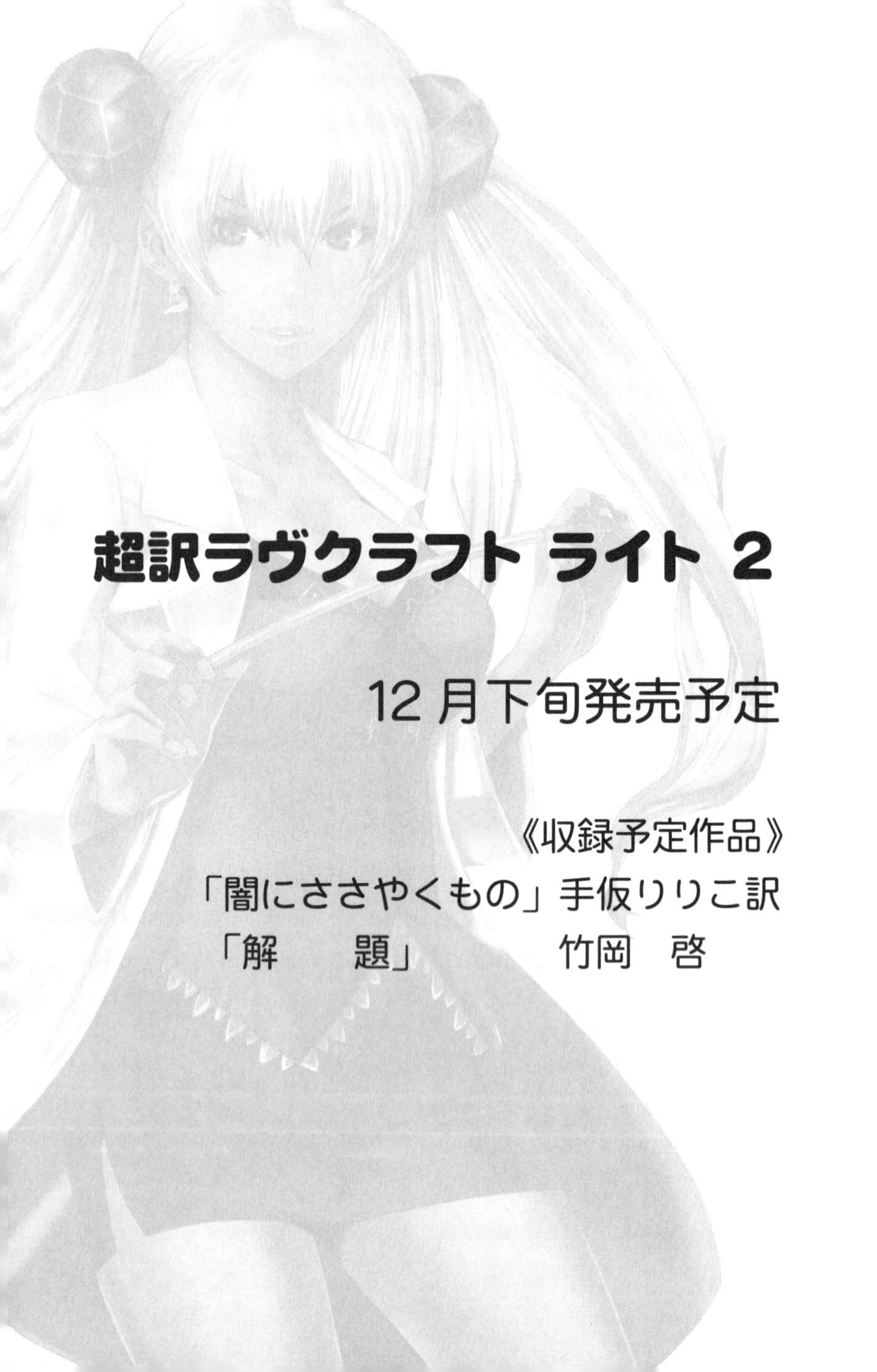

# 超訳ラヴクラフト ライト 2

12月下旬発売予定

《収録予定作品》

「闇にささやくもの」手仮りりこ訳

「解　　題」　　　　竹岡　啓

# 超訳ラヴクラフト ライト 1

2015年11月30日　第1刷

原　作
H・P・ラヴクラフト

訳　者
手仮りりこ

解　題
竹岡　啓

発行人
酒井 武史

カバーおよび本文中のイラスト　おおぐろてん

発行所　株式会社　創土社
〒165-0031 東京都中野区上鷺宮 5-18-3
電話 03-3970-2669　FAX 03-3825-8714
http://www.soudosha.jp

印刷　株式会社シナノ
ISBN978-4-7988-5001-6　C0093
定価はカバーに印刷してあります。